# क़ैदी

अमित खान का जन्म गाज़ियाबाद जनपद के पिलखुआ क़स्बे में हुआ। उनके द्वारा लिखी गई पहली कहानी मात्र 12 वर्ष की अल्प आयु में और पहला उपन्यास मात्र 15 वर्ष की आयु में प्रकाशित हो गया था, जो संभवत: विश्व रिकॉर्ड है। उनके द्वारा लिखी गई कहानियाँ बहुत कम आयु में ही देश की बड़ी प्रसिद्ध पत्र-पत्रिकाओं में प्रकाशित हुईं। देश के बड़े प्रकाशन संस्थानों द्वारा अभी तक उनके द्वारा लिखे गए सौ से ज़्यादा उपन्यास प्रकाशित हो चुके हैं। उन्होंने 'डायमंड कॉमिक्स' भी काफ़ी बड़ी संख्या में लिखीं, जो हिंदी, अंग्रेज़ी और बांग्ला भाषाओं में प्रकाशित हुईं।

इसके अलावा आज उनका पात्र 'कमांडर करण सक्सेना' हिंदी उपन्यास जगत में मील का पत्थर बन चुका है, जिस सीरीज़ पर उन्होंने 58 उपन्यास लिखे। इस सीरीज़ पर एक बड़ी ऑडियो ड्रामा सीरीज़ भी 'Spotify' पर उपलब्ध है, जिसमें 'कमांडर करण सक्सेना' की आवाज़ बने हैं देश के चहेते सुपर स्टार—सोनू सूद! इस सीरीज़ पर वेब सीरीज़ भी निर्माणाधीन है।

वे आजकल मुंबई में रहते हैं और मुंबई फ़िल्म इंडस्ट्री में भी काफ़ी सक्रिय हैं। उनके द्वारा लिखी कथा-पटकथा, संवादों पर कई भाषाओं (हिंदी-मराठी-पंजाबी) में फ़िल्में बन चुकी हैं और एकता कपूर द्वारा बनाई गई उनके उपन्यास पर आधारित वेब सीरीज़ 'बिच्छू का खेल' भी सुपरहिट रही है। उनके और कई उपन्यासों पर भी वेब सीरीज़ और फिल्म बन रही हैं। टीवी पर भी वे अभी तक अलग-अलग धारावाहिकों के सौ से ज़्यादा एपिसोड लिख चुके हैं। उन्हें विश्व हिंदी अकादमी द्वारा हिंदी सेवा सम्मान से भी अलंकृत किया जा चुका है। नासिक इंटरनेशनल फ़िल्म फेस्टिवल में भी उन्हें 'बेस्ट कथा-पटकथा' का अवार्ड दिया गया है।

अमित खान के सम्पर्क सूत्र :

Email- foramitkhan@gmail.com
Facebook- @AmitKhanWriter
Instagram- @amitkhanwriter
Twitter- @AmitKhanWriter
YouTube- @AmitKhanWriter

PRATILIPI PAPERBACKS
प्रतिलिपि पेपरबैक्स

भारतीय भाषाओं की कहानियों का सबसे बड़ा मंच है प्रतिलिपि। साहित्य प्रेमियों के बीच बहुप्रसिद्ध इस ऑनलाइन मंच पर बारह भाषाओं में नौ लाख लेखकों द्वारा रचित एक करोड़ से अधिक कहानियां मौजूद हैं। भारत के सबसे बड़े डिजिटल कॉमिक्स प्लेटफ़ॉर्म, 'प्रतिलिपि कॉमिक्स' के साथ-साथ प्रतिलिपि 'आईवीएम पॉडकास्ट', 'वेस्टलैंड बुक्स' और आठ भाषाओं में सर्वश्रेष्ठ ऑडियो कहानियों के ऐप 'प्रतिलिपि FM' को भी संचालित करता है।

हमारा नया इम्प्रिंट, 'प्रतिलिपि पेपरबैक्स' प्रतिलिपि की सफल कहानियों को प्रकाशित किताबों के रूप में बड़े पैमाने पर नए पाठकों तक ले जाने की एक कोशिश है। ऐप पर सबसे ज़्यादा पढ़ी और सराही गई कहानियों के अलावा हम अन्य विधाओं के कहानीकारों को भी प्रकाशित करेंगे जिन्होंने 'ट्रेड प्रकाशन' जगत में बहुत सफलता पाई है और उन्हें भी, जिनमें रोमांचक कहानियां कहने-लिखने की प्रतिभा है। हम आपको बेहतरीन मूल्य पर बेहतरीन कहानियों की गारंटी देते हैं।

# अमित खान

# क़ैदी

कमांडर करण सक्सेना सीरीज़

PRATILIPI PAPERBACKS | प्रतिलिपि पेपरबैक्स

PRATILIPI PAPERBACKS
प्रतिलिपि पेपरबैक्स

First published in Hindi as *Qaidi* in 2023 by Pratilipi Paperbacks, an imprint of Westland Books, a division of Nasadiya Technologies Private Limited

No. 269/2B, First Floor, 'Irai Arul', Vimalraj Street, Nethaji Nagar, Alapakkam Main Road, Maduravoyal, Chennai 600095



ISBN: 9789357761901

10 9 8 7 6 5 4 3 2 1



Typeset by Digiultrabooks Private Limited

Printed at Thomson Press (India) Ltd.

उसका असली नाम था कृपाशंकर बिश्नोई।

लेकिन वह अपने उपनाम 'नीलकंठ' से ज्यादा प्रसिद्ध था।

नीलकंठ एक ऐसा अद्भुत किस्म का किरदार है, जो दुनिया के तख्ते पर आसानी से देखने-सुनने को नहीं मिलता।

क्या इस आधुनिक युग में आप किसी ऐसे व्यक्ति की कल्पना पर यकीन करेंगे, जिसके शरीर में बेशुमार नागों का ज़हर भरा हो?

मैं जानता हूँ, मेरी बात सुनकर आपको हँसी आएगी।

लेकिन यह सच है। नीलकंठ एक ऐसा ही किरदार है, जिसके शरीर में बेशुमार ज़हर भरा हुआ है। अगर नीलकंठ किसी व्यक्ति को अपने दाँतों से काट ले, तो उसकी मौत लाजिमी है। ज़हरीले साँप का काटा हुआ व्यक्ति एक बार बच सकता है, परंतु नीलकंठ का काटा हुआ कभी नहीं बचता।

नीलकंठ बचपन से ऐसा नहीं था।

उसके पिता का नाम था, ताराचंद बिश्नोई।

ताराचंद बिश्नोई नासिक का रहने वाला था और आपराधिक प्रवृति का आदमी था। वह चीन के एक बहुत बड़े स्मगलर कोया-कोया हितेची के लिए भारत में काम करता था। ताराचंद बिश्नोई के पास खूब दौलत थी। एक नेकबख्त और सुंदर बीवी थी, जो उसका हर पल ख्याल रखती थी।

कुल मिलाकर ताराचंद बिश्नोई सुखी था।

बस जीवन में एक ही कमी थी, उसके कोई औलाद नहीं थी।

ताराचंद बिश्नोई और उसकी बीवी ने औलाद प्राप्ति के लिये ढेरों व्रत रखे।

ढेरों जगह मन्नतें मांगी।

लेकिन कोई रिजल्ट नहीं। तब किसी साधु ने ताराचंद बिश्नोई को बताया कि अगर वह लगातार तेरह सोमवार तक अपनी पत्नी के साथ शंकर भगवान की पूजा करे, तो जरूर उन्हें पुत्र-रत्न मिलेगा।

ताराचंद बिश्नोई ने वह भी किया।

तेरह सोमवार तक शंकर भगवान की पूजा करने का उसे फल भी मिला और ठीक नौ महीने बाद उसकी बीवी ने एक सुंदर तथा गोल-मटोल से बेटे को जन्म दिया। बेटे को पाकर ताराचंद बिश्नोई मानो धन्य हो उठा।

उसने अपने पैसे से नासिक में शंकर भगवान का एक मंदिर बनवाया।

अपने बेटे का नाम भी शंकर रखा, कृपाशंकर।

आखिर वह शंकर भगवान का आशीर्वाद था।

कृपाशंकर की उम्र तब सिर्फ दो साल थी, जब ताराचंद बिश्नोई की बीवी ने उससे कहा कि अब उनका बेटा बड़ा होता जा रहा है, इसलिए उसे गैरकानूनी काम बंद कर देना चाहिये, क्योंकि इससे कृपाशंकर के भविष्य पर बुरा असर पड़ेगा।

वह बात ताराचंद बिश्नोई के भी समझ में आई और उसने उसी दिन से क़सम खा ली कि अब वह कभी कोया-कोया हितेची के लिए काम नहीं करेगा।

सिर्फ इतना ही नहीं, उसने वह मैसेज कोया-कोया हितेची के पास भी भिजवा दिया।

★★★

बस, यहीं से ताराचंद बिश्नोई की बर्बादी की शुरुआत हुई।

उस फैसले के एक सप्ताह तक तो कोई घटना न घटी। लेकिन ठीक एक सप्ताह बाद चौंका देने वाली घटना घटी।

रात के उस समय दस बज रहे थे, जब कोया-कोया हितेची ने उसके घर में कदम रखा।

"अ... आप!" कोया-कोया हितेची को अपने सामने देखते ही उछल पड़ा था ताराचंद बिश्नोई, "अ... आप चीन से कब आए?"

"बस सीधा चीन से आ रहा हूँ।" मुस्कुराया था, कोया-कोया हितेची, "खास तौर से तुम्हीं से मुलाकात करने के वास्ते।"

"म... मुझसे।"

ताराचंद बिश्नोई का दिल और ज्यादा जोर-जोर से धड़कने लगा।

उसके लिए सबसे बड़ा आश्चर्य तो यही था कि चीन का सबसे बड़ा स्मगलर कोया-कोया हितेची उसके सामने दरवाजे पर खड़ा था। उससे भी बड़ा करिश्मा ताराचंद बिश्नोई के लिए यह था कि कोया-कोया हितेची खास तौर से उससे मिलने के वास्ते चीन से भारत आया था।

"क्या मुझे अंदर आने के लिए नहीं कहोगे ताराचंद?"

"क... क्यों नहीं, आइये, अंदर आइये सर!" ताराचंद बिश्नोई ने जल्दी से खुद को संभाला, "अ... अंदर आइये।"

कोया-कोया हितेची ने मुस्कुराते हुए अंदर कदम रखा। हितेची ने अपना गोल्फ कैप उतारकर हुक पर लटकाया, "अच्छा लगा। यह सुनकर बहुत अच्छा लगा कि अब तुमने काला धंधा छोड़ दिया है। ड्राईक्लीन सिटीजन बन गया है अपना ताराचंद बिश्नोई!"

"व... वह दरअसल यह कदम मैंने अपने बेटे के लिए उठाया है सर! मैं नहीं चाहता कि मेरा बेटा जब बड़ा हो जाए, तो उसे कोई स्मगलर का बेटा कहे।"

"हाँ, यह बात भी लिखी थी, तुमने अपने संदेश में।" कोया-कोया हितेची अब एक कुर्सी पर बैठ गया था, "अच्छी लगी तुम्हारी यह बात। अपनी औलाद के प्रति मर-मिटने का ऐसा बुलंद जज्बा बहुत कम इंसानों के दिलों में होता है। दरअसल तुम्हारी इसी बात ने मुझे बहुत प्रभावित किया। मैंने सोचा क्यों न इतने आलीशान और जिम्मेदाराना फैसले के लिए मैं खुद भारत आकर तुम्हें मुबारकबाद दे दूँ।"

अब ताराचंद बिश्नोई का हौसला बढ़ा।

"य... यानी आप मेरे इस फैसले से खुश हैं सर?"

"क्यों नहीं! मैं भला तुम्हारे इस फैसले से खुश क्यों नहीं होऊँगा ताराचंद! यह तो मेरे लिए गर्व की बात है कि मेरी ऑर्गनाइजेशन का एक आदमी अपने परिवार के प्रति इतना जिम्मेदार है। अपने बच्चे के प्रति इतना जिम्मेदार है। जहाँ तक मेरा सवाल है, उसकी मुझे चिंता नहीं। तुम्हारी जगह लेने के लिए कोई दूसरा स्मगलर मुझे बड़ी आसानी से भारत में मिल जाएगा।"

"ओह सर!" ताराचंद बिश्नोई का सारा डर एक झटके में दूर हो गया। उसने दौड़कर अपना सिर कोया-कोया हितेची के घुटनों पर रख दिया था, "आप सचमुच बहुत बड़े हैं सर! वरना मैं तो यही सोच रहा था कि मेरे इस फैसले से आप जरूर क्रोधित होंगे। लेकिन मेरी तमाम शंकाएं निर्मूल साबित हुईं।"

"दरअसल मैं दूसरे गैंगस्टरों की तरह नहीं हूं ताराचंद!" कोया-कोया हितेची बोला, "जिनकी राय में अपराध की दुनिया वन-वे ट्रैफिक है। यानी कोई व्यक्ति अपराध की इस दुनिया में आ तो अपनी इच्छा से सकता है, लेकिन उसे जाना चार कन्धों पर सवार होकर पड़ेगा। मेरी नजर में आज भी यह दुनिया टू-वे ट्रैफिक है। जहाँ आदमी आ भी अपनी इच्छा से सकता है और अपनी इच्छा से जा भी सकता है।"

ताराचंद बिश्नोई अब बिल्कुल आश्वस्त हो चुका था।

थोड़ी देर पहले तक जो कोया-कोया हितेची उसे खतरे की घंटी नजर आ रहा था, अब वही कोया-कोया हितेची उसे साक्षात् अवतार नजर आने लगा।

★★★

लेकिन कोया-कोया हितेची जैसे दुष्ट स्मगलर को अवतार समझना ताराचंद बिश्नोई के जीवन की सबसे बड़ी भूल थी।

कोया-कोया हितेची एक दोगला इंसान था।

चीन में भी उसके दो रूप थे। एक स्मगलर का रूप तथा दूसरा एक ऐसे सप्लायर का रूप, जो चीन की दवाई बनाने वाली बड़ी-बड़ी कंपनियों को किस्म-किस्म के ज़हर सप्लाई करता था। वह ज़हर दवाइयों में काम आते। पॉइज़न सप्लायर की उस आड़ में कोया-कोया हितेची का स्मगलिंग का धंधा खूब धड़ल्ले से चल रहा था।

बहरहाल उस रात कोया-कोया हितेची, ताराचंद बिश्नोई के घर पर ही रुका।

न सिर्फ घर पर रुका, बल्कि उस रात उसने एक बड़ा खतरनाक काम भी अंजाम दिया। वह रात को उठकर चुपचाप दबे पांव किचन में पहुँचा, और वहाँ उसने दूध में एक बहुत घातक किस्म का ज़हर मिला दिया।

सुबह जब उस दूध की चाय बनी और उस चाय को ताराचंद बिश्नोई तथा उसकी बीवी ने पीया, तो तुरंत उन दोनों के प्राण पखेरू उड़ गए। उन्हें मरने में पूरा एक मिनट भी नहीं लगा था। अलबत्ता कोया-कोया हितेची ने अपनी चाय नजरें बचाकर बड़ी खामोशी से एक गमले में उलट दी थी।

उन दोनों के मरते ही कोया-कोया हितेची ने ज़हर मिला वह दूध कृपाशंकर बिश्नोई को भी बोतल से पिलाया।

तभी आश्चर्य हुआ।

घोर आश्चर्य।

जिस घातक ज़हर की वजह से ताराचंद बिश्नोई और उसकी बीवी के पलक झपकते ही प्राण-पखेरू उड़ गए थे, उसी घातक ज़हर को दूध में पीने के बावजूद भी नन्हा कृपाशंकर हँस रहा था।

उस ज़हर का कृपाशंकर पर लेशमात्र भी फर्क नहीं पड़ा था।

बुरी तरह से अचंभित कोया-कोया हितेची ने कृपाशंकर को और ज़हरीला दूध पिलाया। फिर भी कोई असर नहीं हुआ। अब कोया-कोया हितेची की तमाम इन्द्रियाँ सजग हो उठीं। वह चूंकि ज़हर के कारोबार से जुड़ा हुआ था, इसलिए उसने सुन रखा था कि किसी-किसी व्यक्ति के शरीर में ऐसी ग्रंथियां होती हैं, जो घातक से घातक ज़हर का असर भी उसके ऊपर नहीं होने देतीं। इन्हें एन्टी-पॉइज़न ग्रंथि कहते हैं और यह ग्रंथि लाखों में नहीं, बल्कि करोड़ों में से किसी एक व्यक्ति के शरीर में पाई जाती है।

अब कोया-कोया हितेची के दिलोदिमाग में घंटियां बजने लगी।

उसे ऐसा महसूस हुआ, जैसे कृपाशंकर बिश्नोई के रूप में उसे कोई बहुत बड़ा खजाना मिल गया था। अगर वह उस वक्त कृपाशंकर को मारना चाहता, तो यह काम उसके लिये क्या मुश्किल था। वह कृपाशंकर को एक गोली मार देता, तो उसका खेल खत्म हो जाता। चाकू से गला रेत देता, तो उसने नहीं बचना था।

लेकिन ऐसी करिश्माई चीज को यूं बेरहमी से मार देना, कोया-कोया हितेची के दिल ने गंवारा नहीं किया।

वह दुनिया के उस नायाब अजूबे को अपने साथ लेकर चीन आ गया।

अब कोया-कोया हितेची फैसला कर चुका था कि वह उसे हथियार बनायेगा।

सबसे घातक हथियार।

अपने उसी प्लान के तहत उसने कृपाशंकर बिश्नोई को रोजाना निश्चित मात्रा में ज़हर का इंजेक्शन देना शुरू कर दिया। इसका रिजल्ट यह निकला कि एन्टी पॉइज़न ग्रंथि के कारण उस ज़हर का असर तो कृपाशंकर के ऊपर होता नहीं था, लेकिन वह ज़हर कृपाशंकर के जिस्म का एक हिस्सा बनने लगा।

बीस साल की आयु तक कृपाशंकर पूरी तरह एक ज़हरीला आदमी बन चुका था। इतना ज़हरीला कि बिना ज़हर का इंजेक्शन लिए अब उसे खुद भी नींद नहीं आती थी।

कोया-कोया हितेची ने उसे और खतरनाक बनाने के लिए 'मार्शल आर्ट' की ट्रेनिंग भी दिलवाई।

उसका नया नाम रखा, नीलकंठ।

नीलकंठ अब मौत का फरिश्ता बन चुका था। बीस साल की आयु तक नीलकंठ इस रहस्य से नावाकिफ रहा कि उसके माँ-बाप का हत्यारा कौन है। लेकिन फ़िर जब एक दिन अचानक कोया-कोया हितेची के चीनी दुश्मन ने उसे यह रहस्य बताया, तब नीलकंठ गुस्से से मानो पागल हो उठा।

यह भी नीलकंठ के जीवन का अविस्मरणीय अध्याय ही रहा कि उसने अपने ज़हर का सबसे पहला इस्तेमाल कोया-कोया हितेची पर ही किया। बताते हैं कि कोया-कोया हितेची उस समय अपने शयनकक्ष में सो रहा था, जब गुस्से में अंधा बना नीलकंठ वहां जा घुसा और उसने अपने ब्लेड की तरह नुकीले दाँतों से कोया-कोया हितेची की गर्दन से ढेर सारा मांस नोंच लिया।

तत्काल कोया-कोया हितेची की मौत हो गई।

उसका पूरा शरीर यूँ एकदम से नीला पड़ गया था, जैसे दर्जनों कोबराओं ने उसे एक साथ डंस लिया हो।

इस तरह नीलकंठ के एक बेहद खतरनाक तथा जहरीले जीवन की शुरुआत हुई।

★★★

चीन की राजधानी - बीजिंग

कमांडर करण सक्सेना डनहिल का कश लगाते हुए बीजिंग के एक प्रसिद्ध पीजा पार्लर में दाखिल हुआ। वहाँ बिल्ली का गोश्त रोटी में भरकर परोसा जाता था, जिसे वह चीनी लोग मॉडर्न जबान में 'पीजा' बोलते थे।

उस पीजा पार्लर का मालिक साठ-पैंसठ साल का एक खैय्यस-सा चीनी आदमी था, जो एक काउंटर के पीछे बैठा लगभग ऊंघता रहता था। लेकिन हकीकतन वह बहुत अलर्ट रहने वाला जीव था।

कमांडर करण सक्सेना काउंटर पर उस बूढ़े के सामने जा खड़ा हुआ।

"कितने पीजा चाहियें?" उस खैय्यस से बूढ़े ने अपनी हल्की-सी दाढ़ी पर हाथ फेरा था, जिसमें गिनती के चंद बाल थे।

"मुझे तुम्हारे बिल्ली के गोश्त वाले पीजाओं में कोई दिलचस्पी नहीं है बूढ़े आदमी!"

"फिर किसमें दिलचस्पी है?" बूढ़ा चौंका।

"मुझे होशांग में दिलचस्पी है।"

"ह... होशांग!"

"हाँ! क्या तुम बता सकते हो कि होशांग यहां किस समय आता है?"

दरअसल कमांडर इन दिनों एक खास मिशन के सिलसिले में चीन आया हुआ था, और अब उसी मिशन के चक्कर में उसे फौरन नीलकंठ से मिलना था। लेकिन नीलकंठ बीजिंग में कहाँ मिलेगा, यह कोई भी चीनी नहीं बता सकता था। यह रहस्य सिर्फ एक ही व्यक्ति जानता था, होशांग। होशांग, नीलकंठ का बहुत खास था और आज की तारीख में नीलकंठ तक पहुँचने का वही इकलौता जरिया कमांडर के पास था।

"क्या बात है!" कमांडर करण सक्सेना ने डनहिल का ढेर सारा धुआँ बूढ़े के सिर के ऊपर छोड़ा, "तुम होशांग का नाम सुनकर चुप क्यों हो गए?"

"मेरे तो यही समझ में नहीं आ रहा।" बूढ़ा आश्चर्य से अपनी पलकें झपकाता हुआ बोला, "कि तुम किस होशांग की बात कर रहे हो।"

"मैं उसी होशांग की बात कर रहा हूँ।" कमांडर करण सक्सेना काउंटर पर थोड़ा और झुका और फुसफुसाया, "जो पक्का नशेड़ी है। जिसे रोजाना स्मैक की तगड़ी डोज़ चाहिये और वह स्मैक की वही पुड़िया लेने रोजाना यहां आता है।"

"स्मैक की पुड़िया लेने," चीनी बूढ़े ने उसके शब्द रिपीट किये।

"हाँ।"

"इस पीजा पार्लर में?"

"हाँ।"

बूढ़े ने तुरंत दराज में से नजर का चश्मा निकालकर अपनी बटन जैसी आँखों पर चढ़ाया तथा फिर बड़े नाटकीय अंदाज में कमांडर को सिर से पांव तक घूरा।

"शक्ल-सूरत से तो तुम कोई पागल नहीं मालूम होते और न ही ऐसे सड़क छाप टपोरिये दिखाई देते हो, जो जबरदस्ती किसी से उलझना चाहे।"

"महाशय, मुझे होशांग से बहुत जरूरी काम है, इसलिए प्लीज़ मेरा समय बर्बाद मत करो।"

"समय तुम मेरा बर्बाद कर रहे हो या मैं तुम्हारा?" बूढ़ा चीनी आशा के विपरीत एकाएक गला फाड़कर चिल्ला उठा, "यह पीजा पार्लर तुम्हें नशीले पदार्थों का अड्डा मालूम देता है। मैं तुम्हें ड्रग पेडलर नजर आता हूँ। आखिर क्या मकसद है तुम्हारा?"

★★★

बूढ़े चीनी को चिल्लाते देख फौरन दो बदमाश टाइप के आदमी काउंटर के नजदीक आ गए।

उनके कद साधारण चीनियों की तरह ही ठिगने थे, लेकिन वह अपने भाव-भावों से साफ-साफ कोई क्रूर व्यक्ति नजर आ रहे थे। एक के गाल पर तो चाकू का लंबा-सा निशान भी बना हुआ था, जो उसके पेशे को एकदम से जगजाहिर करता था।

"क्या बात है दादा?" दोनों ने बूढ़े की तरफ देखा।

"पता नहीं, यह आज कौन बेवकूफ पीजा पार्लर में घुस आया है।" वह बूढ़ा चीनी दोबारा चिल्लाकर बोला, "कहता है कि मैं पीजा पार्लर की आड़ में नशीले पदार्थ बेचता हूँ। स्मैक बेचता हूँ।"

"क्यों बे!" तत्काल वह दोनों गुंडे कमांडर करण सक्सेना की तरफ घूमे, "दादा से ऐसा बोला तूने?"

"देखिये जनाब!" करण सक्सेना उस वक़्त बिल्कुल भी लड़ाई-झगड़े के मूड में नहीं था, "मैंने ऐसा कुछ नहीं कहा और न ही मैं यहां यह तहकीकात करने आया हूँ कि इस पीजा पार्लर में क्या होता है?"

"फिर क्यों आया है तू?" जिस गुंडे के गाल पर चाकू का निशान था, वह भड़ककर बोला।

"मैं यहाँ सिर्फ होशांग का पता करने आया हूँ कि वो यहाँ कब मिलेगा!"

"कौन होशांग?"

"वही होशांग!" करण सक्सेना ने डनहिल फर्श पर फेंककर जूते से रगड़ी, "जो यहां रोजाना आता है।"

"यहां कोई होशांग-वोशांग नहीं आता।"

"देखिये, मुझे होशांग से बहुत जरूरी काम है।"

"तूने शायद सुना नहीं।" जिस गुंडे के गाल पर चाकू का निशान बना था, वह पुनः आँखें लाल-पीली करके भड़का, "यहां कोई होशांग नहीं है। अब यहां से चलता-फिरता नजर आ।"

"लेकिन मेरे पास पक्की रिपोर्ट है जनाब!" कमांडर करण सक्सेना पुनः विनम्र लहजे में बोला, "कि होशांग यहां रोजाना आता है।"

"जरूर किसी ने तेरा उल्लू बनाया होगा।"

"यह बात नहीं।"

"तो फिर अपने उसी रिपोर्ट वाले के पास जाकर होशांग का कोई दूसरा एड्रेस पूछ हरामी! यहां खड़ा-खड़ा क्या कर रहा है!"

"अजीब बात है!" कमांडर के माथे पर पहली बार बल पड़े, "मैं तुम लोगों के साथ तमीज से बात कर रहा हूँ, और तुम लोग हो कि सिर पर चढ़े जा रहे हो।"

"हम तुझे सिर पर चढ़ते नजर आ रहे हैं।" वह दोनों गुंडे सीना तानकर थोड़ा और कमांडर करण सक्सेना के नजदीक आए।

"देखो, बेहतर यह होगा कि तुम दोनों अपनी जबान को कंट्रोल में रखकर बात करो।"

"स्साले, हमें बात करना सीखा रहा है! हमें सीखा रहा है। यहां आ।" जिसके गाल पर चाकू का निशान बना था, उसने एकाएक कसकर कमांडर का हाथ पकड़ लिया, "मैं तुझे बताता हूँ कि होशांग कहाँ है।"

तुरंत दूसरे गुंडे ने भी कमांडर का दूसरा हाथ कसकर पकड़ लिया था।

"लेकिन कहाँ लेकर जा रहे हो?"

"पहले हिल तो सही।"

वह दोनों गुंडे कमांडर करण सक्सेना को लगभग खींचते हुए पीजा पार्लर के दरवाजे तक ले गए। उस पीजा पार्लर में जितने भी चीनी बैठे हुए थे, वह सब बड़े नॉर्मल अंदाज में उस दृश्य को देख रहे थे। क्योंकि वहाँ उस तरह के नजारे देखना उनके लिए आम बात थी।

पीजा पार्लर के दरवाजे पर पहुँचते ही उन्होंने कमांडर को इतनी जोर से धक्का दिया कि वह सड़क पर गिरते-गिरते बचा।

"अगर अपनी खैरियत चाहता है बेटा!" चाकू के निशान वाला जोर से गुर्राकर बोला, "तो नाक की सीध में सड़क पर एकदम सीधा-सीधा चलता जा। कहीं ऐसा न हो कि तेरी हड्डियां भी यहां कॉर्पोरेशन का भंगी आकर इकट्ठी करे।"

कमांडर करण सक्सेना का चेहरा एकदम से सुलग उठा।

उसके चेहरे की मांसपेशियां तन गईं और वह बड़ी तेजी से उन दोनों की तरफ लपका। लेकिन वह जितनी तेजी से उन दोनों की तरफ लपका था, उतनी ही तेजी से ठिठक भी गया।

दरअसल तभी कमांडर की नजर एक पुलिस पेट्रोलिंग जीप पर पड़ गई थी, जो वहीं पीजा पार्लर के नजदीक खड़ी थी और उसमें बैठा एक पुलिस ऑफिसर उसी नजारे को देख रहा था। वह बिल्कुल इस मूड में था कि वहां कुछ मार-पिटाई हो और फिर वह बीच में जाकर टांग अड़ाए।

कमांडर फौरन अपने सारे गुस्से को पी गया।

फिलहाल वह बीजिंग में ऐसा कोई हंगामा नहीं चाहता था, जो पुलिस केस बने। इससे उसके पूरे मिशन का कचरा हो जाना था।

उसने सिर्फ खा जाने वाली नजरों से उन दोनों गुंडों को देखा तथा फिर धीमें-धीमें कदमों से टैक्सी स्टैंड की तरफ बढ़ गया।

पीछे से उसे दोनों गुंडों के हँसने की आवाजें सुनाई दीं।

लेकिन कमांडर करण सक्सेना ने परवाह नहीं की। वह मिशन की खातिर गुस्से को जब्त किये चला जा रहा था।

★★★

वह वहां से सीधा उस होटल में पहुँचा, जहाँ वह ठहरा हुआ था।

एक बात कमांडर करण सक्सेना अब तक भली-भांति समझ चुका था कि नीलकंठ तक पहुँचना कोई आसान काम नहीं है।

नीलकंठ को ढूंढ़ निकालना खुद अपने आप में एक मिशन था। क्योंकि यह बात चीन का बच्चा-बच्चा जानता था कि नीलकंठ बीजिंग में रहता है, परंतु वह बीजिंग में कहाँ रहता है, यह किसी को मालूम न था।

सबसे बड़ी मुश्किल कमांडर के सामने यह थी कि बिना नीलकंठ से मिले इस बार उसका मिशन आगे नहीं बढ़ना था।

वह होटल के अपने सुईट में टाँग फैलाकर लेट गया और उसने आंखें बंद कर लीं।

आँखें बंद करते ही कमांडर करण सक्सेना की आँखों के गिर्द फ़िल्म-सी चलने लगी और उसे वह क्षण याद आने लगे, जब मुंबई में रॉ चीफ गंगाधर महंत ने उसे वह आश्चर्यजनक केस सौंपा था।

★★★

"यह एक अद्भुत मिशन है करण!" गंगाधर महंत रॉ हेडक्वार्टर के फ़िल्म-रूम में उसका स्वागत करने के बाद कुर्सी पर बैठते हुए बोले, "इसे मैंने अद्भुत मिशन इसलिए कहा,

क्योंकि इस बार तुम्हें जिस मिशन पर चीन भेजा जा रहा है, उस मिशन की फुल डिटेल अभी मुझे भी पता नहीं है।"

"मैं कुछ समझा नहीं।" कमांडर करण सक्सेना चौंका।

"मैं तुम्हें सब कुछ समझाता हूँ, बैठ जाओ।"

कमांडर करण सक्सेना बड़ी सस्पेन्सफुल स्थिति में गंगाधर महंत के बराबर वाली कुर्सी पर बैठ गया।

फ़िल्म-रूम की छत में उस समय सौ वाट का बल्ब जल रहा था और उन दोनों के सामने पैंतीस मिलीमीटर का वह सफेद पर्दा था, जिस पर मिशन से संबंधित स्टील फोटोग्राफ्स तथा फिल्में दिखाई जाती थीं।

"दरअसल इस बार तुम्हें चीन जाकर एक क़ैदी को आजाद कराना है।" गंगाधर महंत हवाना सिगार सुलगाते हुए बोले, "वह एक बड़ा अजीबोगरीब वी.आई.पी. क़ैदी है। कभी उसने यह क़ैद खुद अपनी इच्छा से दौलत के लालच में कुबूल की थी। वह एक भारतीय डॉक्टर है, लेकिन आज की तारीख में मैं उसका नाम नहीं जानता। यह इस देश का दुर्भाग्य है करण कि इस देश की मिट्टी ने बड़ी-बड़ी प्रतिभाओं को जन्म दिया, परंतु उनमें से ज्यादातर प्रतिभाएँ बेपनाह दौलत कमाने के लालच में इंग्लैंड, अमेरिका, चीन या रूस चली जाती हैं। जिन प्रतिभाओं की खुशबू से इस देश की मिट्टी को महकना चाहिये था, उन प्रतिभाओं की खुशबू से उन देशों की मिट्टी महकती है, और विश्व में उन देशों का सिर बुलंद होता है। यही कारण है कि आज हमारा देश साइंस और मेडिकल साइंस के क्षेत्र में जहाँ पिछड़ता जा रहा था, वहीं अमेरिका, इंग्लैंड, चीन और रूस जैसे देश हमसे कहीं आगे निकल गए हैं। जबकि इन क्षेत्रों में उन देशों ने यह ख्याति भारत के दम पर ही पाई है। उन भारतीय प्रतिभाओं के दम पर पाई है, जो भटकी हुई प्रतिभाएँ हैं, जो दौलत के लालच में अपनी भारत माता के आँचल को छोड़कर अलग हो गईं तथा उन्होंने विदेशों की शरण ले ली।"

बोलते-बोलते गहरी साँस ली थी गंगाधर महंत ने।

वह एकाएक कुछ जज्बाती हो गए थे।

थोड़ा संभलकर गंगाधर महंत ने हवाना सिगार में से ढेर सारा धुआँ छोड़ा था, फिर आगे बोले, "जिस डॉक्टर का मैं जिक्र कर रहा हूँ, वह डॉक्टर भी एक ऐसी ही भारतीय प्रतिभा है। वह कभी दौलत कमाने के चक्कर में चीन चला गया था। वहाँ उसने बेपनाह दौलत कमाई। मेडिकल साइंस के क्षेत्र में ऐसे-ऐसे सफल प्रयोग किये,

जिससे चीन को कई क्षेत्रों में अपनी स्थिति मजबूत करने में भारी योगदान मिला। कुल मिलाकर आज की डेट में स्थिति यह है कि वह एक बहुत बड़ा तथा बहुत कामयाब डॉक्टर है। चीन की सरकार उसे बहुत सम्मान देती है। लेकिन अब वह डॉक्टर वापस भारत लौटना चाहता है। जिंदगी के इस पड़ाव पर आकर अब उसे इस बात का पश्चाताप हो रहा है कि उसने दौलत के लालच में चीन जाकर अपने जीवन की सबसे बड़ी गलती की।"

"आप उस डॉक्टर का नाम क्यों नहीं जानते?" कमांडर ने कौतुहलतावश पूछा।

"दरअसल वह भारतीय डॉक्टर चीन में इतनी बड़ी और पावरफुल पोजीशन बना चुका है।" गंगाधर महंत बोले, "कि अब हर समय उसे सी. एस. एस. (चायनीज़ सीक्रेट सर्विस) के आदमी घेरे रहते हैं। वह भारतीय डॉक्टर उनके लिए इतना मूल्यवान है कि चीन सरकार उसे किसी भी कीमत पर खोना नहीं चाहती। चीनियों को हर समय यह खतरा बना रहता है कि कहीं कोई उसे गोली न मार दे। इसलिए उस भारतीय डॉक्टर की सुरक्षा व्यवस्था की जिम्मेदारी सी. एस. एस. को सौंपी गई है। वह अपने कमरे से बाहर अगर पेशाब करने भी निकलता है, तो सी. एस. एस. के आदमी उसके साथ होते हैं। उसका प्रत्येक टेलीफोन टेप किया जाता है। एक-एक चिट्ठी चेक होकर उस तक पहुँचती है।"

"लेकिन यह सब तो उस भारतीय डॉक्टर की हिफाजत के लिए चायनीज़ सीक्रेट सर्विस कर रही है, फिर यह क़ैद कहाँ हुई?"

"बिल्कुल ठीक!" गंगाधर महंत ने अपने पसंदीदा हवाना सिगार में से पुनः धुआँ छोड़ा, "चायनीज़ सीक्रेट सर्विस के आदमी उसकी हिफाजत के लिए ही यह सब कर रहे हैं। परंतु उस भारतीय डॉक्टर के लिए परिस्थितियां एकाएक बहुत बदल गई हैं। अगर वह भारत वापस न आना चाहता, तब तो कोई बात न थी। लेकिन वह वापस आना चाहता है, इसलिए उस पूरी सुरक्षा व्यवस्था ने उसके लिए क़ैद जैसा रूप धारण कर लिया है। वह जानता है कि अगर सीक्रेट सर्विस के आदमियों को उसके इरादों की जरा-सी भी भनक मिल गई, तो वह उसे फौरन गोली मार देंगे। आज की तारीख में उस सुरक्षा व्यवस्था का सबसे बड़ा नुकसान उसे खुद ही उठाना पड़ रहा है।"

"ओह!" कमांडर करण सक्सेना पलक झपकते ही सारे हालात भाँप गया, "परिस्थिति वाकई बहुत जटिल है।"

गंगाधर महंत शांत मुद्रा में बैठे रहे।

"लेकिन जब वह भारतीय डॉक्टर सीक्रेट सर्विस के आदमियों के बीच इतनी बुरी तरह फँसा है, तो फिर उसने अपना यह संदेश भी आप तक किस तरह पहुँचाया कि वह चीन छोड़कर अब वापस भारत आना चाहता है?"

"गुड क्वेश्चन!" गंगाधर महंत हल्के से मुस्कुराये, "दरअसल इसके लिए उस भारतीय डॉक्टर ने एक बिल्कुल नया तरीका खोजा।"

"क्या?"

"चीन में एक नेपाली प्रोफेसर है। प्रोफेसर आदित्य कोइराला! उस डॉक्टर ने प्रोफेसर कोइराला को अपने तथा भारत सरकार के बीच का बिचौलिया बनाया और उसके द्वारा यह खबर भारत सरकार के पास भिजवाई कि वह भारत अपने वतन लौटना चाहता है। इस सिलसिले में भारत सरकार उसकी मदद करे।"

"ओह!"

"यह है उस प्रोफेसर कोइराला की तस्वीर, जिसने यह महत्वपूर्ण रिपोर्ट भारत सरकार तक पहुँचाई।"

★★★

गंगाधर महंत ने प्रोजेक्टर रूम की तरफ हाथ से कुछ इशारा किया, तो तत्काल छत में जलता सौ वाट का बल्ब बुझ गया और सामने पैंतीस मिलीमीटर की सिल्वर स्क्रीन पर प्रोफेसर कोइराला की तस्वीर चमकने लगी।

प्रोफेसर कोइराला की उम्र लगभग पचास वर्ष के आसपास थी और वह शक्ल-सूरत से ही नेपाली नजर आते थे। वही ठिगना-सा कद। चीनियों की तरह पिचकी हुई नाक और बटन की तरह चमकती हुई आँखें। अलबत्ता उनका रंग जरूर नेपालियों से कहीं ज्यादा साफ था।

"इसमें कोई शक नहीं।" गंगाधर महंत अपलक उस तस्वीर को देखते हुए बोले, "कि प्रोफेसर कोइराला ने अपनी जिंदगी का दांव लगाकर यह खबर भारत सरकार तक पहुँचाई।"

"क्या प्रोफेसर कोइराला ने भी उस भारतीय डॉक्टर का नाम नहीं बताया?"

"नहीं।"

"क्यों?" कमांडर के स्वर में हैरानी पैदा हुई।

"दरअसल भारतीय डॉक्टर ने भी उसे अपना नाम न बताने के लिए कहा था। डॉक्टर हद से ज्यादा डरा हुआ था और हर पल यह खतरा महसूस हो रहा था कि अगर

कहीं उसके इरादे लीक हो गए, तो फिर चायनीज़ सीक्रेट सर्विस उसे नहीं छोड़ेगी। इसलिए वह एक-एक-एक कदम फूंक-फूंककर रख रहा था। प्रोफेसर कोइराला ने डॉक्टर का संदेश भारत सरकार को देने के बाद कहा कि अगर वह उस डॉक्टर को चीनी क़ैद से आजाद कराना चाहते हैं, तो वह उसकी रिहाई के लिए कोई भारतीय जासूस बीजिंग भेजें। बीजिंग पहुँचते ही उस जासूस को डॉक्टर का नाम, पता सब कुछ बता दिया जाएगा।"

"इसका मतलब उस डॉक्टर को भारत सरकार पर यकीन भी नहीं था?"

"यह बात नहीं!" गंगाधर महंत ने पुनः हवाना सिगार का कश लगाया, "उसे भारत सरकार पर यकीन था, परंतु इस बात पर यकीन नहीं था कि भारत सरकार को नाम बताने के बाद वह लीक तो नहीं हो जाएगा। यह तो तुम जानते ही हो कि आज तमाम देशों में एक-दूसरे के जासूस फैले हुए हैं। सिर्फ इतना ही नहीं, बड़े-बड़े नेता भी आज दौलत के लालच में अपने ही देश के खिलाफ जासूसी करते हैं। ऐसी परिस्थिति में किसी पर एकदम से यकीन कर लेना सचमुच बेवकूफी है।"

कमांडर उस रहस्यमयी डॉक्टर के चरित्र से प्रभावित हुए बिना न रहा।

इसमें कोई शक नहीं कि वह डॉक्टर चाहे जो कोई भी था, बेहद बुद्धिमान था। यह बात उसके द्वारा उठाये गए तमाम कदमों से साफ जाहिर हो रही थी।

★★★

"भारत सरकार ने प्रोफेसर कोइराला की रिपोर्ट पर क्या एक्शन लिया?" कमांडर करण सक्सेना भी सस्पेन्सफुल स्थिति में सिल्वर स्क्रीन पर चमकती कोइराला की तस्वीर देख रहा था।

"यह रिपोर्ट आज से एक सप्ताह पहले प्रोफेसर कोइराला ने भारत सरकार को दी थी। जैसे ही कोइराला ने यह रिपोर्ट भारत सरकार को दी, सरकार ने फौरन अपना जासूस बीजिंग के लिए रवाना कर दिया।"

गंगाधर महंत ने प्रोजेक्टर रूम की तरफ फिर इशारा किया, तो तत्काल सामने सिल्वर स्क्रीन पर चमकती प्रोफेसर कोइराला की तस्वीर नदारद हो गई। और अब वहां मुश्किल से तीस-बत्तीस साल के नौजवान की तस्वीर नजर आने लगी। उसकी मांसपेशियां तनी हुई थीं। कद लंबा था और आँखों में फौजियों जैसी चपलता थी। बाल भी फौजियों जैसे ही छोटे-छोटे थे।

"यह है वह भारतीय जासूस।" गंगाधर महंत पैंतीस मिलीमीटर पर्दे की तरफ देखते हुए बोले, "जिसे प्रोफेसर कोइराला का मैसेज मिलते ही बीजिंग भेज दिया गया था। इसका नाम अरविंद पांडे है और यह 'रॉ' की एक स्पेशल ब्रांच का ऑफिसर है।"

"ओह!"

"बस अरविंद पांडे के बीजिंग पहुँचते ही हंगामा हो गया।"

"कैसा हंगामा?" कमांडर अलर्ट हुआ।

"किसी तरह सी. एस. एस. के आदमियों को यह पता चल गया कि कोई भारतीय डॉक्टर को चीन से भगाना चाहता है, और इस काम में प्रोफेसर कोइराला बिचौलिए की भूमिका निभा रहे हैं। उन्हें अरविंद पांडे के बीजिंग आने का भी पता चल गया। बस उन्होंने फौरन प्रोफेसर कोइराला को गोली मार दी तथा अरविंद पांडे को गिरफ्तार कर लिया।"

इस घटना को सुनकर कमांडर सन्न-सी अवस्था में बैठा रह गया था।

"अब स्थिति यह है।" गंगाधर महंत बोले, "कि प्रोफेसर कोइराला मारा जा चुका है। अरविंद पांडे वहाँ की सीक्रेट सर्विस की कोड में है। लेकिन अरविंद पांडे बीजिंग पहुँचने के बाद दो दिन तक प्रोफेसर कोइराला के साथ रहा था। इसलिए इस बात की पूरी-पूरी उम्मीद है कि जरूर प्रोफेसर कोइराला ने उस डॉक्टर का नाम अरविंद पांडे को बता दिया होगा। चायनीज़ सीक्रेट सर्विस भी अब जरूर अरविंद पांडे से उस भारतीय डॉक्टर का नाम पूछने की कोशिश कर रही होगी, इसीलिए वह अभी तक जिंदा है।"

कमांडर अभी भी आश्चर्यचकित-सी मुद्रा में चीफ की बातें सुन रहा था।

"बहरहाल अब इस मिशन को तुमने अंजाम देना है करण!" गंगाधर महंत ने हवाना सिगार का एक छोटा-सा कश लगाया, "तुमने बीजिंग जाकर सबसे पहले अरविंद पांडे को सी. एस. एस. के आदमियों से छुड़ाना है; और फिर उससे भारतीय डॉक्टर का नाम पूछना है। उसके बाद उस डॉक्टर को चीनी क़ैद से रिहा कराकर भारत लाना भी अब तुम्हारा दायित्व है।"

★★★

"हूँ!" कमांडर करण सक्सेना गम्भीर हो गया था और उसने अपना ओवरकोट दुरुस्त किया, "लेकिन अरविंद पांडे को चाइनीज सीक्रेट सर्विस ने कहाँ छिपाकर रखा होगा, यह पता लगाना भी आसान नहीं।"

"ठीक कहा तुमने। यह बात मेरी नॉलेज में भी थी और इसीलिए इसका पहले से ही मैंने हल भी सोचा हुआ है।"

"कैसा हल?"

"वह सामने पर्दे पर देखो। वह है मेरा हल।"

उसी क्षण पर्दे पर चमकती जासूस अरविंद पांडे की तस्वीर गायब हो गई थी, और अब वहाँ एक ऐसे आदमी की तस्वीर नजर आने लगी थी, जिसका पूरा शरीर काफी हद तक नीला था। बिल्कुल नीले कांच जैसा। आँखों में सांप जैसी चमक और शरीर दुबला-पतला लेकिन बेहद कसरती।

"न... नीलकंठ!" उस तस्वीर को देखते ही कमांडर के मुँह से सिसकारी छूटी।

"हाँ, नीलकंठ!" नीलकंठ की उस तस्वीर को देखकर गंगाधर महंत के चेहरे पर भी उत्साह के भाव नजर आने लगे थे, "जहाँ तक मैं समझता हूँ, नीलकंठ के बारे में ऐसा कुछ नहीं, जो तुम्हें पहले से ही नहीं मालूम। चीन में कोया-कोया हितेची से अपने माँ-बाप की मौत का बदला लेने के बाद वह वापस भारत नहीं आया था, बल्कि फिर वह वहीं का होकर रह गया। बीजिंग में बाकायदा उसने अपना एक गैंग बना लिया और भाड़े पर हत्यायें करने लगा। किसी भी इंसान की हत्या कर देना नीलकंठ के लिए सदा एक मामूली-सा खेल रहा है। उसने चीन के बड़े-बड़े प्रभावशाली लोगों के कहने पर कई हत्यायें कीं, इसलिए चीन की राजनीति में भी उसकी अच्छी घुसपैठ है। बुरे आदमी के तमाम गुण होते हुए भी नीलकंठ में एक अच्छा गुण भी है। वह आज भी अपने भारत से प्यार करता है। शायद इसलिए उसने समय-समय पर चीन के कई महत्वपूर्ण सीक्रेट्स भारत को सप्लाई किये हैं। आज से छह महीने पहले ऐसा ही एक सीक्रेट लेकर नीलकंठ जब भारत आया तो, भारत सरकार ने एक गुप्त समारोह में उसका सम्मान किया। तुम भी उस समारोह में उपस्थित थे।"

"हाँ चीफ!" कमांडर, नीलकंठ की तस्वीर देखता हुआ मानो किसी ख्वाब में डूब गया, "मैं भी उस सम्मान समारोह में मौजूद था। नीलकंठ से मिलना सचमुच किसी खास आदमी से मिलने जैसा है। उसकी एक यादगार आज भी मेरे पास है।"

"कौन-सी यादगार?"

"नीलकंठ की यह हस्तलिपि।" कमांडर ने फौरन अपने पर्स में से एक कागज निकालकर गंगाधर महंत को दिखाया, "नीलकंठ ने खुद अपने हाथ से लिखकर मुझे बीजिंग के पीजा पार्लर का यह एड्रेस दिया था। उसने कहा था कि अगर कभी

मुझे उसकी जरूरत पड़ जाए, तो मैं इस पीजा पार्लर में होशांग नामक एक चीनी से जाकर मिलूँ। होशांग उसका खास आदमी है, वह फौरन मुझे उस तक पहुँचा देगा।"

"गुड!" गंगाधर महंत के चेहरे पर खुशी के भाव तैर गए, "फिर तो और मुश्किल हल हो गई। यानी नीलकंठ तुम्हें खुद निमंत्रित कर गया है। बहरहाल अब यही नीलकंठ यह पता लगाने में तुम्हारी मदद करेगा कि चायनीज सीक्रेट सर्विस ने अरविंद पांडे को कहाँ रख छोड़ा है।"

★★★

होटल के अपने सुइट में टाँग फैलाकर लेटे कमांडर करण सक्सेना के आँखों के गिर्द अब फ़िल्म चलनी बंद हो गई थी।

अलबत्ता नीलकंठ की हस्तलिपि वाला कागज इस समय भी उसके हाथ में था।

उस पर अंग्रेजी भाषा में पीजा पार्लर का एड्रेस लिखा था।

लेकिन नीलकंठ की अंग्रेजी भाषा भी ऐसी थी कि हर कोई उसे देखकर चक्कर खा जाए।

दरअसल नीलकंठ की हस्तलिपि पर चीनी भाषा का पूरा असर था।

चीनी भाषा इस तरह लिखी जाती है, जैसे चित्रकारी की गई हो। नीलकंठ के अंग्रेजी भाषा के शब्द भी कुछ-कुछ चित्रकारी पूर्ण अंदाज में ही बनाये गए थे।

कमांडर, नीलकंठ की हस्तलिपि देखकर मुस्कुराये बिना न रह सका।

★★★

अगले दिन कमांडर करण सक्सेना बीजिंग के प्रसिद्ध वालालोना बाजार में पहुँचा।

वालालोना बाजार सेकंड हैंड कारों की बिक्री के लिए बहुत प्रसिद्ध है। वहाँ बाकायदा सेकंड हैंड कारों की भेड़-बकरियों की तरह पेंठ-सी लगती है और बड़े-बड़े धन्ना सेठ कार खरीदने वहाँ जाते हैं।

उस मिशन के दौरान करण सक्सेना को भी एक कार की जरूरत थी।

वह काफी देर तक वालालोना बाजार में घूमता रहा।

तभी उसकी नजर एक ऐसी लाल कैरोना कार पर पड़ी, जो हूबहू उसकी अपनी कार की तरह थी और एकदम फर्स्ट क्लास कंडीशन में थी।

"गुड!" कार देखते ही करण सक्सेना की आँखों में चमक कौंध उठी।

"कार लेनी है साहब?" फौरन एक बाइस-तेईस साल का चीनी छोकरा दौड़ता हुआ कमांडर करण सक्सेना के पास आया।

वह सेल्समैन था।

"हाँ!" कमांडर ने कैरोना का दरवाजा खोलकर अंदर झांका, "क्या कीमत है इसकी?"

"बहुत कम कीमत है साहब! एकदम फ्री बराबर। कूड़े के भाव। ऊपर से पूरी कार एकदम फर्स्ट क्लास। इंजन, बॉडी सब रेडी। सिर्फ एक ही प्रॉब्लम है।"

"क्या?"

"कार में स्टार्टिंग ट्रबल की थोड़ी शिकायत है। लेकिन अपन के पास मैकेनिक है। अपन उस प्रॉब्लम को भी एकदम फिनिश कराकर देगा।"

"कीमत क्या है?"

"सिर्फ साठ हजार युआन (चीनी मुद्रा)।"

कमांडर चौंका। कार की कीमत वाकई बहुत कम थी।

"क्या हुआ साहब?"

"तुम कीमत बहुत ज्यादा बता रहे हो।" कमांडर उससे थोड़ी सौदेबाजी करने के इरादे से बोला।

"कैसी बातें करते हो साहब! इंग्लिश गाड़ी है, फिर एकदम टनाटन कंडीशन में। एक आदमी ने बहुत मजबूरी में गाड़ी बेची थी। वन हैंड ड्राइव है।"

"कंडीशन मुझे भी दिखाई दे रही है, लेकिन कीमत फिर भी बहुत ज्यादा है।"

कमांडर करण सक्सेना ने कार का दरवाजा बंद किया और फिर वहाँ से चलने का बड़ा नाटकीय उपक्रम किया।

वह जानता था कि ऐसे बाजारों में चीजें बहुत सस्ती मिल जाती हैं।

"साहब! रुको साहब!"

"क्या है?"

"आपको यह कैरोना कितने की लेनी है साहब?"

"अब क्या बोलूं?"

"कुछ तो बोलो साहब!"

कमांडर करण सक्सेना वापस पलटकर दोबारा कैरोना के नजदीक आया और फिर उसने बड़े जांचने-परखने वाले अंदाज में उसकी बॉडी थपथपाई।

"चालीस हजार युआन!"

"क... क्या?"

कमांडर इस बार थोड़ी ऊँची आवाज में बोला, "चालीस हजार युआन। क्या कम सुनते हो?"

"लेकिन यह तो बहुत कम कीमत है साहब!"

"मैं तो बस इतने ही युआन दे सकता हूँ। अगर सौदा मंजूर हो तो बोलो।"

"कुछ तो कीमत और बढ़ाओ साहब!"

"नहीं, मेरी तरफ से यही रकम फाइनल है।"

"यह तो जिद वाली बात हो गई साहब!"

"इसे तुम कुछ भी समझो।"

कमांडर ने दोबारा चलने का उपक्रम किया, तो चीनी छोकरा इस बार उसके बिल्कुल सामने जा खड़ा हुआ तथा बार-बार कुछ और रकम बढ़ाने की जिद करने लगा।

थोड़ी सौदेबाजी के बाद ही बयालीस हजार युआन में सौदा तय हो गया।

वहाँ मौजूद मैकेनिक ने मुश्किल से दस मिनट में उसकी स्टार्टिंग ट्रबल वाली प्रॉब्लम भी खत्म कर दी।

दरअसल उस लाल कैरोना की क्वायल अपनी जगह से थोड़ी हिल गई थी और उसके कार्बोरेटर में कचरा आ गया था, इसी वजह से वह स्टार्ट होने में परेशानी पैदा कर रही थी।

मैकेनिक ने क्वॉयल ठीक की और कॉर्बोरेटर की साफ-सफाई की, तो फौरन कार का इंजन घर्र-घर्र करते हुए गरजने लगा।

★★★

शाम के सात बजे का समय।

कमांडर करण सक्सेना एक बार फिर उसी पीजा पार्लर के अंदर मौजूद था, जिसका एड्रेस नीलकंठ ने उसे दिया था।

अलबत्ता आज वह उस खैय्यस बूढ़े से मगजधनी करने की बजाय खामोशी के साथ कोने में पड़ी एक टेबल पर जाकर बैठ गया था और वहीं बैठा-बैठा पूरे पीजा पार्लर का नजारा देखने लगा। वहाँ उस समय काफी चीनी मौजूद थे, और वह सब रोटी में लगा बिल्ली का गोश्त बड़े चटखारे ले-लेकर खा रहे थे।

कमांडर ने डनहिल सुलगा ली और फिर वह वहाँ मौजूद एक-एक चीनी का चेहरा गौर से देखने लगा।

वह उनमें होशांग को पहचानने की कोशिश कर रहा था। क्योंकि उसने पहले कभी होशांग की तस्वीर तक नहीं देखी थी। सिर्फ एक चीज ऐसी थी, जिसके जरिये वह होशांग को पहचान सकता था।

वह यह कि होशांग एक ड्रग एडिक्ट था। ड्रग एडिक्टों की सबसे बड़ी पहचान तो यही होती है कि उनकी आँखों में हर समय लाल-लाल डोरे खिंचे रहते हैं तथा होंठों पर खुश्की-सी छाई रहती है। इसके अलावा और भी ऐसे कई चिन्ह होते हैं, जो ड्रग की मुसलसज डोज लेते रहने के कारण एडिक्टों के चेहरे पर नजर आने लगते है।

वह होशांग को ढूंढ़ने की कोई नई तरकीब सोचता, उससे पहले ही कल वाले दोनों गुंडे उसकी टेबल के नजदीक आकर खड़े हो गए।

"क्या हाल है चंगेज खान?" जिसके गाल पर चाकू का निशान बना था, वह कमांडर का मखौल उड़ाते हुए बोला।

"ठीक है।" कमांडर ने बिना विचलित हुए जवाब दिया।

"आज फिर होशांग के इंतजार में यहां बैठा दिखता है?" दूसरा गुंडा बोला।

"नहीं, मैं होशांग के इंतजार में नहीं बैठा।"

"फिर?"

"दरअसल अब से ठीक पंद्रह मिनट बाद मुझे इस पीजा पार्लर से होशांग के बारे में एक इन्फॉर्मेशन मिलनी है। मैं उसी का इंतजार कर रहा हूँ।" फिर वह उन दोनों गुंडों का चेहरा देखकर मुस्कुराया, "लेकिन अब लगता है कि मेरा यह काम और जल्दी हो जाएगा।"

दोनों गुंडों के चेहरे पर आश्चर्य की नाव तैर गई।

"तुझे इस पीजा पार्लर से होशांग के बारे में इन्फॉर्मेशन मिलनी है?"

"हाँ।"

"लेकिन मेरे भाई, तुझे यहाँ इन्फॉर्मेशन कौन देगा?"

"बताऊँ?"

"बिल्कुल बता।"

"दरअसल यह बात बहुत सनसनीखेज है।" कमांडर डनहिल ऐश-ट्रे में रगड़कर बुझाता हुआ बोला, "ऐसे भीड़-भड़क्के वाली माहौल में वह बात बताने की नहीं। एक

काम करते हैं, कहीं एकांत में चलते हैं। वहीं मैं तुम्हें बताऊंगा कि मुझे होशांग के बारे में इन्फॉर्मेशन कौन देगा।"

दोनों गुंडे बड़े जोरदार ढंग से हँसे।

"ले भई!" चाकू के निशान वाला अपने साथी की तरफ देखकर चहका, "अपना चंगेज खान बोलता है कि कहीं एकांत में चलते हैं। चल बेटा, चल! तुझे ऐसे एकांत में लेकर चलते हैं, जैसा एकांत तूने पहले कभी न देखा होगा और न भविष्य में देखेगा।"

"चलो।"

कमांडर करण सक्सेना बेखौफ कुर्सी छोड़कर खड़ा हो गया।

वह कोई पक्का इरादा कर चुका था।

★★★

शीघ्र ही वह दोनों गुंडे कमांडर को लेकर पीजा पार्लर के बिल्कुल अंदर बने एक ऐसे तन्हा कमरे में पहुँचे, जहाँ एकदम सन्नाटा था।

"यहां एकांत तो बहुत बढ़िया है न बेटा चंगेज खान?" चाकू के निशान वाले ने पूछा।

"बहुत बढ़िया।" कमांडर दीवार के कोनों को देखता हुआ बोला, "यहां से आवाज बाहर तो नहीं जाएगी।"

"बिल्कुल भी नहीं बेटा! यहां भैंस काट डालो, सुअर काट डालो, हाथी काट डालो, लेकिन बाहर पत्ता तक नहीं खड़केगा।"

"यह और बढ़िया बात है। कमरे का दरवाजा भी अंदर से बंद किये देते हैं।" कमांडर बोला, "ताकि आवाज बिल्कुल बाहर न पहुँचे।"

"तू क्यों कष्ट करता है मेरे चंगेजी!" चाकू के निशान वाला हँसकर बोला, "ले, यह काम मैं ही किये देता हूँ।"

उसने आगे बढ़कर कमरे का दरवाजा भी अंदर से कसकर बंद कर दिया।

"यह बहुत अच्छा किया तुमने।"

"क्या?"

"जो दरवाजा भी खुद ही बंद कर दिया।"

"हम तो सारे ही काम बहुत अच्छे करते हैं चंगेजी! चल अब जल्दी से बता दे कि तुझे होशांग के बारे में इन्फॉर्मेशन कौन देने वाला है?"

"उसका नाम सुनकर तुम दोनों उछल पड़ोगे।"

"अब बता भी दे। क्यों ख्वामखाह सस्पेन्स पैदा कर रहा है!"

"बाहर काउंटर पर जो खैय्यस बूढ़ा बैठा हुआ है, वह मुझे इन्फॉर्मेशन देगा।"

फौरन दोनों गुंडे पहले से भी कहीं ज्यादा हास्यास्पद अंदाज में यूं हँसे, जैसे कोई उनको गुदगुदी कर रहा हो।

"बेटा चंगेजी! जिस खैय्यस बूढ़े का तू जिक्र कर रहा है, वह हम दोनों का भी बाप है।"

"मैं जानता हूँ।"

"फिर भी तुझे यकीन है कि वह बूढ़ा तुझे होशांग के बारे में इन्फॉर्मेशन देगा?"

"बिल्कुल देगा।"

"लेकिन कैसे?" अब दोनों गुंडे चौंके।

"बताऊँ?"

"बिल्कुल बता मेरे भाई! आखिर यही जानने के वास्ते तो हम तुझे यहां लेकर आए हैं।"

दोनों गुंडे कुछ समझ पाते, उससे पहले ही कमांडर एकदम बिजली की तरह गड़गड़ाकर उनके ऊपर टूट पड़ा।

दोनों गुंडों ने उसका मुकाबला करने को कोशिश की।

लेकिन असफल।

उनकी दर्दनाक चीखें कमरे में गूँजने लगीं। वह बचने के लिए इधर-उधर भागे।

मुश्किल से पाँच मिनट बाद ही ठिगने कद के वह दोनों चीनी गुंडे खून से लथपथ फर्श पर पड़े थे।

कमांडर करण सक्सेना उनके करीब पहुँचा, नीचे झुका, फिर दनादन दो घूँसे उनके सिर पर जमाये।

तत्काल वह बेहोश हो गए।

★★★

कमांडर करण सक्सेना फिर पीजा पार्लर के काउंटर पर बैठे खैय्यस बूढ़े के पास पहुँचा।

बूढ़ा उसे देखकर यूँ ज़ोर से चिहुँका था, जैसे उसने कोई अजूबा देख लिया हो।

"तू आज फिर आ गया!"

"हाँ।" कमांडर दोनों कोहनियाँ काउंटर पर टिकाकर उसकी तरफ झुका, "मुझे कल वाली बात आगे बढ़ानी थी।"

"कौन-सी कल वाली बात?"

"यही कि होशांग यहां नशे की पुड़िया लेने कब आता है?"

"अबे, तेरा दिमाग तो खराब नहीं हो गया!" बूढ़ा गला फाड़कर चिल्लाया, "यह तुझे ड्रग एडिक्टों का अड्डा नजर आता है कबूतर!"

"आज यूँ चिल्लाने की जरूरत नहीं है।" कमांडर पहले की तरह धैर्यपूर्वक बोला, "तुम्हारे यूँ हलक फाड़-फाड़कर चिल्लाने से तुम्हारे वह गुंडे आज मदद के लिए नहीं आ जायेंगे।"

"क्यों?" बूढ़ा हड़बड़ाया, "क्यों नहीं आ जायेंगे?"

"क्योंकि इस समय वह गहरी नींद सो रहे हैं महाशय!"

"यह क्या बकवास कर रहा है तू?" बूढ़ा दोबारा भड़का, "यह उनके सोने का समय नहीं है। यह उनकी पीजा पार्लर में ड्यूटी का वक़्त है बेवकूफ!"

"दरअसल वह दोनों भी सोना नहीं चाहते थे।" कमांडर बोला, "लेकिन मैंने उन्हें इतनी जोर से थपक-थपककर लोरी सुनाई कि उन्हें मजबूरन सोना पड़ा।"

"ल... लोरी सुनाई!"

"हाँ। यकीन नहीं आता, तो मेरे साथ आओ। मैं तुम्हें उनके दर्शन कराता हूँ।"

चीनी बूढ़ा तेज-तेज कदमों से कमांडर करण सक्सेना के साथ चल पड़ा।

कमांडर उस खैय्यस बूढ़े को लेकर सीधा पीजा पार्लर के बिल्कुल अंदर बने उस तन्हा कमरे में पहुँचा, जहाँ वह दोनों गुंडे अभी भी बेहोश पड़े थे।

उन गुंडों की वह हालत देखते ही बूढ़े के दहशत से नेत्र फैल गए।

"इ... इन्हें इतनी बुरी तरह किसने मारा?" बूढ़े के मुँह से सिसकारी छूटी थी।

"मैंने मारा।"

"त... तुमने!" बूढ़ा और बुरी तरह हड़बड़ाया।

"हाँ, मैंने। क्यों, हैरानी हो रही है तुम्हें?" कमांडर करण सक्सेना इत्मीनान से पलटकर अब कमरे का दरवाजा अंदर से बंद करने लगा।

"य... यह दरवाजा क्यों बंद कर रहे हो तुम?" बूढ़ा तेजी से उसकी तरफ झपटा।

लेकिन तब तक कमांडर करण सक्सेना न सिर्फ दरवाजा अंदर से बंद कर चुका था, बल्कि अब उसने अपनी कोल्ट रिवॉल्वर भी निकाल ली थी।

"य... यह क्या कर रहे हो?"

"तुम्हारे यह दोनों पहलवान थोड़ी देर पहले मुझे एक बहुत बढ़िया बात बता रहे थे।" कमांडर करण सक्सेना मुस्कुराकर बोला।

"क... क्या?"

"यह बता रहे थे कि पूरे पीजा पार्लर में यह कमरा सबसे ज्यादा सेफ है। यहां भैंस काट डालो, हाथी काट डालो, सुअर काट डालो, लेकिन बाहर किसी को पता तक नहीं चलता। कानोंकान बाहर पत्ता तक नहीं खड़कता कि यहां कुछ हुआ है। फिर मैंने जब ट्रायल करने के लिए इन पर मार लगाई, तब भी बाहर पत्ता तक नहीं खड़का, तब कहीं मुझे इस बात पर यकीन हुआ कि यह भले आदमी जो कह रहे थे, सच कह रहे थे।"

बूढ़े ने जल्दी से अपने खुश्क होंठों पर जुबान फेरी। वह खतरा भांप चुका था।

"अब एक बड़ी नई बात मैं सोच रहा हूँ।" कमांडर करण सक्सेना रिवॉल्वर लेकर बूढ़े के बिल्कुल करीब जाकर खड़ा हो गया, "मैं सोच रहा हूँ कि जब भैंस और सुअर के कटने तक का यहां पता नहीं चलता, तो फिर अगर मैं साठ-पैंसठ साल के किसी चूहे जैसे मरियल बूढ़े को यहां काट डालूँ तो चूँ भी नहीं होगी।"

बूढ़े के शरीर का एक-एक रोआं खड़ा हो गया। उसके सम्पूर्ण शरीर में मौत की सिरहन दौड़ गई।

"त... तुम मुझे यहां क्यों लेकर आए हो?"

"मैं कहाँ लेकर आया हूँ। तुम खुद ही तो मेरे साथ आए हो महाशय! मैं तो सिर्फ यह पूछ रहा हूँ कि होशांग यहां ड्रग लेने कब आता है?"

"द... देखो!" बूढ़ा सहमकर बोला, "यह सच है कि होशांग यहां आता है। ड्रग लेने ही आता है।"

"यानी तुम यह कबूल करते हो कि पीजा पार्लर की आड़ में तुम्हारा नारकोटिक्स का भी अवैध कारोबार है?" कमांडर करण सक्सेना ने अपनी रिवॉल्वर हिलाई।

"ह... हाँ, मैं कबूल करता हूँ।"

"थैंक्स गॉड! शुक्र है कि तुमने यह तो कबूला। अब होशांग के बारे में भी बताओ?"

"होशांग यहां पहले रोजाना आता था।" बूढ़ा बोला, "शाम के वक्त। बिना नागा। दरअसल वह पक्का ड्रग एडिक्ट है, और बिना नशा किये उसे चैन नहीं पड़ता। लेकिन पिछले पंद्रह दिन से वह न जाने कहाँ गायब हो गया है।"

करण सक्सेना चौंका, "यानी पिछले पंद्रह दिन से होशांग इस पीजा पार्लर में एक बार भी नहीं आया?"

"नहीं।"

"कहाँ गायब हो गया वह?"

"पता नहीं कहाँ गायब हो गया।" बूढ़ा बोला, "मैं खुद हैरान हूँ। पहले ऐसा कभी नहीं हुआ, जब होशांग इतने दिन के लिए गायब हो गया हो।"

कमांडर थोड़ा और आगे बढ़ा तथा उसने अपनी रिवॉल्वर बूढ़े के ऐन दिल पर रखी, "तुम सच तो बोल रहे हो न?"

"त... तुम मुझसे चाहे जैसी कसम ले लो।" बूढ़े की आवाज रुआंसी हो उठी, "मैं बिल्कुल सच बोल रहा हूँ माई-बाप!"

"ओके! होशांग से मिलने के वास्ते उसका कोई पता-ठिकाना बताओ।"

"म... मैं उसका कोई पता-ठिकाना नहीं जानता।"

"कोई और ऐसा जरिया बताओ।" कमांडर बोला, "जिससे होशांग तक पहुँचा जा सके।"

वह चीनी बूढ़ा अपने दिमाग पर जोर डालकर सोचने लगा।

"एक जरिया है।" बूढ़े ने थोड़ा उत्साहित होकर कहा, "जिससे तुम होशांग तक पहुँच सकते हो।"

"क्या?"

"होशांग की एक बहन है। उसका नाम है, लोलो।"

"लोलो!"

"हाँ। दरअसल, उसका असली नाम तो कुछ और है।" बूढ़ा बोला, "लेकिन वह अपने इसी नाम से ज्यादा प्रसिद्ध है। लोलो तुम्हें होशांग का पता बता सकती है। लेकिन मुश्किल यह है कि मुझे लोलो का पता भी नहीं मालूम।"

"फिर क्या बात बनी।"

"परंतु एक जगह ऐसी है।" बूढ़ा अपने दिमाग पर जोर डालता हुआ बोला, "जहाँ तुम्हें लोलो मिल सकती है।"

"कहाँ?"

"दरअसल लोलो एक स्ट्रीट वॉकर (सड़क पर घूमकर जिस्मफरोशी का धंधा करने वाली लड़की) है। मैंने सुना है कि वह रोजाना रात को हिलथन रोड पर

घूमकर अपने जिस्म के लिए ग्राहक तलाशती है। तुम आज रात हिलथन रोड चले जाओ। अगर तुम्हारी किस्मत तेज हुई तो बहुत मुमकिन है कि लोलो तुम्हें मिल जाए।"

"लेकिन मैं वहाँ लोलो को पहचानूंगा कैसे?"

"वह कोई मुश्किल नहीं।" बूढ़ा अपनी आँखों में थोड़ी वासनात्मक चमक भरकर बोला, "लोलो जैसी लड़की को हजारों में तो क्या, लाखों के बीच में भी अलग पहचाना जा सकता है। वह कॉलेज की फैशनेबल लड़कियों की तरह खूब सज-संवर कर रहती है, उसकी साफ-सुथरी पिंडलियाँ उसके जिस्म का सबसे ज्यादा आकर्षक हिस्सा है। इसके अलावा उसके सुनहरे रंग के बॉबकट बाल हैं और आँखें जंगली बिल्ली की तरह कुछ-कुछ गहरी नीली हैं।"

उस छछूंदर से चीनी बूढ़े ने जिस तरह लोलो के जिस्म का खांका खींचा था, उसे सुनकर कमांडर मुस्कुराये बिना न रहा।

"ठीक है महाशय!" कमांडर रिवॉल्वर वापस ओवरकोट की जेब में रखता हुआ बोला, "मैं चलता हूँ। तुमने मेरी जो मदद की, उसके लिए बहुत-बहुत शुक्रिया!"

कमांडर करण सक्सेना ने दोनों गुंडों से बिल्कुल ठीक कहा था। पंद्रह मिनट बाद उसे होशांग के बारे में वहाँ से पहली इन्फॉर्मेशन मिल चुकी थी।

★★★

नीलकंठ से मिलना अभी कमांडर करण सक्सेना को जितना आसान लग रहा था, वह उतना ही मुश्किल बन चुका था।

रात के उस समय दस बज रहे थे, जब कमांडर लाल कैरोना कार में सवार होकर हिलथन रोड पहुँचा।

उसे बस एक ही बात का डर था कि अगर लोलो पहले ही उस रात किसी के साथ बुक हुई, तो उसके वहाँ दर्शन नहीं होने वाले थे।

हिलथन रोड चीन की राजधानी बीजिंग के मुख्य बाजारों में से एक है। हिलथन रोड से जुड़ी हुई चार पॉश कॉलोनियां हैं, जहाँ बड़े अमीर लोग रहते हैं। इसलिए हिलथन रोड सड़क पर घूमकर धंधा करने वाली लड़कियों के लिए स्वर्ग समान जगह है। वहाँ अक्सर नई उम्र के बिगड़ैल अमीरजादे उससे टकराते हैं, जिनके लिए बड़ी-बड़ी छातियों वाली लड़की को देखना एक ख्वाब की तरह होता है। वह न सिर्फ उन

लड़कियों को एक रात के लिए भारी-भरकम कीमत देते हैं, बल्कि उन्हें अपने साथ ले जाकर महंगे तथा आलीशान बिस्तरों पर सेक्स सुख भी प्रदान करते हैं।

करण सक्सेना ने वहां ऐसी कई वेश्यायें देखीं, जो इधर से उधर ग्राहक की तलाश में घूम रही थीं। लोलो जैसी आकर्षक पिंडलियाँ तथा बॉबकट बाल किसी के नहीं थे।

★★★

कमांडर करण सक्सेना ने हिलथन रोड के तीन-चार चक्कर लगा डाले, परंतु उसे लोलो के दर्शन कहीं नहीं हुए। अब वह निराश होने लगा।

लोलो जरूर पहले ही किसी के साथ बुक थी। कमांडर वहाँ से होटल वापस जाने का मन बना ही रहा था कि तभी उसे एक लड़की दिखाई दी।

उसकी उम्र मुश्किल से तेईस-चौबीस साल थी और उसकी पिंडलियाँ वैसी ही लाजवाब थीं, जैसी उस बूढ़े ने लोलो की बयान की थी। उस लड़की ने कैज़ुअल कोटी और भूरे रंग की ट्रेपीज स्कर्ट पहनी हुई थी। उसकी ट्रेपीज स्कर्ट खासतौर पर इतनी ऊँची थी, जिससे उसकी साफ-सुथरी और हल्की रोयेंदार पिंडलियाँ अलग चमके। उसके बाल भी बॉबकट थे और आँखें भी किसी जंगली बिल्ली की तरह गहरी नीली थीं। वह सामने से धीमे-धीमे कदमों से यूँ चली आ रही थी, जैसे कोई मुग़ल शहजादी अपने महल के कीमती गलीचों पर विचरण कर रही हो।

कमांडर के दिल की रफ्तार तेज हो गई। वह जरूर लोलो थी।

उसने अपनी कार की रफ्तार और धीमी कर दी। लाल कैरोना अब सड़क पर सिर्फ रेंग रही थी। लड़की के नजदीक पहुँचते ही उसने अपनी कार के ब्रेक अप्लाई किये तथा फिर दरवाजा खोलकर बाहर निकला।

लड़की भी अब सड़क के किनारे ठिठक गई और अपने कूल्हे थोड़ा उठाकर खड़ी हुई।

"लोलो!" कमांडर ने सीधे उसकी जंगली बिल्ली जैसी आँखों में झांककर कहा।

लड़की चौंकी।

उसके चौंकने के अंदाज से ही साबित हो गया कि वह शत-प्रतिशत लोलो है।

"तुम मेरा नाम कैसे जानते हो?" लोलो ने जल्दी से अपने कूल्हों को सामान्य अवस्था में लाने के बाद पूछा।

"मैं तुम्हारे बारे में और भी बहुत कुछ जानता हूँ।" कमांडर अब उसके बिल्कुल सामने खड़ा था, "जैसे तुम होशांग की बहन हो।"

होशांग का जिक्र छिड़ते ही लोलो ने अपने कंधे उचकाये। अब वह यह भलीभांति समझ गई थी कि सामने खड़ा नौजवान उसके जिस्म का ग्राहक हरगिज नहीं है।

"देखो, मैं इस समय होशांग और अपने बारे में कोई बात नहीं करना चाहती।" लोलो व्यग्रता जाहिर करती हुई बोली, "यह मेरे धंधे का टाइम है।"

"धंधे की तुम बिल्कुल परवाह मत करो।" कमांडर करण सक्सेना ने फौरन अपने पर्स में से सौ-सौ युआन के पाँच नोट निकालकर लोलो की तरफ बढ़ाये, "यह सब तुम अपने पास रख लो। मैं समझता हूं कि तुम आज की रात इससे ज्यादा युआन नहीं कमा सकती।"

लोलो ने अब आश्चर्य से कमांडर की तरफ देखा।

"पाँच सौ युआन। लेकिन चाहते क्या हो?"

"बहुत मामूली काम है।"

"क्या?"

"मैं फौरन तुम्हारे भाई होशांग से मिलना चाहता हूँ। तुम मुझे खुद उसके पास लेकर चलो, या फिर मुझे सिर्फ उसका एड्रेस बता दो।"

लोलो की जंगली बिल्ली जैसी गहरी नीली आँखें एकाएक गोल दायरे में सिकुड़ गईं।

"क्या सोच रही हो?"

"मैं तुम्हें उसका एड्रेस कैसे बता सकती हूँ।" लोलो बोली, "मुझे खुद उसकी शक्ल देखे आज पूरा एक महीना हो गया है। वैसे भी होशांग जैसे मवालियों का कोई एक ठीया-ठिकाना थोड़े ही होता है।"

कमांडर करण सक्सेना ने दोबारा अपना पर्स खोला तथा फिर उसमें से सौ-सौ युआन के पाँच नोट निकालकर पहले वाले नोटों में मिलाये।

"यह क्या है?" लोलो चौंकी।

"मैं कोई बहाना नहीं सुनना चाहता। मुझे सिर्फ होशांग का पता चाहिये। अगर तुम और ज्यादा युआन पाने की इच्छुक हो तो मैं वह भी देने को तैयार हूँ।"

"लेकिन मैं जब होशांग का एड्रेस जानती ही नहीं...।"

"मुझे मालूम है कि तुम उसका एड्रेस जानती हो।"

"रबिश!" लोलो झुंझलाई, "अगर मैं उसका एड्रेस जानती, तो क्या एक हजार युआन के बदले बता नहीं देती। इतने युआन तो मैं पाँच रातों में दस मर्दों के साथ सोने के बाद भी नहीं कमा सकती। तुम होशांग से क्यों मिलना चाहते हो?"

"मुझे उससे बहुत जरूरी काम है।"

"कैसा काम?"

"यह मैं सिर्फ होशांग को ही बता सकता हूँ।"

"ओके।" लोलो ने अपने कंधे दोबारा उचकाये, "मेरा रास्ता छोड़ो, रात बीती जा रही है।"

"पंद्रह सौ युआन।" कमांडर ने और रेट बढ़ाये, "मैं तुम्हें पंद्रह सौ युआन दूँगा।"

"कमाल है।" लोलो झुंझला उठी, "मैं कह चुकी हूं कि मुझे नहीं मालूम होशांग कहाँ है। फिर तुम क्यों मेरा समय बर्बाद कर रहे हो।"

कमांडर करण सक्सेना ने लोलो से काफी जिरह की, लेकिन वह किसी भी हालत में होशांग का एड्रेस बताने को तैयार न हुई अब कमांडर निराश हो उठा।

"ठीक है। मैं मानता हूं कि तुम होशांग का एड्रेस नहीं जानती।" कमांडर करण सक्सेना ने होशांग तक पहुँचने की एक दूसरी राह निकाली, "परंतु तुम मेरा एक काम तो कर सकती हो।"

"क्या?" लोलो ने उतावलेपन से पूछा।

"मैं तुम्हें एक कागज पर अपने होटल का नाम और कमरा नंबर लिखकर दे देता हूँ। अगर तुम्हें कहीं इत्तफाक से होशांग मिल जाए, तो तुम वह कागज उसे दे देना और उससे बोलना कि वह फौरन मुझसे मिले।"

"ओके, कागज दे दो। अगर मुझे होशांग मिला, तो मैं उसे जरूर दे दूँगी।"

कमांडर ने फौरन एक कागज पर अपने होटल का नाम तथा कमरा नंबर लिख दिया। नीचे उसने अपना नाम भी लिखा, करण।

लोलो ने वह कागज अपने वैनिटी बैग में रख लिया था और फिर इतनी तेजी से आगे बढ़ी, जैसे उसे डर हो कि वह आदमी दोबारा उसे रोककर कोई सवाल-जवाब न करने लगे।

कमांडर, लोलो को जाते देखता रहा।

उसका दिल अभी भी चीख-चीखकर यही कह रहा था कि लोलो, होशांग का एड्रेस जानती है। उसे इस बात की भी पूरी उम्मीद थी कि कागज मिलते ही होशांग उससे जरूर सम्पर्क स्थापित करेगा।

★★★

कमांडर करण सक्सेना का अनुमान बिल्कुल ठीक था।

लोलो न सिर्फ होशांग का एड्रेस जानती थी, बल्कि वह उसके फ्लैट पर ही ठहरी हुई थी।

कमांडर से मुलाकात के बाद लोलो ग्राहक तलाश करना भूल गई। उसने तेज-तेज कदमों से चलकर हिलथन रोड पार किया और फिर टैक्सी पकड़कर अपने फ्लैट पर पहुँची। लोलो उस समय बहुत आंदोलित थी। होशांग की वजह से उसे हमेशा किसी-न-किसी बड़े खतरे का अंदेशा रहता था।

फ्लैट पर पहुँचते ही वह चौंकी।

दरवाजे की अंदर से सिटकनी लगी हुई नहीं थी। जबकि वह खुद होशांग से सिटकनी लगवाकर गई थी।

दरअसल पंद्रह दिन पहले ही होशांग का एक स्कूटर से एक्सीडेंट हो गया था। एक्सीडेंट मामूली था, परंतु उस मामूली एक्सीडेंट में ही उसकी टाँग में फ्रैक्चर हो गया था, जिसके कारण डॉक्टर को उसकी टाँग पर प्लास्टर चढ़ाना पड़ा। यही वजह थी कि होशांग पंद्रह दिन तक बाहर की दुनिया से बिल्कुल कटा रहा।

पंद्रह दिन तक उसने अपनी बहन लोलो के फ्लैट पर आराम किया था। कल ही उसकी टाँग का प्लास्टर कटा था और अब उसकी टाँग बिल्कुल ठीक थी। यह बात अलग है कि अभी डॉक्टर ने उसे दो-तीन दिन और चलने-फिरने के लिए मना किया था।

लोलो फ्लैट का दरवाजा खोलकर अंदर दाखिल हुई।

तुरंत ही उसे दूसरा शॉक लगा।

होशांग उस समय बिस्तर पर लेटा होने की बजाय बड़ी अस्त-व्यस्त-सी हालत में फर्श पर बैठा हुआ था और स्मैक का धुआं खींच रहा था।

एक सिगरेट और पन्नी जैसा सफेद चमकीला कागज उसके हाथ में था, जिस पर उसने स्मैक डाली हुई थी। उसके नजदीक ही एक मोमबत्ती जल रही थी, जिसकी लौ पर वह उस चमकीले कागज को गरम कर रहा था। उसमें से स्मैक का जो धुआँ उठ रहा था, उसे वह सिगरेट के माध्यम से खींच रहा था।

★★★

होशांग साढ़े पांच फुट कद का एक साधारण-सा नजर आने वाला चीनी था। उसके मसल्स काफी सुडौल थे और गर्दन किसी पहलवान की तरह मोटी थी।

लोलो को वक़्त से पहले आया देख होशांग हड़बड़ा उठा और उसने जल्दी से हाथ मारकर मोमबत्ती बुझाई और चमकीले कागज की पुड़िया बांधकर जेब में रख ली।

"यह स्मैक कहाँ से आई तुम्हारे पास?" लोलो उसके नजदीक पहुँचकर बोली।

होशांग बेशर्मी से हँसने लगा।

"मैं पूछ रही हूं कि यह स्मैक कहाँ से आई, क्या पीजा पार्लर गए थे?"

"नहीं।"

"फिर?"

"यहीं पास में एक पनवाड़ी की दुकान है। वह ड्रग पैडलर है।" होशांग पहले की तरह दाँत फाड़ता हुआ बोला, "उसी से एक पुड़िया ले आया।"

"मगर डॉक्टर ने तुम्हें खासतौर पर चलने-फिरने के लिए मना किया हुआ है।"

"डॉक्टर का क्या है!" होशांग फर्श से उठकर बिस्तर पर बैठा, "पागल है। मेरी टाँग अब बिल्कुल फर्स्ट क्लास हिल-ढुल रही है। मैं मैराथन दौड़ तक में हिस्सा ले सकता हूँ। यह देखो।" होशांग ने बिस्तर पर बैठने के बाद लोलो को अपनी टाँग चलाकर दिखाई।

"तुम्हें फिर भी बिस्तर से नहीं हिलना चाहिये था।" लोलो ने अपना वैनिटी बैग खूंटी पर लटकाया।

"अब छोड़ो यह किस्सा। पिछले पंद्रह दिन से नशा नहीं किया था।" होशांग बोला, "तलब उठ रही थी, इसलिए रोक नहीं सका अपने आपको।"

"तुम्हारा यही नशा किसी दिन तुम्हें लेकर डूबेगा।" लोलो ने नाक-भौं सिकोड़ी।

होशांग दोबारा बेशर्मी से हँसा।

"क्या बात है, आज इतनी जल्दी कैसे आ गई? कोई मुर्गा नहीं फँसा?"

"अपनी बहन से ऐसी बातें करते शर्म नहीं आती?"

"कैसी शर्म? जब खुद बहन को ही शर्म नहीं है।"

"ठीक है, ठीक है। अब ज्यादा बक-बक मत करो।"

होशांग चुप हो गया।

"आज तुम्हारा एक चाहने वाला मिल गया था।" लोलो बोली, "उसी ने सारी रात बर्बाद कर दी।"

होशांग फिर अलर्ट हो गया, "म... मेरा चाहने वाला!"

"हाँ, कोई लंबे कद का खूबसूरत-सा हिंदुस्तानी था। पता नहीं पट्ठे को मेरे बारे में कहाँ से मालूम हो गया। मुझसे तुम्हारा एड्रेस पूछ रहा था।"

"क... क्यों?" होशांग के चेहरे पर सस्पेन्स के भाव पैदा हो गए, "मेरा एड्रेस क्यों पूछ रहा था?"

"यह उसने मुझे नहीं बताया। बोलता था कि उसे तुमसे बहुत जरूरी काम है। वह तुमसे मिलने को इतना बेकरार था कि सिर्फ तुम्हारा एड्रेस बताने के लिए वह मुझे पंद्रह सौ युआन तक देने को तैयार था।"

"प... पंद्रह सौ युआन!" होशांग के शरीर में बिजली-सी कौंधी।

"हाँ।"

"इससे तो साफ जाहिर होता है कि कोई गम्भीर मामला है।"

"मुझे भी यही लगा।" लोलो बोली, "इसीलिए मैं तुम्हें फौरन यह इन्फॉर्मेशन देने यहाँ आई।"

"ओह!" होशांग अब वाकई संजीदा हो उठा था, "तुमने पंद्रह सौ युआन के बदले कहीं उसे मेरा पता तो नहीं बता दिया?"

"मैं तुम्हारी तरह पागल नहीं हूं" लोलो गुर्राई, "अभी तो तुम्हारी एक टाँग टूटकर निपटी है। अगर मैं उसे एड्रेस बता देती, तो शायद तुम्हारी दोनों टाँगें टूट जातीं।"

"फिर बकवास करने लगी।"

"यह लो। उस हिंदुस्तानी ने मुझे यह कागज दिया है। इस पर उसके होटल का नाम, कमरा नंबर तथा उसका खुद का नाम लिखा है। उसने मुझसे कहा है कि अगर मुझे होशांग कहीं मिले, तो मैं उसे यह कागज दे दूं और उससे कहूँ कि वह फौरन इस एड्रेस पर पहुँचे।"

होशांग ने जल्दी से लोलो के हाथ में से वह कागज झपट लिया।

★★★

होशांग, नीलकंठ की गैंग में शामिल होने से पहले एक नक्सलवादी था और वह चीनी

नक्सलवादियों के गिरोह में एकदम खुलकर काम करता था।

जहाँ से उसे पाँच सौ युआन महीना मिलते थे, लेकिन तब सरकार विरोधी गतिविधियों में संलिप्त होने के कारण चीन की पुलिस उसके पीछे थी।

होशांग की सबसे बड़ी खूबी थी, उसका क्रेक शॉट (पक्का निशानेबाज) होना।

वह जमीन से पचास फुट ऊपर तक हवा में उड़ते किसी भी पक्षी को निशाना लगाकर उसे गोली मार सकता था।

इसके अलावा उसकी निशानेबाजी का एक और शानदार नमूना यह था कि वह अपने से तीस फुट दूर तक जलती मोमबत्ती रखता था फिर गोली चलाता। तत्काल मोमबत्ती भक्क से बुझ जाती, उसकी रिवॉल्वर से निकली गोली सिर्फ मोमबत्ती की लौ को स्पर्श करके गुजरती थी।

होशांग के उसी आर्ट से प्रभावित होकर नीलकंठ ने उसे अपनी गैंग में शामिल किया था।

★★★

रात के साढ़े ग्यारह बजे का समय। कमांडर करण सक्सेना कुछ समय पहले ही होटल के अपने सुइट में आकर लेटा था। उस वक़्त उसका दिमाग उलझन में था, और वह अपने मिशन के बारे में सोच रहा था। तभी किसी के कॉलबेल बजाने पर उसने दरवाजा खोला। सामने एक नौजवान-सा चीनी खड़ा था, जिसकी आँखों में कुछ सख्ती थी।

"क्या बात है? किससे मिलना है आपको?" कमांडर ने थोड़ा आश्चर्य से पूछा।

"तुम्हीं से मिलना है।"

"म... मुझसे!"

"हाँ, पीछे हटो।" वह चीनी नौजवान बड़े अधिकारपूर्ण ढंग से करण सक्सेना को धकेलकर अंदर आ गया।

"यह क्या बदतमीजी है!" कमांडर भड़का।

लेकिन वह कुछ समझ पाता, उससे पहले ही उस चीनी नौजवान ने बड़ी अप्रत्याशित फुर्ती दिखाते हुए, न सिर्फ रिवॉल्वर निकाल ली थी बल्कि वह रिवॉल्वर कमांडर के सीने पर भी रख दी।

"हाथ ऊपर करो।" साथ ही उसने बड़े खूंखार अंदाज में दाँत किटकिटाये, "हाथ ऊपर!"

"ल... लेकिन...।"

"मुझे गोली चलाने में ज्यादा देर नहीं लगती।" चीनी नौजवान का चेहरा और खतरनाक हो उठा, "इसलिए जो कह रहा हूँ, जल्दी करो। हाथ ऊपर।"

कमांडर करण सक्सेना फौरन उसके हाव-भावों से भाँप गया कि वह चीनी नौजवान जो कह रहा है, उसे वह वाकई बेहिचक कर गुजरेगा।

उसने फौरन अपने हाथ सिर से ऊपर उठा लिए।

तुरंत उस चीनी नौजवान ने उसकी नाइट गाउन की तलाशी ले डाली, जिसमें से कैसे भी कोई हथियार बरामद न हुआ।

"ल... लेकिन तुम कौन हो?" कमांडर ने थोड़े हौसले के साथ पूछा।

"मैं वही हूँ।" चीनी नौजवान ने पुनः दाँत किटकिटाये, "जिसकी तलाश में तुम थोड़ी देर पहले हिलथन रोड पर गए थे। लोलो से मिले थे।"

"ह... होशांग!"

"हाँ, होशांग!"

"माई गॉड!" कमांडर का चेहरा एकाएक सूरज की तरह दमक उठा, "अगर तुम होशांग हो, तो तुम्हें यह सब करने की क्या जरूरत है?"

"मैं होशांग हूँ।" वह कहर भरे स्वर में बोला, "इसलिए यह सब करने की जरूरत है। मैंने आज से पहले तुम्हारी शक्ल तक नहीं देखी। मैं तुम्हारे नाम तक से वाकिफ नहीं, फिर तुम मुझे इस तरह ढूंढ़ते क्यों फिर रहे हो?"

"देखो, तुम मुझे गलत समझ बैठे हो।" कमांडर करण सक्सेना एकाएक उत्साह से भर गया था, "रिवॉल्वर हटाओ फिर हम इत्मीनान से बैठकर बात करते हैं।"

"नहीं, यूँ ही जवाब दो।"

"दरअसल जिस तरह तुम मुझसे वाकिफ नहीं।" कमांडर बोला, "उसी तरह मैं भी तुमसे वाकिफ नहीं। मुझे तुम्हारा नाम-पता नीलकंठ ने बताया था।"

"न... नीलकंठ!" अब होशांग सकपकाया।

"हाँ, नीलकंठ! नीलकंठ ने मुझसे कहा था कि अगर कभी मुझे उसकी मदद की जरूरत हो तो मैं स्टेशन रोड वाले पीजा पार्लर में जाकर होशांग से मिलूँ। होशांग मुझे उस तक पहुँचा देगा।"

★★★

होशांग के चेहरे का सारा तनाव एकाएक कम हो गया और अब वह विनम्र नजर आने लगा।

"बैठो।"

कमांडर करण सक्सेना फौरन एक कुर्सी पर बैठ गया।

होशांग भी उसके सामने दूसरी कुर्सी पर बैठा। अलबत्ता रिवॉल्वर अभी भी उसके हाथ में थी।

"तुम्हारे पास इस बात की क्या गारंटी है।" होशांग बोला, "कि यह बात तुम्हें नीलकंठ ने ही कही थी?"

कमांडर करण सक्सेना ने फौरन होशांग को वह कागज दिखाया, जिस पर नीलकंठ ने खुद पीजा पार्लर का एड्रेस लिखकर उसे दिया था।

होशांग उस कागज को गौर से देखने लगा।

"अगर तुमने पहले कभी नीलकंठ की हस्तलिपि देखी है।" कमांडर बोला, "तो तुम इस अद्भुत हस्तलिपि को फौरन पहचान लोगे।"

"हाँ।" होशांग की गर्दन स्वीकृति में हिली। "यह हस्तलिपि नीलकंठ की ही है।"

करण सक्सेना ने चैन की गहरी सांस ली।

उधर होशांग के चेहरे से भी अब तमाम संशय के भाव मिट गए थे।

"लेकिन तुम नीलकंठ से क्यों मिलना चाहते हो?" होशांग ने अब रिवॉल्वर वापस अपनी जेब में रख ली थी।

"दरअसल, मैं एक बहुत ही खास मिशन के सिलसिले में यहां चीन आया हुआ हूँ, और मेरा इस समय फौरन नीलकंठ से मिलना बेइंतहा जरूरी है। यूँ समझो कि यह एक बहुत कीमती इंसानी जान की जिंदगी और मौत का सवाल है।"

होशांग सोच में डूब गया।

"अगर तुम कहो, तो मैं अभी रात के समय नीलकंठ के पास चलने को तैयार हूँ।"

"नहीं, अभी नहीं।" होशांग की गर्दन इनकार में हिली।

"क्यों?"

"मुझे पहले इस सिलसिले में नीलकंठ से बात करनी होगी।"

"मगर नीलकंठ ने मुझे ख़ुद इंवाइट किया है।"

"मेरा फिर भी पहले नीलकंठ से बात करना जरूरी है। नीलकंठ से आज तुम्हारी

मुलाकात को छह महीने गुजर चुके हैं। क्या मालूम आज की तारीख में नीलकंठ तुमसे मुलाकात का इच्छुक भी है या नहीं। अगर नीलकंठ की तरफ से मुझे ग्रीन सिग्नल मिलता है, तो कल सुबह मैं तुम्हें यहां से आकर ले जाऊंगा।"

अब कमांडर खामोश हो गया।

होशांग से आगे बहस करनी बेकार थी।

फिर होशांग जिस तरह तूफान की शक्ल में वहाँ आया था, उसी तरह तूफान की शक्ल में वहाँ से चला गया।

★★★

होशांग से मिलने के बाद भी कमांडर करण सक्सेना की चिंताएं कम नहीं हुईं।

उसे अभी भी गुमनाम डॉक्टर की चिंता सता रही थी, जो चीन से विद्रोह करके वापस अपने वतन आना चाहता था। लेकिन सी. एस. एस. अधिकारियों के सुरक्षा घेरे में उसकी पोजीशन एक क़ैदी जैसी होकर रह गई थी।

कमांडर को रॉ के जासूस अरविंद पांडे की फिक्र भी सता रही थी, जो इस समय चीनी दरिंदों के कब्जे में था और वह जरूर उसे बुरी तरह टॉर्चर कर रहे होंगे। अगर चीनी दरिंदे किसी तरह अरविंद पांडे से उस डॉक्टर का नाम कुबुलवाने में सफल हो गए, तब तो वह मिशन होने से पहले ही खत्म हो जाना था।

कुल मिलाकर कमांडर करण सक्सेना उस मिशन को जितना जल्द से जल्द कम्पलीट कर लेना चाहता था, उतनी ही उसमें देर हो रही थी।

★★★

सुबह के उस समय 9 बज रहे थे, जब होशांग पुनः होटल में आ धमका।

"तुम्हारे लिए एक खुशखबरी है मिस्टर करण!" वह आते ही बोला, "नीलकंठ ने ग्रीन सिग्नल दे दिया है, और तुम इसी समय मेरे साथ नीलकंठ के पास चल रहे हो।"

कमांडर ने आनन-फानन अपना सारा सामान समेटा। होटल का बिल पे किया और फिर तुरंत ही होशांग के साथ चल पड़ा।

हालांकि करण सक्सेना सिर्फ छह महीने पहले ही नीलकंठ से मिला था, लेकिन वह फिर भी रोमांच से अभिभूत हो रहा था।

खुद नीलकंठ जितना अद्भुत था, उससे कहीं ज्यादा उसका वह ठिकाना अद्भुत था, जहाँ वह रहता था।

वह फर्नीचर की एक बहुत बड़ी दुकान थी, जिसका शटर कोई चार मीटर चौड़ा था। उस फर्नीचर शॉप के नीचे ही एक बहुत बड़ा तहखाना बना हुआ था और फिलहाल नीलकंठ उसी में रहता था। फर्नीचर शॉप में एक ऐसी लिफ्ट की व्यवस्था भी थी, जिसके जरिये पूरी की पूरी कार नीचे तहखाने में पहुँचाई जा सके। बीजिंग में नीलकंठ के ऐसे छिपने के कई ठिकाने थे, अलबत्ता वह उनमें सबसे सुरक्षित था।

★★★

"आइये कमांडर!" तहखाने में पहुँचते ही नीलकंठ ने बड़ी गरमजोशी के साथ कमांडर करण सक्सेना को गले से लगाया, "चीन की इस धरती पर एक हिंदुस्तानी भाई तुम्हारा स्वागत करता है।"

"थैंक्यू नीलकंठ, थैंक्यू वेरी मच !" कमांडर, नीलकंठ के स्वागत करने के स्टाइल से प्रभावित हुए बिना न रह सका।

"मुझे मालूम हुआ है कि तुम मुझसे मिलने को बहुत बेकरार हो।"

"हाँ, नीलकंठ! मैं पिछले दो दिन से तुम्हें पागलों की तरह ढूंढ़ रहा था।"

"सॉरी! यह मुश्किल दरअसल तुम्हें इसलिए पेश आई, क्योंकि होशांग का एक्सीडेंट हो गया था। अगर उसकी टाँग में फ्रैक्चर न हो गया होता, तो तुम्हें किसी भी हालत में मुझे इतना ढूंढ़ने की जरूरत न पड़ती।"

"खैर, कोई बात नहीं!" कमांडर बोला।

"यह बताओ कि तुम मुझे ढूंढ़ क्यों रहे थे?"

"तुम्हें याद होगा, आज से छह महीने पहले तुमने मुझसे भारत में कहा था कि अगर मुझे कभी तुम्हारी कभी जरूरत पड़े, तो मैं बेहिचक तुमसे मिलूँ।"

नीलकंठ मुस्कुराया, "अगर मैं तुमसे यह शब्द न भी कहता कमांडर, तब भी एक हिंदुस्तानी होने के नाते मैं तुम्हारी मदद करने को बेहिचक तैयार मिलता। आओ, पहले हम इत्मीनान से बैठते हैं, फिर तुम मुझे अपने मिशन के बारे में बताना।"

उसके बाद नीलकंठ, कमांडर को लेकर अपने ड्राइंग हॉल में पहुँचा। वह ड्राइंग हॉल साधारण-सी साज-सज्जा वाला था। वह बहुत साधारण ढंग से जिंदगी बसर करने वाला इंसान था।

छह महीने बाद भी नीलकंठ में कैसा भी कोई परिवर्तन नहीं आया था।

वही दुबला-पतला और रबड़ की तरह लचकदार फुर्तीला शरीर। आँखों में वही साँप जैसी चमक। इसके अलावा नीले काँच जैसा शरीर का रंग, जो उसके जहरीले स्वरूप को साफ प्रदर्शित करता था।

वह दोनों काले आबनूस के सोफा-सेट पर आमने-सामने बैठ गए।

"हाँ, अब बताओ।" नीलकंठ बोला, "क्या मिशन है तुम्हारा?"

"मैं दरअसल एक क़ैदी को आजाद कराने यहाँ आया हूँ नीलकंठ!"

"क़ैदी!" नीलकंठ चौंका, "कैसा क़ैदी?"

"वह बड़ा अद्भुत क़ैदी है। मैं तुम्हें सब कुछ डिटेल में समझाता हूँ।" फिर कमांडर, नीलकंठ को पूरा मिशन विस्तारपूर्वक बताता चला गया।

मिशन की बाबत सुनकर नीलकंठ हतप्रभ-सी मुद्रा में बैठा रह गया था।

***

नीलकंठ जैसा अपराधी भी उस मिशन को सुनकर जिस तरह सोच में डूब गया था, वह निस्संदेह एक आश्चर्यजनक बात थी।

"यानी तुम एक ऐसे डॉक्टर को इंडिया वापस ले जाने आए हो।" नीलकंठ सनसनाये लहजे में बोला, "जो कभी ज्यादा धन कमाने के लालच में खुद हिंदुस्तान को छोड़कर चीन आ गया था। लेकिन अब सालों बाद उसके अंदर देशभक्ति का जज्बा जागा है यह एहसास जागा है कि उसने अपने वतन को छोड़कर बहुत भारी भूल की। इसलिए अब वह चीन से विद्रोह करके वापस अपने भारत जाना चाहता है।"

"हाँ। लेकिन अब वापस भारत जाने में उसके सामने कुछ मुश्किलें हैं।"

"कैसी मुश्किलें?"

"जैसे हर समय चायनीज़ सीक्रेट सर्विस के आदमी उसे घेरे रहते हैं। यूँ तो वह उसकी सिक्योरिटी कर रहे हैं। लेकिन अगर उन्हें यह पता चल जाए कि वह डॉक्टर चीन से विद्रोह करके वापस भारत जाना चाहता है, तो हिफ़ाजती दस्ते के वही आदमी उसके सबसे बड़े दुश्मन बन जायेंगे। उसे बेधड़क गोली मार देंगे।"

"इसीलिए उस सुरक्षा घेरे में उसकी पोजीशन एक क़ैदी जैसी होकर रह गई है?"

"हाँ।"

"और तुम उसका नाम भी नहीं जानते।"

"हाँ, उसका नाम आज की तारीख में एक ही आदमी जानता है। रॉ का जासूस अरविंद पांडे।"

"लेकिन अरविंद पांडे भी अब सीक्रेट सर्विस के कब्जे में है।"

करण सक्सेना ने पुनः स्वीकृति में गर्दन हिलाई।

"इसीलिए अब मेरा पहला काम यह है।" कमांडर बोला, "कि मैं सबसे पहले अरविंद पांडे को किसी तरह चीनी दरिंदों की क़ैद से आजाद कराऊँ तथा उससे विद्रोह करने वाले भारतीय डॉक्टर का नाम पूछूँ।"

"तो इसमें मुश्किल क्या है?"

"मुश्किल यह है कि सी. एस. एस. ने अरविंद पांडे को किस जगह क़ैद करके रख छोड़ा है, उसका पता मुझे नहीं मालूम। इसी सिलसिले में मुझे तुम्हारी मदद की जरूरत है। तुम किसी तरह अपने सूत्रों से उस जगह का पता लगाओ, और फिर अरविंद पांडे को आजाद कराने में मेरी मदद करो।"

"हूँ।" नीलकंठ गम्भीर हो उठा।

"अगर तुम मेरी मदद करोगे, तो मुझे खुशी होगी नीलकंठ!"

"तुमसे कहीं ज्यादा मुझे खुशी होगी।" नीलकंठ बोला, "यह मेरे लिए गर्व की बात है कि तुम एक इतने अच्छे मिशन में मुझसे मदद मांगने आए हो। एक काबिल डॉक्टर अपने वतन वापस जाना चाहता है, अगर मैं इस सिलसिले में उसकी मदद करता हूँ, तो इससे बड़ा पुण्य का काम मेरे लिए और क्या होगा!"

"य... यानी तुम मुझे सहयोग देने के लिए तैयार हो?" कमांडर की आवाज खुशी से काँपी।

"बिल्कुल!"

"थैंक्यू वेरी मच नीलकंठ! थैंक्यू!"

जबकि अब मुस्कुरा रहा था नीलकंठ, वह नीलकंठ जिस पर कृपा थी शंकर की।

जो खुद कृपाशंकर था।

★★★

"लेकिन तुम सी. एस. एस. के उस ठिकाने का पता कैसे लगाओगे नीलकंठ, जहाँ उन्होंने अरविंद पांडे को बंधक बनाकर रख छोड़ा है?"

"उसका मैं कोई न कोई रास्ता निकाल लूँगा। तुम उसकी परवाह मत करो।"

"मुझे होशांग के बारे में भी तुमसे कुछ बात करनी है नीलकंठ!"

"होशांग के बारे में क्या?"

"दरअसल, होशांग एक चीनी आदमी है, इसलिए उसे इस मिशन के बारे में कुछ पता नहीं चलना चाहिये। क्योंकि उसके अंदर देशभक्ति जाग सकती है और वह हमारी सारी इन्फॉर्मेशन चीन सरकार को सर्कुलेट कर सकता है।"

नीलकंठ की साँप जैसी चमकीली आँखों में और अधिक चमक कौंध उठी।

"तुम अभी सही तरह से नीलकंठ को नहीं जानते कमांडर!" नीलकंठ थोड़ा फैलकर बैठता हुआ बोला, "जो व्यक्ति नीलकंठ के साथ काम करता है, वह सिर्फ और सिर्फ नीलकंठ के प्रति वफादार होता है। उनके लिए देश और धर्म के कोई मायने नहीं होते। वैसे भी होशांग मेरा बहुत परखा हुआ आदमी है। वह वफादारी में अपनी जान की बाजी भी लगा सकता है। उसमें बस एक ही कमी है, वह ड्रग एडिक्ट है।"

"बहरहाल, मैंने तुम्हें होशांग के प्रति सचेत करना था, कर दिया है।"

"उसके प्रति अपने दिमाग से शक निकाल दो कमांडर?"

"ओके, अगर तुम कहते हो तो निकाल दिया।"

"दरअसल मेरे तीन बहुत वफादार आदमी हैं, जिन पर मैं आँख बंद करके विश्वास करता हूं।" नीलकंठ बोला, "वह तीनों मेरे दोस्त समान भी हैं। उनमें से एक होशांग से तुम मिल ही चुके हो। जबकि दो के नाम हैं, बालेराम और पामेला। बालेराम हिंदुस्तानी है, जबकि पामेला, होशांग की तरह ही एक चीनी लड़की है। थोड़ी देर बाद इस मिशन को लेकर हम सबकी एक मीटिंग होगी। उसी मीटिंग में उन दोनों के दर्शन भी तुम्हें हो जायेंगे।"

★★★

आइये, मीटिंग से पहले बालेराम और पामेला के व्यक्तित्व पर भी एक नजर डालें।

बालेराम, उम्र लगभग अड़तीस साल।

औसतन कद और त्वचा का रंग भी थोड़ा तपा हुआ।

बालेराम की भी बड़ी अजीब किस्म की कहानी थी। दरअसल बालेराम की माँ एक हिंदुस्तानी औरत थी, जबकि उसका बाप एक बहुत बड़ा सुअर किस्म का चीनी था। वह जब इंडिया घूमने गया था, तभी उसने वहाँ किसी तरह उसकी माँ को अपने प्रेमजाल में फांस लिया था। उसकी माँ भी उसके प्रेम जाल में ऐसी दीवानी हुई कि अपना सब कुछ उसे सौंप बैठी।

उसके रिश्तेदारों ने बहुत मना किया, बहुत रोका। लेकिन वह नहीं मानी। उन दोनों ने हिंदुस्तान में ही शादी रचाई और फिर वह बंदर-सी शक्ल वाला चायनीज उसे अपने साथ लेकर चीन चला गया। वहाँ एक महीने तक वह चीनी उसे लेकर नये-नये शहरों में घूमता रहता तथा उसके शरीर को रौंदता रहा। फिर जब वह उसे बीजिंग लेकर आया, तब बालेराम की माँ के ऊपर यह राज खुला कि वह दुष्ट तो पहले से ही शादीशुदा था। न सिर्फ शादीशुदा था, बल्कि उसके बच्चे भी थे।

उसने उसी दिन उस चीनी के मुंह पर कसकर झापड़ मारा, तथा उसे छोड़ दिया।

पुलिस में उसके खिलाफ रिपोर्ट भी दर्ज कराई लेकिन वह चीन में अकेली थी।

उस बेचारी असहाय औरत की वहां भला क्या सुनवाई होती। पुलिस ने उस चीनी को अरेस्ट करना तो बहुत बड़ी बात है, उससे पूछताछ तक नहीं की। वह हिंदुस्तान वापस इसलिए नहीं गई, क्योंकि आखिर अब वह क्या मुँह लेकर हिंदुस्तान जाती। उसने वहीं बीजिंग में अपने बेटे को जन्म दिया और उसका नाम बालेराम रखा एक पूरा हिंदुस्तानी नाम।

उस शैतान चीनी की छाया भी वह उसके ऊपर नहीं पड़ने देना चाहती थी।

बाद में उसी बालेराम ने बड़े होकर चीनियों की नाक में नकेल डाली। वह एक खतरनाक किस्म का तालातोड़ बना। सिर्फ अठारह साल की उम्र में उसने जो तिजोरी तोड़नी शुरू की है, फिर वह सिलसिला आज तक नहीं रुका। उसके बारे में प्रसिद्ध है कि बड़े से बड़े धुरंधर ताले सिर्फ उसकी उंगलियाँ देखते ही फटाक से खुल जाते हैं।

बालेराम, एक खतरनाक किस्म का तिजोरी तोड़, जो अपने फन में पूरी तरह माहिर है।

वहीं बालेराम चीनी पुलिस की आँखों में धूल झोंकने के लिए आड़ के तौर पर वह फर्नीचर शॉप भी चलाता है, जिसके नीचे आजकल नीलकंठ का ठिकाना है।

★★★

पामेला।

एक पच्चीस साल की चीनी लड़की, जो साधारण चीनी लड़कियों से कुछ ज्यादा लंबे कद की है। रंग भी साफ-सुथरा है और नाक-नक्श भी चीनी लड़कियों की तरह भद्दे नहीं हैं। उसकी नाक पतली तथा थोड़ी ऊँची है और वह पहली नजर में कोई बैंकॉक सुंदरी नजर आती है।

सुंदरता के अलावा पामेला में एक दूसरी बड़ी खूबी भी है। वह जबरदस्त कार चालक है। दो बार प्रदेश स्तर की कार रेस प्रतियोगिता जीत चुकी है। बाद में धन कमाने की इच्छा के कारण अपराध की दुनिया में आई, जहाँ फ़ास्ट ड्राइविंग के कारण उसे अच्छी-खासी कामयाबी मिली।

बहरहाल आज की डेट में वह नीलकंठ जैसे ग्रुप की मेंबर सिर्फ अपनी फ़ास्ट ड्राइविंग के कारण ही है।

पामेला के खूबसूरत जीवन का एक दिलचस्प पहलू भी है। होशांग उससे बेपनाह मोहब्बत करता है।

होशांग, जो यूँ तो पूरी तरह जवान है, लेकिन हार्मोन प्रॉब्लम की वजह से उसके दाढ़ी-मूँछें पूरी तरह भरकर नहीं निकलीं। यही कारण है कि होशांग ने जब-जब पामेला के सामने अपनी मोहब्बत का इजहार किया, तब-तब पामेला ने 'बच्चा' कहकर उसका मजाक उड़ाया।

जबकि होशांग, पामेला से अंधी मोहब्बत करता है। उसकी दुनिया पामेला के आगे खत्म है।

अपने आपको मर्द साबित करने के लिए होशांग एक बार पामेला के सामने पाँच मंजिली इमारत से नीचे कूद गया। यह बात अलग है कि मर्दानगी के उस प्रदर्शन में उसके जिस्म के कई अंजर-पंजर खुल गए और वह दो महीने तक बिस्तर पर पड़ा रहा। पामेला ने तब भी बेवकूफ बच्चा कहकर उसका मजाक उड़ाया और उसकी तुलना ऐसे बच्चे से की, जो पतंग उड़ाते-उड़ाते छत की मुंडेर से नीचे गिर पड़ता है।

होशांग ने एक दिन पामेला के सामने अपनी निशानेबाजी का प्रदर्शन करते हुए सात पुलिसकर्मियों को गोलियों से भून डाला।

पामेला फिर भी हँसी।

तब उसने बच्चों के खेलने वाली प्लास्टिक की एक रिवॉल्वर खरीदकर उसे दी तथा उससे कहा कि उस जैसे खतरनाक दिमाग वाले बच्चे को असली रिवॉल्वर अपने पास नहीं रखनी चाहिये। क्योंकि इससे बड़े आदमियों के समाज में बदअमनी फैलने का खतरा रहता है।

बेचारा होशांग! पामेला के इस बर्ताव पर हर बार तिलमिलाकर रह गया।

★★★

बहरहाल, दोपहर के समय उस मिशन को लेकर एक मीटिंग हुई थी, जिसमें कमांडर और नीलकंठ के अलावा होशांग, बालेराम तथा पामेला ने भी हिस्सा लिया।

"दरअसल हम लोगों ने एक बहुत महत्वपूर्ण काम को अंजाम देना है।" नीलकंठ उस मीटिंग को सम्बोधित करता हुआ बोला, "इसलिए आप सब लोगों को बुलाया गया है। हमारा यह मिशन चायनीज़ सीक्रेट सर्विस के खिलाफ होगा।"

तुरंत मीटिंग में खलबली-सी मच गई।

जबकि नीलकंठ ने फिर मिशन का संक्षिप्त ब्यौरा भी उन लोगों को दिया। वह और आतंकित हो उठे।

"मिशन मैंने आप लोगों को बता दिया है।" नीलकंठ बोला, "अगर कोई इस संबंध में अपनी राय व्यक्त करना चाहता है, तो बेहिचक कर सकता है।"

"मैं कुछ कहना चाहता हूँ।" बालेराम ने फौरन अपना हाथ ऊपर उठाया।

"क्या कहना चाहते हो?"

"जहाँ तक मैं समझता हूँ। मौजूदा माहौल में इस मिशन को अंजाम देना हमारे लिए ठीक नहीं।"

"क्यों? माहौल में क्या खराबी है?"

"तुम तो जानते ही हो कि इस समय चीन की पुलिस कितनी बुरी तरह तुम्हारे पीछे है। वह किसी भी तरह तुम्हें बस गिरफ्तार करके एनकाउंटर कर देना चाहती है, इसलिए चीन सरकार ने तुम पर पचास हजार युआन इनाम की भी घोषणा कर रखी है।"

"मगर इस बात का इस मिशन से क्या ताल्लुक?"

"ताल्लुक है नीलकंठ!" बालेराम एक-एक शब्द चबाता हुआ बोला, "अगर ऐसी परिस्थिति में हमने चायनीज़ सीक्रेट सर्विस के खिलाफ कोई कदम उठाया, तो सीक्रेट सर्विस भी तुम्हारे विरुद्ध हो जाएगी। पुलिस का सामना करना आसान है, परंतु सीक्रेट सर्विस जैसी पावरफुल संस्था का सामना करना शायद तुम्हारे लिए उतना आसान न हो।"

"बालेराम ठीक कह रहा है नीलकंठ!" पामेला भी बोली, "चायनीज़ सीक्रेट सर्विस के खिलाफ कोई कदम उठाना मधुमक्खी के छत्ते में हाथ देने जैसा है।"

नीलकंठ मुस्कुराया।

"त... तुम मुस्कुरा क्यों रहे हो नीलकंठ?" चौंका था बालेराम।

"इसलिए मुस्कुरा रहा हूँ, क्योंकि खतरों का दूसरा नाम ही तो नीलकंठ है। अगर नीलकंठ ही खतरों से डरने लगा बालेराम, तो फिर खतरों से खेलेगा कौन?"

"लेकिन चायनीज़ सीक्रेट सर्विस...।"

"खतरा जितना बड़ा हो आनंद उतना ही बढ़ जाता है। बालेराम, मुझे खतरे की परवाह नहीं है! हाँ, अगर कोई दूसरी बात तुममें से किसी के दिमाग में हो, तो मुझे बताओ।"

"मैं भी कुछ कहना चाहता हूँ नीलकंठ!" कमांडर बोला।

"क्या?" सबकी पैनी निगाहें कमांडर करण सक्सेना की तरफ उठीं।

"अगर वाकई इस मिशन का काम करने से तुम्हारी जान खतरे में पड़ती है नीलकंठ, तो मैं खुद चाहूँगा कि तुम इस मिशन पर काम मत करो।"

नीलकंठ पहले से भी ज्यादा खुलकर मुस्कुराया।

"कमांडर!" नीलकंठ बोला, "मैंने तुम्हारे बहादुरी के बहुत किस्से सुने थे। मैंने सुना था कि तुम अकेले सी.आई.ए. जैसी संस्था से जाकर टकरा गए तथा तुमने उनकी धज्जियाँ उड़ा दीं। सिर्फ इतना ही नहीं, पनामा द्वीप में तुमने सर जॉन जैसे अपराधी को भी नेस्तनाबूद कर दिया। लेकिन मैं नहीं जानता था कि इतना बहादुर आदमी ऐसी डरपोक किस्म की बातें भी कर सकता है।"

"सवाल बहादुर या डरपोक होने का नहीं है नीलकंठ!"

"फिर?"

"दरअसल तुम दुनिया के लिए एक अजूबा हो।" कमांडर बोला, "एक ऐसा अजूबा जो दुनिया में बहुत कम देखने को मिलता है। इसलिए तुम्हारी जिंदगी आम इंसानों से कहीं ज्यादा अनमोल है।"

"लेकिन मुझसे कहीं ज्यादा अनमोल उस डॉक्टर की जिंदगी है कमांडर!" नीलकंठ गम्भीर हो उठा, "जो इस समय चायनीज़ सीक्रेट सर्विस के घेरे में क़ैद है। इसलिए बेहतर होगा कि फिलहाल हम सब मिलकर सिर्फ उसकी आजादी के बारे में सोचें।"

फिर कोई कुछ न बोला।

★★★

उस मीटिंग के बाद नीलकंठ फौरन यह पता लगाने में जुट गया था कि अरविंद पांडे को सी. एस. एस. ने कहां क़ैद करके रख छोड़ा है।

उसने वहीं तहखाने में बैठे-बैठे अपने कुछ राजनैतिक दोस्तों से फोन पर सम्पर्क स्थापित किया।

इसके अलावा दो ऐसे आपराधिक संगठनों से भी सम्पर्क स्थापित किया, जो बहुत शक्तिशाली थे, और जिनकी सी. एस. एस. के अंदर सीधे घुसपैठ थी।

नीलकंठ लगभग एक घंटे तक बीजिंग में इधर-उधर फोन घुमाता रहा।

उसकी उस सरगर्मी का रिजल्ट भी निकला।

एक घंटे बाद नीलकंठ यह जानने में सफल हो गया था कि फिलहाल सी. एस. एस. ने अरविंद पांडे को कहाँ छिपाकर रख छोड़ा है।

★★★

तत्काल वह सब फिर सिर से सिर जोड़कर बैठे।

“मैंने पता लगा लिया है कि अरविंद पांडे इस समय कहाँ है।” नीलकंठ ने बड़े उत्साह के साथ उन लोगों के बीच घोषणा की।

“क... कहाँ है?” सबसे पहले होशांग ने कौतुहलतावश पूछा।

कमांडर करण सक्सेना के चेहरे पर भी सस्पेन्स के भाव नजर आने लगे थे।

“चीन की ऐतिहासिक दीवार के बारे में तो आप सब लोग जानते ही हैं।” नीलकंठ बोला, “उसके विषय में तो कुछ भी बताना बेकार है। वह न सिर्फ कई किलोमीटर लंबी है, बल्कि उसकी चौड़ाई भी इतनी है कि तीन ट्रक आसानी के साथ उसके ऊपर से गुजर जायें। बहरहाल इस समय उस ऐतिहासिक दीवार के अंदर चायनीज़ सीक्रेट सर्विस ने अपना छोटा-सा केंद्र स्थापित कर रखा है। और इसी छोटे से केंद्र में फिलहाल अरविंद पांडे क़ैद है।”

“ओह!” कमांडर के होंठ सिकुड़ गए, “अरविंद पांडे को क़ैद करने के लिए सीक्रेट सर्विस ने वाकई बड़ी नई जगह का चयन किया है।”

“हाँ, इसमें कोई शक नहीं कि बड़ी सुरक्षित जगह अरविंद पांडे को क़ैद करके

रखा गया है।" नीलकंठ बोला, "एक ऐसी जगह, जिसकी कोई आसानी से कल्पना भी न कर सके।"

"क्या इस बारे में कुछ पता चला कि अरविंद पांडे ने अभी उन्हें डॉक्टर का नाम बताया या नहीं?"

"हाँ, इस बारे में भी पता चला!"

"क्या?"

"चायनीज़ सीक्रेट सर्विस के आदमी उसे बुरी तरह टॉर्चर कर रहे हैं, लेकिन वह उसे अभी तक तोड़ने में कामयाब नहीं हुए हैं।"

"थैंक गॉड!" कमांडर ने राहत की सांस ली, "इसका मतलब अभी ये राज अरविंद पांडे के सीने में ही दफन है कि उस डॉक्टर का नाम क्या है?"

"हाँ। मगर जितनी बुरी तरह अरविंद पांडे को टॉर्चर किया जा रहा है, उसके आधार पर सहजता से यह कहा जा सकता है कि वह किसी भी पल टूट जाएगा। क्योंकि उस पर थर्ड डिग्री का इस्तेमाल हो रहा है।"

कमांडर करण सक्सेना दोबारा चिंतित नजर आने लगा।

***

इसमें कोई शक नहीं है कि सारे हालात वाकई बहुत परेशानी पैदा करने वाले थे। अगर अरविंद पांडे की रिहाई में ज्यादा वक्त लग गया, तो फिर उस डॉक्टर को मरने से कोई नहीं बचा सकता था।

"लेकिन चीन की दीवार तो बहुत लंबी है।" होशांग बोला, "ऐसी परिस्थिति में हम चायनीज़ सीक्रेट सर्विस के उस केंद्र को किस तरह ढूंढ़ पायेंगे, जिसमें अरविंद पांडे को रखा गया है?"

"वह कोई मुश्किल नहीं।"

"क्यों?"

"दरअसल दीवार के एकदम सेंटर में चीन पर्यटन विभाग का एक दफ्तर है।" नीलकंठ बोला, "जो उस दीवार की देखभाल करता है तथा उसके मरम्मत के कार्यों में रुचि लेता है। पर्यटन विभाग का वही दफ्तर सीक्रेट सर्विस के उस छोटे से केंद्र के अंदर घुसने का रास्ता है। सबसे बड़ी बात यह है कि मैंने खुद पर्यटन विभाग का वह दफ्तर देखा है। अलबत्ता आज से पहले मैं इस राज़ से वाकिफ नहीं था कि वहाँ सीक्रेट सर्विस का कोई केंद्र भी है।

मात्र एक घंटे में नीलकंठ ने अरविंद पांडे के बारे में जानकारी हासिल की थी, वह काबिले तारीफ थी। इसी घटना से साबित होता था कि नीलकंठ कितनी पहुँच वाला आदमी था और कुछ भी पता लगा लेना उसके लिए कितना मामूली काम था।

"यहां से सीक्रेट सर्विस के उस केंद्र तक पहुँचने में हमें कितना समय लगेगा?" कमांडर ने पूछा।

नीलकंठ ने फौरन एक नक्शा निकालकर उन लोगों के बीच टेबल पर बिछा दिया।

"यह है सीक्रेट सर्विस का वह केंद्र।" नीलकंठ ने नक्शे पर बनी चायनीज दीवार के बिल्कुल सेन्टर में अपना पेन रखा, "जहाँ अरविंद पांडे क़ैद है। और यह है चीन की राजधानी बीजिंग, जहाँ इस समय हम मौजूद हैं।"

नीलकंठ ने एक अन्य बिंदु पर अपना पेन टिकाया, "अब यहां से चायनीज दीवार के इस हिस्से तक पहुँचने के तीन रास्ते हैं।"

"तीन रास्ते!" कमांडर के मुंह से सिसकारी छूटी।

"हाँ, तीन रास्ते।" नीलकंठ के चेहरे पर पूरी तरह गम्भीरता पुती हुई थी, "पहला रास्ता तो सबसे फेमस रास्ता है और ज्यादातर पर्यटक इसी रास्ते से होकर चीन की दीवार तक पहुँचते हैं। बसें, रेलें, टैक्सियाँ सब इसी रास्ते से जाती हैं।" नीलकंठ ने चीन की दीवार तथा बीजिंग के बीच में एक बारीक-सी लकीर खींच दी, "यह है वह रास्ता! लेकिन इस रास्ते में एक खराबी है।"

"क्या?"

"यह सबसे लंबा रास्ता है। बीजिंग से इस ऐतिहासिक दीवार तक पहुँचने में पर्यटकों को आठ घंटे लग सकते हैं।"

"दूसरा रास्ता क्या है?"

"दूसरा रास्ता कुछ ऊबड़-खाबड़ है।" नीलकंठ नक्शे पर एक दूसरी छोटी लकीर खींचता हुआ बोला, "यह है वह रास्ता। इस रास्ते पर सड़कें पतली-पतली हैं, कच्ची हैं या फिर बड़े-बड़े गड्ढों वाली हैं, इसीलिए इस रास्ते का बहुत कम उपयोग होता है। अलबत्ता, इस रास्ते से उस ऐतिहासिक दीवार तक पहुँचने में सात घंटे का समय लगता है।"

"यानी मुख्य रास्ते से एक घंटा कम।"

"हाँ, पूरा एक घंटा कम।" नीलकंठ की गर्दन स्वीकृति में हिली, "लगभग पैंतीस-चालीस किलोमीटर का फर्क पड़ जाता है। अब तीसरे रास्ते के बारे में सुनो, जो निकट भविष्य में हमारे काफी काम आने वाला है।"

"क्या?"

"उस रास्ते की रूपरेखा नक्शे पर नहीं बताई जा सकती," नीलकंठ बोला, "दरअसल वह कोई सीधा रास्ता नहीं है। वह अनेक गांवों के अंदर से होकर गुजरता है। लेकिन हम उस रास्ते के द्वारा सिर्फ चार घंटे में अपनी मंजिल तक पहुंच सकते हैं।"

"यानी वह मुख्य सड़क से बिल्कुल आधा रास्ता है?" कमांडर का विस्फारित स्वर।

"हाँ।"

"कमाल है!"

"इसमें कमाल कुछ नहीं।" नीलकंठ बोला, "पूरी चीन में सड़कों का जाल इसी तरह फैला हुआ है कि अगर हम ग्रामीण इलाकों से होकर गुजरें, तो बहुत जल्द अपनी मंजिल तक पहुंच जायेंगे।"

चलो, इस मिशन की पहली समस्या तो हल हो गई।" पामेला बोली, "यह तो पता चल गया कि सी. एस. एस. के ऑफिसरों ने अरविंद पांडे को कहाँ रख छोड़ा है। वहाँ तक पहुंचने के लिए शॉर्ट-कट वाली सड़क भी फाइनल हो गई। लेकिन हम अरविंद पांडे को उन लोगों की क़ैद से छुड़ायेंगे कैसे, यह अभी फाइनल नहीं हुआ।"

"यह फाइनल करने के लिए जरूरी है।" नीलकंठ बोला, "कि पहले मैं और कमांडर चीन की ऐतिहासिक दीवार के पास जाकर सीक्रेट सर्विस के उस केंद्र को देखें।"

"अगर पहले सीक्रेट सर्विस का वह केंद्र ही देखना है," कमांडर बोला, "तो मैं समझता हूं कि हमें ज्यादा देर नहीं करनी चाहिये। जितनी जल्द-से-जल्द मुमकिन हो, हम सीक्रेट सर्विस का वह केंद्र देखने चलें।"

"ठीक है। हम लोग एक घंटे बाद ही चीन की ऐतिहासिक दीवार की तरफ रवाना होते हैं।" नीलकंठ नक्शा फोल्ड करते हुए बोला।

फिर वह मीटिंग वहीं बर्खास्त हो गई थी।

★★★

इस समय होशांग और पामेला वहां अकेले थे।

कमांडर करण सक्सेना तथा नीलकंठ सीक्रेट सर्विस के केंद्र का जायजा लेने जा

चुके थे। बालेराम ऊपर फर्नीचर शॉप में था। अब यह कैसे मुमकिन था कि वह दोनों अकेले हों तथा होशांग कोई हरकत न करे।

होशांग ने सबसे पहले तो स्मैक की पुड़िया निकालकर धुएँ के कई सुट्टे खींचे। फिर जब उसे खूब तगड़ा नशा हो गया तो वह तरंग में झूमता हुआ पामेला के पास पहुँचा।

पामेला उस समय अपने कमरे में बैठी टीवी पर कार रेस का एक प्रोग्राम देख रही थी।

"पामेला!" दरवाजे पर पहुँचते ही होशांग लड़खड़ाया।

"ओह! किचू-किचू!" पामेला उसे देखकर हँसी, "लगता है मुन्ने, तूने फिर नशे का धुआं खींच लिया है।"

होशांग ने उसकी तरफ अपनी लाल-लाल आँखें तरेरी।

"ले।" पामेला ने पर्स में से एक लॉलीपॉप निकालकर जबरदस्ती उसके हाथ में पकड़ाई, "अपनी बड़ी वाली आंटी से यह लॉलीपॉप लेकर चूस बेटा! जब तक तेरे दाढ़ी-मूँछ नहीं निकल आतीं, तब तक यह लॉलीपॉप तेरा साथ देगी। वैसे भी मैं तेरी माँ के बराबर हूँ मेरे किचू-किचू! अब मैं चलती हूँ।"

होशांग फिर कुछ कह पाता, उससे पहले ही पामेला तेज-तेज कदम रखती हुई कमरे से बाहर निकल गई थी।

★★★

कमांडर करण सक्सेना ने विस्मय से अपने सामने मौजूद चीन की उस ऐतिहासिक दीवार को देखा, जो विश्व के नौ आश्चर्यों में से एक कही जाती है।

इस समय वह और नीलकंठ दोनों लाल कैरोना कार की फ्रंट सीट पर बैठे हुए थे।

चीन के पर्यटक विभाग का वह दफ्तर उनसे थोड़े ही फासले पर था, जो वास्तव में चायनीज सीक्रेट सर्विस का छोटा-सा केंद्र था और जिसके अंदर इन दिनों रॉ के जासूस अरविंद पांडे को टॉर्चर किया जा रहा था।

इस मामले में नीलकंठ का अनुमान बिल्कुल ठीक रहा था। वह सिर्फ तीन घंटे पचास मिनट में ही वहाँ पहुँच गए। नीलकंठ ने इस समय अपने चेहरे तथा हाथों पर एक खास किस्म का केमिकल लगाया हुआ था, जिसके कारण उसका काँच जैसा नीला रंग बिल्कुल छिप गया था । आसपास पर्यटकों की काफी भीड़ थी।

कमांडर करण सक्सेना ने डनहिल सुलगा ली और अब वह छोटे-छोटे कश

लगाता हुआ सीक्रेट सर्विस के केंद्र को देख रहा था, जिसके बाहर सिर्फ एक चीनी सिपाही खड़ा था।

"लगता है कि इस केंद्र पर ज्यादा सुरक्षा व्यवस्था का इंतजाम नहीं है।"

"बिल्कुल ठीक कहा तुमने।" नीलकंठ भी अपलक उस स्थान को देखता हुआ बोला, "दरअसल जहाँ तक मेरा अनुमान है, यह सीक्रेट सर्विस के बहुत छोटे केंद्रों में से एक होगा, जिसका वह लोग कभी-कभार ही इस्तेमाल करते होंगे। लेकिन एक बात समझ नहीं आई कमांडर!"

"क्या?"

"चीन के सीक्रेट सर्विस के अधिकारी अरविंद पांडे को इसी केंद्र में रखकर टॉर्चर क्यों कर रहे हैं?"

"शायद वह इस केंद्र को ज्यादा सुरक्षित समझते होंगे।" कमांडर बोला, "एक ऐसा केंद्र, जहाँ अरविंद पांडे के होने की भारतीय जासूस कल्पना भी नहीं कर सकते।"

"जरूर यही बात है।"

"एक बात और भी है।" कमांडर पुनः बोला।

"क्या?"

"इस केंद्र के अंदर सीक्रेट सर्विस के ज्यादा आदमी भी ड्यूटी पर तैनात नहीं होंगे। मुश्किल से उनकी संख्या छह या सात होगी।"

"क्योंकि इतने ही व्यक्ति एक अरविंद पांडे के लिए काफी हैं।"

"लेकिन फिर भी, अरविंद पांडे को यहाँ से निकालकर ले जाना आसान काम नहीं।" नीलकंठ ने कहा।

"क्यों?"

"दरअसल सबसे ज्यादा मुश्किल हमारे लिए यह रास्ता पैदा करेगा।" नीलकंठ ने कार की फ्रंट सीट पर बैठे-बैठे पलटकर उस सड़क की तरफ देखा, जिधर से वे आए थे, "क्योंकि यहां से लगभग पचास किलोमीटर तक का यह रास्ता बिल्कुल सीधा है, और इस बीच तीन पुलिस चौकी पड़ती हैं। अगर हम किसी प्रकार सी. एस. एस. के इस केंद्र से अरविंद पांडे को लेकर फरार हो भी गए, तब भी चीनी अधिकारी वायरलेस करके पचास किलोमीटर लंबे इस रास्ते में हमें कहीं भी गिरफ्तार करा सकते हैं।"

"हूँ।" उस सड़क को देखते हुए कमांडर की आँखों में भी चिंता के भाव तैरे। वाकई वह बहुत बड़ी पेचीदगी थी।

"क्या सोच रहे हो?"

"इस मुश्किल का भी हल है।"

"कैसा हल?"

"हम अरविंद पांडे को इस केंद्र से लेकर इस तरह फरार होंगे कि चीनी अधिकारियों को इस बात का अहसास तक नहीं होगा कि अरविंद पांडे भारत सरकार के हाथ लग गया है। वह तब भी उसे अपने पास क़ैद समझते रहेंगे।"

"लेकिन ऐसी क्या योजना हो सकती है?" नीलकंठ चौंका।

"ऐसी योजना सोचनी मुश्किल जरूर है नीलकंठ!" कमांडर ने डनहिल की राख खिड़की से बाहर झाड़ी थी, "परंतु अगर हमें इस मिशन को कामयाब करना है, तो ऐसी कोई योजना बनानी ही होगी। एनी वे, फिलहाल हम लोग वापस चलते हैं।"

नीलकंठ कुछ न बोला।

जबकि करण सक्सेना ने लाल कैरोना को यू-टर्न देकर वापस मोड़ा था, फिर शीघ्र ही लाल कैरोना कच्चे रास्ते पर दौड़ पड़ी।

★★★

सी. एस. एस. का जो ऑफिसर अरविंद पांडे को टॉर्चर कर रहा था, उसका नाम था वान ली।

वान ली एक बहुत धुरंधर किस्म का ऑफिसर था और उसका सर्विस रिकॉर्ड भी बड़ा जबरदस्त था।

उसने आज तक विभिन्न देशों के कई जासूसों को न सिर्फ गिरफ्तार किया था, बल्कि उनसे ऐसे महत्वपूर्ण राज भी उगलवाये थे, जिनसे बाद में चीन सरकार को बहुत फायदा पहुँचा।

वान ली लगभग सैंतीस-अड़तीस साल का एक कठोर चीनी था। उसके बारे में रहम और क्षमा जैसे शब्द वान ली की डिक्शनरी में नहीं हैं। शायद इसलिए कई छोटे-छोटे देशों के जासूस तो वान ली के नाम से ही थर्रा उठते थे।

और इस समय अरविंद पांडे उसी बेहद खतरनाक वान ली के अंडर में था।

★★★

फिलहाल वान ली ने अरविंद पांडे को एक बेड पर लिटाया हुआ था। वह हॉस्पिटल जैसा बेड था। अलबत्ता उस बेड में प्लास्टिक के कुछ छोटे-बड़े क्लिप फिट थे, जिनमें इस समय अरविंद पांडे के हाथ-पैर तथा गर्दन कसी हुई थी।

कुल मिलाकर अरविंद पांडे की स्थिति ऐसी थी कि अगर वह एक इंच भी बेड से इधर-उधर हिलना चाहता, तो नहीं हिल सकता था।

"देखो अरविंद पांडे!" वान ली कठोर मुख मुद्रा बनाकर उसके सिरहाने खड़ा हो गया, "इसमें कोई शक नहीं कि तुम एक देशभक्त आदमी हो। अपने वतन से बहुत प्यार करते हो तुम। अगर देशभक्त न होते तो न जाने कब का तुमने सब कुछ उगल दिया होता। क्योंकि इतने टॉर्चर के बाद मैंने मुर्दों को भी बोलते देखा है।"

अरविंद पांडे बिस्तर पर शांत पड़ा था।

"मेरी बात तुम सुन रहे हो न अरविंद पांडे?" वान ली ने अरविंद पांडे को आहिस्ता से झंझोड़ा।

अरविंद पांडे पर फिर भी कोई प्रतिक्रिया न हुई।

"अरविंद पांडे, मैं आज तुम्हें बहुत खतरनाक ढंग से टॉर्चर करने जा रहा हूँ!"

"यह देखो!" वान ली ने वहीं पास में रखा एक हेलमेट उठाकर अरविंद पांडे को दिखाया, जिसमें एक बिजली का तार भी निकला हुआ था, "थोड़ी ही देर बाद मैंने यह हेलमेट तुम्हारे सिर पर पहना देना है और फिर इस तार को बिजली के सॉकेट में लगा दूँगा। इसके बाद क्या होगा, यह तुम स्वयं भलीभांति जानते हो। यह हेलमेट से होकर करंट तुम्हारे पूरे शरीर में प्रवाहित हो जाएगा। तुम पागल भी हो सकते हो या फिर यह भी सम्भव है कि तुम्हारे दिमाग की तमाम इन्द्रियाँ सुप्त अवस्था में पहुँच जाए और तुम कोमा में चले जाओ।"

अरविंद पांडे फिर भी टुकुर-टुकुर वान ली को देखता रहा।

"मिस्टर पांडे!" वान ली इस बार थोड़े स्नेहपूर्ण लहजे में बोला, "मुझे उम्मीद है कि तुम उस मरणासन्न अवस्था में नहीं जाना चाहोगे। तुम अभी भी उस खतरनाक टॉर्चर से बच सकते हो। तुम मुझे सिर्फ उस भारतीय डॉक्टर का नाम बता दो, जो चीन से विद्रोह करके वापस अपने वतन जाना चाहता है।"

"न... नहीं।" अरविंद पांडे के मुँह से पहली बार शब्द निकले, "कभी नहीं।"

"तुम पागल हो रहे हो अरविंद पांडे!"

"तुम कुछ भी कह सकते हो वान ली!" अरविंद पांडे मुस्कुराया, "लेकिन मैं इसे वतन की मोहब्बत कहूँगा।"

"बेवकूफ आदमी!" वान ली ने गुस्से में दांत किटकिटाये, "वतन की इस मोहब्बत से तुम्हें कुछ हासिल होने वाला नहीं है। जरा सोचो, भारत में तुम्हारा एक

भरा-पूरा परिवार होगा। तुम्हारे बीवी-बच्चे होंगे।" वान ली उसे उत्तेजित करता हुआ बोला, "अपने उन बीवी बच्चों को याद करो अरविंद पांडे! जरा सोचो, अगर तुम पागल हो गए या फिर कोमा में चले गए, तो क्या होगा उनका?"

उपहासपूर्ण ढंग से मुस्कुराया अरविंद पांडे।

"मैं एक बात कहूँ वान ली!"

"क्या?"

"जानते हो हमारे देश की आबादी कितनी है?"

"एक सौ तीस करोड़।"

"बिल्कुल ठीक। मुझे उस एक सौ तीस करोड़ आबादी पर हमेशा से बहुत यकीन रहा है वान ली! मैं जानता हूँ कि एक सौ तीस करोड़ की वह विशाल आबादी और उसके दो अरब साठ लाख हाथ किसी भी हालत में मेरे बीवी-बच्चों को भूखा नहीं मरने देंगे।"

"तुम सचमुच पागल हो।"

एक ही पल में आक्रोश की आंधी बन चुके वान ली ने हेलमेट न सिर्फ अरविंद पांडे के सिर पर रख दिया, बल्कि उसका तार भी सॉकेट में लगा दिया।

अगले कुछ क्षण अरविंद पांडे पर सचमुच बहुत बुरे गुजरे।

उसकी बहुत हृदयविदारक तथा दहशतनाक चीखों से पूरा कमरा थर्रा उठा। ऐसा लगा जैसे, आज अरविंद पांडे दम तोड़ देगा।

★★★

मुश्किल से दो मिनट में ही अरविंद पांडे की हालत ऐसी हो गई थी, मानो उसकी अंतिम साँसें चल रही हों।

जिस्म का सारा खून मानो किसी मिक्सी में डालकर निचोड़ लिया था।

"अरविंद पांडे!" वान ली ने उसे कहर भरे अंदाज में फिर झंझोड़ा, "तुम्हारे पास अभी भी समय है। मुझे उस भारतीय डॉक्टर का नाम बता दो।"

"न... नहीं।" अरविंद पांडे के मुंह से दृढ़ किंतु टूटे-टूटे शब्द निकले, "क... कभी नहीं। व... वान ली... कभी नहीं।"

वान ली के दायें हाथ का झापड़ फिर प्रचंड शक्ति से अरविंद पांडे के मुंह पर पड़ा। साथ ही वान ली ने उसे दोबारा बिजली के झटके देने शुरू कर दिये थे।

इस बार अरविंद पांडे ज्यादा देर तक उस भयानक टॉर्चर का सामना नहीं कर सका। जल्द ही वह बेहोश हो गया था।

★★★

अरविंद पांडे को चायनीज़ सीक्रेट सर्विस के केंद्र से फरार कराने की योजना पर न सिर्फ कमांडर करण सक्सेना और नीलकंठ सोच रहे थे, बल्कि बालेराम, होशांग और पामेला भी सोच रहे थे।

जिसके जो योजना दिमाग में आई, उसने उसे उन लोगों के बीच रखा।

परंतु अभी तक कोई भी दिमाग ऐसी धुरंधर स्कीम न सोच पाया था, जिसे फाइनल स्कीम समझा जाए।

★★★

एक बार फिर वह सब एक कमरे में इकट्ठे हुए।

"दरअसल इस योजना को बनाने में सबसे मुश्किल यह है।" नीलकंठ बोला, "कि सी. एस. एस. के आदमियों को इस बात तक का पता नहीं चलना चाहिये कि अरविंद पांडे फरार हो गया। उन्हें इस बात का पता कुछ घंटे बाद चले। जब तक कि हम अरविंद पांडे को लेकर किसी सुरक्षित स्थान पर न पहुँच जायें।"

"बिल्कुल ठीक।" कमांडर ने भी स्वीकृति में गर्दन हिलाई।

"और जहाँ तक मैं समझता हूँ।"नीलकंठ मुस्कुराया, "मैंने ऐसी एक योजना बना ली है।"

बालेराम, होशांग और पामेला के चेहरे पर हैरानी का सागर उमड़ा।

"सुनो, मैं तुम्हें अपनी योजना सुनाता हूँ।"

तुरंत वह सब के सब नीलकंठ की तरफ झुके।

"इस समय अरविंद पांडे चीन की दीवार वाले केंद्र में मौजूद है।" नीलकंठ भूमिका बांधता हुआ बोला, "अब जरा तुम लोग कल्पना करो कि एक दिन बिल्कुल अचानक उस केंद्र के सामने सेंट्रल जेल की एक क़ैदी-गाड़ी जाकर रुकती है। उस गाड़ी में जेल के कुछ बड़े अधिकारी मौजूद हैं। क़ैदी-गाड़ी के रुकते ही वह अधिकारी उसमें से उतरकर केंद्र के अंदर जाते हैं, और सीक्रेट सर्विस के आदमियों से मिलते हैं। वान ली नामक एक बहुत खतरनाक सीक्रेट सर्विस का ऑफिसर है, जो आजकल अरविंद

पांडे की जबान खुलवाने की कोशिश कर रहा है। जेल के उन अधिकारियों के पास चीन के गृह मंत्रालय की तरफ से जारी किया गया वान ली के नाम एक लेटर भी है।"

"उस लेटर में क्या लिखा है?" कमांडर करण सक्सेना ने कौतूहलता से पूछा।

"उस लेटर में लिखा है, सी. एस. एस. चूंकि अभी तक अरविंद पांडे की जबान खुलवाने में नाकाम रही है, इसलिए यह केस अब चायनीज पुलिस के हवाले कर दिया गया है। वान ली को गृह मंत्रालय से स्पष्ट आदेश है कि वह अरविंद पांडे को फौरन पुलिस के हवाले कर दे।" फिर नीलकंठ, कमांडर की आँखों में झांकता हुआ आगे बोला, "तुम क्या समझते हो कमांडर, उस लेटर को पढ़ने के बाद वान ली क्या करेगा?"

"जाहिर-सी बात है।" कमांडर बोला, "कि वह अरविंद पांडे को जेल के उन अधिकारियों के हाथों सौंप देगा।"

"बिल्कुल ठीक।" नीलकंठ की आँखों में खुशी की लहर दौड़ी, "न सिर्फ वान ली, अरविंद पांडे को उन अधिकारियों के हाथों में सौंप देगा, बल्कि उसे इस बात का भी शक नहीं होगा कि अरविंद पांडे फरार हो गया है।"

"लेकिन जेल के अधिकारियों से हमारी योजना का क्या संबंध है नीलकंठ?" पामेला बोली।

"क्या तुम लोग अभी भी कुछ नहीं समझे?" नीलकंठ की योजना भांपकर कमांडर के होंठों की मुस्कान गहरी हो गई थी, "दरअसल सेंट्रल जेल के वह अधिकारी हम लोग ही होंगे तथा वह सब हमारा ड्रामा होगा।"

तुरंत बालेराम, होशांग तथा पामेला के दिमाग में विस्फोट से होते चले गए।

जबकि नीलकंठ शातिराना अंदाज अब मुस्कुरा रहा था।

★★★

"इसमें कोई शक नहीं कि तुम्हारी योजना अच्छी है नीलकंठ!" कमांडर करण सक्सेना बोला, "परंतु इसमें कुछ मुश्किलें भी हैं।"

"कैसी मुश्किलें?"

"जैसे सबसे पहली मुश्किल तो हमें इस कैदियों की गाड़ी के कारण ही आएगी, जिसे लेकर हमें सी. एस. एस. के उस केंद्र पर जाना होगा।"

"उसमें कोई मुश्किल पेश नहीं आएगी।"

"क्यों?"

"क्योंकि ऐसी किसी भी वैन को बड़ी सहूलियत से अरेंज किया जा सकता है, जिसकी बॉडी कैदियों की गाड़ी से मैच करती हो। फिर हम सब लोग मिलकर उसे आसानी के साथ कैदियों की गाड़ी में तब्दील कर देंगे।"

"जेल अधिकारी बनने के लिए हमें वर्दियों की भी जरूरत पड़ेगी। उनका बंदोबस्त कैसे होगा?"

"वह भी मुश्किल नहीं। वह सारा बंदोबस्त भी हो जाएगा।"

"और गृह मंत्रालय का लेटर हेड, वह कहाँ से हासिल करोगे?"

नीलकंठ हँसने लगा, "कमांडर, तुम्हें सुनकर आश्चर्य जरूर होगा, लेकिन यह सच है कि चीन के तमाम मंत्रालयों के ओरिजिनल लेटर हेड मेरे पास मौजूद हैं। न सिर्फ लेटर हेड मौजूद है, बल्कि मैं तमाम मंत्रियों के जाली हस्ताक्षर भी खुद अपने हाथों से कर सकता हूँ।"

कमांडर करण सक्सेना भौचक्की निगाहों से नीलकंठ को देखने लगा। वह वाकई एक अजूबा था।

"यानी इस योजना को अंजाम देने में कोई मुश्किल नहीं।"

"बिल्कुल भी कोई मुश्किल नहीं कमांडर!"

"मगर मेरे हिसाब से एक मुश्किल है।" इस बार होशांग बोला, "और बहुत बड़ी मुश्किल है।"

"क्या?"

सबकी निगाहें फौरन होशांग पर ही केंद्रित हुईं।

"मान लो, हम लोग जेल अधिकारियों की वर्दियाँ पहनकर वान ली के सामने पहुँच जाते हैं, और उसे गृह मंत्रालय का जाली आदेश-पत्र देते हैं। लेकिन हो सकता है कि वान ली आदेश-पत्र पढ़ने के बाद भी गृह मंत्रालय से इस बारे में सीधे कन्फर्म करना चाहे। गृह मंत्री या गृह सचिव से उस आदेश-पत्र के विरोध में बहस करना चाहे। आखिर यह सब करने के लिए वान ली को सिर्फ एक फोन ही तो घुमाना होगा कमांडर! परंतु, वान ली के गृह मंत्रालय फोन घुमाते ही हमारी पूरी योजना का सर्वनाश हो जाएगा।"

सब सन्न रह गए।

कमांडर करण सक्सेना और नीलकंठ, जो अभी उत्साहित थे, उनका भी सारा उत्साह रफूचक्कर हो गया।

"क्या मैं कुछ गलत कह रहा हूँ?"

"नहीं।" नीलकंठ की गर्दन बड़ी संजीदगी के साथ स्वीकृति में हिली, "तुम्हारी बात में जान है होशांग! वान ली सचमुच गृह मंत्रालय फोन कर सकता है।"

"और उसके फोन करते ही योजना का बंटाधार!"

"बिल्कुल बंटाधार!"

"कमाल है!" बालेराम ने हैरत से होशांग की तरफ देखा, "अपना नशेड़ी होशांग भाई ऐसी होशमन्दी की बात भी सोच सकता है, यह तो आज ही देख रहा हूँ।"

★★★

बहरहाल होशांग ने जो मुश्किल सामने रखी थी, उसका एकाएक कोई हल उन लोगों को नहीं सूझा।

काफी देर तक सोचने-विचारने के बाद कमांडर करण सक्सेना बोला, "मैं इसका एक समाधान बताता हूँ!"

"क्या?"

"यह तो हमें आसानी से मालूम हो ही जाएगा कि सी. एस. एस. के उस केंद्र में जो फोन लगा हुआ है, उसका कनेक्शन वहां लगे किस पोल (खम्भे) से है।"

"बिल्कुल!" नीलकंठ ने व्यग्रतापूर्वक कहा, "यह तो बहुत आसानी से पता चल जाएगा। जहाँ तक मैं समझता हूँ, तो उस क्षेत्र में तो टेलीफोन के पोल भी न के बराबर ही होंगे, क्योंकि वहाँ आबादी ही बहुत कम है।"

"यानी पोल ढूंढ़ने में कोई परेशानी नहीं होगी?"

"हरगिज नहीं।"

"फिर तो समझो इस समस्या का भी समाधान हो गया।" कमांडर विश्वास से भरे लहजे में बोला, "दरअसल हमारा एक आदमी टेलीफोन एक्सचेंज का मैकेनिक बनकर उस पोल पर चढ़ेगा और सी. एस. एस. के केंद्र का जो टेलीफोन है, उसका कनेक्शन काट देगा। सिर्फ इतना ही नहीं, कनेक्शन काटने के बाद वह सी. एस. एस. के केंद्र का कनेक्शन अपने उस टेलीफोन के साथ जोड़ लेगा, जिसे वह पहले ही साथ लेकर जाएगा।"

"उससे क्या फायदा है?" सबकी आँखों में सस्पेन्स के भाव पैदा हुए।

"बहुत बड़ा फायदा है।" कमांडर बोला, "दरअसल फिर वान ली अगर हमारे पहुँचने के बाद गृह मंत्रालय फोन करेगा, तो उसकी घंटी पोल पर चढ़े हमारे आदमी

के टेलीफोन पर बजेगी। फिर हमारा ही आदमी गृह मंत्री या गृह सचिव बनकर वान ली से बात करेगा तथा उसे सख्त हुकुम देगा कि वह अरविंद पांडे को फौरन पुलिस के हवाले कर दे। इस तरह एक ही झटके में पूरी योजना का बंटाधार करने वाली हमारी मुश्किल भी हल हो जाएगी और वान ली के दिल में जो थोड़ा-बहुत शक भी होगा, वह भी फोन पर बात करने से दूर हो जाएगा।"

सबकी आंखें एकदम हजार-हजार वाट के बल्ब की मानिंद चमक उठीं।

"गुड आइडिया!" सबसे पहले होशांग ने चहककर कहा, "वाकई तुमने लाजवाब हल सोचा है कमांडर!"

नीलकंठ की आँखों में भी कमांडर करण सक्सेना के लिए प्रशंसा के भाव उभर आए थे। उसे बहादुर और बुद्धिमान व्यक्ति पसंद थे।

"लेकिन टेलीफोन एक्सचेंज का जो मैकेनिक बनेगा।" कमांडर बोला, "वह बेइंतेहा जिम्मेदार और काबिल आदमी होना चाहिये, जो कनेक्शन काटने के साथ-साथ गृह मंत्री या गृह सचिव के रूप में वान ली से प्रभावशाली बातचीत भी कर सके।"

"ऐसा एक आदमी है हमारे पास।" नीलकंठ चित्ताकर्षक अंदाज में बोला, "जो दोनों कामों में बहुत एक्सपर्ट है।"

"कौन?"

"बालेराम!" नीलकंठ ने अपने बराबर में ही बैठे बालेराम की पीठ थपथपाई थी, "बालेराम दोनों ही काम बखूबी कर लेगा। क्यों बालेराम?"

"बिल्कुल।" बालेराम ने खुश होकर जल्दी से अपनी गर्दन दायें-बायें हिलाई।"

"बस तो बन गया काम।" कमांडर ने इत्मीनान की गहरी सांस ली, "अब हमें सबसे पहले कैदियों की गाड़ी के वास्ते किसी वैन का बंदोबस्त करना चाहिये।"

"कमांडर!" पामेला हँसकर बोली, "उससे भी पहले हमें अब यह मीटिंग बर्खास्त करनी चाहिये। क्योंकि रात काफी हो चुकी है और अभी सबको सोना भी है।"

पामेला की बात सुनकर सब हँसे।

खुद कमांडर करण सक्सेना भी हँसा।

★★★

वह सब चायनीज़ सीक्रेट सर्विस के बड़े-बड़े अधिकारी थे।

सबकी निगाहें एक ही व्यक्ति पर थीं।

वान ली पर।

लेकिन हर समय अलर्ट और चाक-चौबंद रहने वाला वान ली भी उस समय निराशा में डूबा हुआ था।

“मैं काफी कोशिशें कर चुका हूँ।” वान ली ने किसी मशीन की तरह बोलना शुरू किया, “मगर वह उस डॉक्टर के बारे में कुछ भी बताने को तैयार नहीं। अब तक उस पर अपनाये गए मेरे तमाम हथकंडे बेकार गए हैं।”

“यह शब्द वान ली बोल रहा है।” सीक्रेट सर्विस के एक बड़े अधिकारी ने आश्चर्य से वान ली की तरफ देखा, “वह वान ली, जिसके सामने पत्थर भी बोलने लगते हैं, जिसके बारे में यह मशहूर है कि वह कभी नाकाम नहीं हुआ।”

“दरअसल अरविंद पांडे पत्थर से भी कोई ज्यादा सख्त चीज है सर!” वान ली ने गहरी सांस लेकर कहा, “मैंने देशभक्ति का ऐसा बुलंद जज्बा पहले कभी किसी जासूस के अंदर नहीं देखा। वह मरने को तैयार है, लेकिन उस डॉक्टर का नाम बताने को तैयार नहीं। अपने देश से गद्दारी करने को तैयार नहीं।”

वान ली के शब्दों ने उन अधिकारियों के बीच बेचैनी पैदा कर दी थी।

“मिस्टर वान ली!” एक अन्य अधिकारी बोला, “क्या तुम्हारी बातों से यह अंदाजा लगाया जाए कि तुमने हथियार डाल दिये हैं?”

“नहीं सर!” वान ली के चेहरे पर पहली बार दृढ़ता के भाव नमूदार हुए, “यह सच है कि अरविंद पांडे पत्थर से भी ज्यादा सख्त बना हुआ है। उसने मानो हमें कुछ भी न बताने की कसम खाई हुई है। लेकिन उसी तरह मैंने भी कसम खाई हुई है, मैं उसे तोड़कर दम लूँगा। मगर मुझे इस काम के लिए सी. एस. एस. की इस कमेटी से थोड़ा समय और चाहिये।”

“मगर हम लोग तुम्हें पहले ही काफी समय दे चुके हैं वान ली!”

“मुझे थोड़ा समय और दीजिये सर! मुझे उम्मीद है कि मैं अरविंद पांडे से उस डॉक्टर का नाम उगलवाने में सफल हो जाऊंगा।”

अब सी. एस. एस. के उन अधिकारियों के बीच तेज खुसर-पुसर होने लगी।

वह लोग फैसला नहीं कर पा रहे थे कि वान ली को और समय दिया जाए या नहीं?

★★★

"जहाँ तक मेरी राय है।" काफी सोच-विचार के बाद एक अधिकारी बोला, "मिस्टर वान ली को अब इस काम के लिए और समय देना बेकार है। अगर उसमें अरविंद पांडे की जबान खुलवाने की क्षमता होती, तो वह अब तक खुलवा चुके होते। क्योंकि जहाँ तक मुझे रिपोर्ट मिली है, उसके मुताबिक मिस्टर वान ली टॉर्चर के लगभग सभी हथकंडे अरविंद पांडे पर इस्तेमाल कर चुके हैं। अब हमें उस जासूस की जबान खुलवाने के लिए कोई दूसरा रास्ता सोचना चाहिये।"

"मगर टॉर्चर के अलावा और दूसरा रास्ता हमारे पास क्या है?" वह एक अन्य अधिकारी की आवाज थी।

"एक रास्ता और भी है।"

"क्या?"

"सम्मोहन।" पहले वाले अधिकारी ने धमाका-सा किया।

सम्मोहन! सम्मोहन!!

पूरी कमेटी में हलचल मच गई।

"आप लोग जानते ही हैं कि सम्मोहन एक अद्भुत कला है।" सी. एस. एस. अधिकारी बोला, "कुछ बुद्धिजीवी इसे प्राचीन विज्ञान भी मानते हैं। आज तक चीन में सम्मोहन के कई प्रयोग सफल हो चुके हैं। जैसे मरीज को बेहोश करने की बजाय उसे सम्मोहित किया गया और सिर्फ सम्मोहन की अवस्था में ही उसका ऑपरेशन कर दिया गया। मरीज को पता तक नहीं चला कि उसका ऑपरेशन हुआ है। सबसे बड़ी बात यह है कि सम्मोहन के ऐसे ज्यादातर सफल प्रयोग मिस्टर मन्कोट की देख-रेख में हुए और यह हमारे लिए खुशी की बात है कि मिस्टर मन्कोट सी. एस. एस. के ही एक अधिकारी हैं।"

"तो क्या आप यह कहना चाहते हैं।" वान ली के स्वर में आश्चर्य झलका, "कि मिस्टर मन्कोट, अरविंद पांडे को सम्मोहित करके उससे भारतीय डॉक्टर का नाम उगलवा सकते हैं?"

"एब्सॉल्यूटली राइट!" अधिकारी एक-एक शब्द पर जोर देता हुआ बोला, "मैं बिल्कुल यही कहना चाहता हूँ। आखिर क्या मुश्किल है मिस्टर मन्कोट के लिए यह सब करना। जब वह सिर्फ सम्मोहन के बलबूते पर किसी मरीज को इतना प्रभाव में

ले सकते हैं कि वह ऑपेरशन तक करा लें और उसे मालूम भी न हो, तो उनके लिए यह क्या मुश्किल है कि वह अरविंद पांडे को सम्मोहित करके उससे भारतीय डॉक्टर का नाम पूछ लें।"

"बात तो आपकी किसी हद तक ठीक है।" दूसरा अधिकारी बोला, "अगर मिस्टर मन्कोट, अरविंद पांडे को सम्मोहित करके उससे भारतीय डॉक्टर का नाम उगलवाने में सफल रहे, तो निस्संदेह टॉर्चर की दुनिया में यह आश्चर्यजनक सफलता होगी।"

"तो क्या अब मिस्टर मन्कोट को यह केस सौंपा जाए?"

"बिल्कुल!" तुरंत कई अधिकारियों की गर्दन स्वीकृति में हिली, "मिस्टर मन्कोट को भी ट्राई करने में क्या जाता है। खासतौर पर जब हमें उनसे सफलता की भी उम्मीद है।"

"मिस्टर वान ली!" सी. एस. एस. के सर्वोच्च अधिकारी ने वान ली की तरफ देखा, "आप इस बारे में क्या कहते हैं?"

"मेरी तो वही राय है।" वान ली बोला, "जो आप सब लोगों की राय है। अगर कमेटी मिस्टर मन्कोट को ट्राई करके देखना चाहती है, तो मैं कहूंगा कि जरूर उन्हें ट्राई किया जाए। वैसे भी हम सब लोगों का आखिरकार मकसद तो एक ही है।

"गुड!" सर्वोच्च अधिकारी के होंठों पर मुस्कान दौड़ी फिर उसने एक दूसरे चीनी अधिकारी की तरफ देखा, "मिस्टर मन्कोट इस समय कहाँ हैं?"

"वह ज्यादातर बीजिंग के नजदीक ही बने अपने फॉर्म हाउस पर रहते हैं सर! इस समय भी वह जरूर वहीं होंगे।"

"ठीक है, उन्हें जल्द से जल्द हेडक्वार्टर पहुँचने की इन्फॉर्मेशन भेजी जाए।"

"ओके सर!"

फिर सीक्रेट सर्विस की वह मीटिंग वहीं बर्खास्त हो गई।

हालांकि वान ली ने मन्कोट के प्रति अपनी सहमति दर्शाई थी लेकिन वास्तव में वह उस प्रस्ताव से बिल्कुल भी खुश नहीं था।

उसे न सम्मोहन विद्या पर यकीन था, न मन्कोट की किसी जादूगरी पर।

★★★

उसी रात कमांडर करण सक्सेना ने ट्रांसमीटर सेट पर रॉ चीफ गंगाधर महंत से सम्पर्क स्थापित किया।

"ओह करण!" कमांडर की आवाज सुनते ही गंगाधर महंत हमेशा की तरह बेहद उत्साह से भर गए थे, "क्या रिपोर्ट है माई बॉय?"

"रिपोर्ट काफी संतोषजनक है चीफ!" करण सक्सेना भी काफी उत्साहपूर्ण मुद्रा में बोला, "मैं न सिर्फ नीलकंठ तक पहुँचने में सफल हो गया हूँ, बल्कि नीलकंठ ने बड़ी आसानी से यह भी पता लगा लिया है कि अरविंद पांडे को इस समय कहाँ रखकर टॉर्चर किया जा रहा है। चीन की ऐतिहासिक दीवार में सी. एस. एस. का एक छोटा-सा केंद्र है, इस समय अरविंद पांडे वहीं है।"

"ओह, क्या और कुछ भी पता चला?"

"हाँ, एक और महत्वपूर्ण बात भी पता चली है चीफ!"

"क्या?"

"चीनी जासूसों की बेपनाह कोशिशों के बावजूद भी अरविंद पांडे अभी टूटा नहीं है, और यह राज अभी तक उसके सीने में ही है कि वह भारतीय डॉक्टर कौन है? जो चीन से विद्रोह करके वापस अपने वतन आना चाहता है।"

"वेरी गुड! तुम और नीलकंठ अब क्या कर रहे हो?"

"थोड़ी देर पहले ही हमने अरविंद पांडे को आजाद कराने के लिए योजना फाइनल की है चीफ! अब हमने उसी योजना पर काम करना है।"

"जो करना है, जल्दी करना करण! कहीं ऐसा न हो कि चीनी जासूस पहले ही अरविंद पांडे को तोड़ने में कामयाब हो जायें।"

"आप बेफिक्र रहें चीफ! हम पूरी कोशिश कर रहे हैं।"

"ठीक है, विश यू ऑल द बेस्ट माई सन! आगे भी इसी तरह अपनी रिपोर्ट देते रहना।"

"जरूर चीफ!"

★★★

मन्कोट!

चीन का एक जबरदस्त सम्मोहनकर्ता।

मन्कोट की आयु लगभग पचास-पचपन वर्ष के आसपास थी। कद इतना ठिगना था कि वह पीछे से देखने पर बिल्कुल बच्चा ही मालूम देता था।

वह एक बहुत अजीबोगरीब और रहस्यमयी-सी शख्सियत का मालिक था।

हमेशा दस में से आठ उंगलियों में अंगूठियां पहनता और गले में मोटी-मोटी मालाएँ धारण किये रहता।

मन्कोट बोलता भी बहुत कम था।

कुल मिलाकर मन्कोट सम्मोहन जैसे प्राचीन विज्ञान का जानकार होने के साथ-साथ खुद भी प्राचीन जमाने का ही कोई नागरिक नजर आता था।

★★★

मन्कोट ने सी. एस. एस. के सबसे बड़े अधिकारी की एक-एक बात बेहद ध्यानपूर्वक सुनी तथा फिर शांत बैठा रहा।

"मिस्टर मन्कोट!" वह एक दूसरे अधिकारी की आवाज थी, "आप इस विषय पर क्या कहते हैं? क्या आपको यकीन है कि आप अपने सम्मोहन द्वारा अरविंद पांडे से राज उगलवा लेंगे?"

"हूँ।" मन्कोट ने गहरी हुंकार भरी तथा फिर मुँह इस तरह चलाया, जैसे भैंस जुगाली कर रही हो, "मुझे निन्यानवे प्रतिशत उम्मीद है कि मैं राज उगलवा लूँगा।"

"निन्यानवे प्रतिशत!" वान ली चौंका, "निन्यानवे प्रतिशत क्यों? आप एक प्रतिशत छोड़ क्यों रहे हैं मिस्टर मन्कोट?"

"दरअसल मैंने पहले कभी किसी जासूस को सम्मोहित नहीं किया है मिस्टर वान ली!" मन्कोट बेहद धीमी और दार्शनिकता पूर्ण लहजे में बोला, "इसलिए मैंने एक प्रतिशत गुंजाइश छोड़ी है। लेकिन मैं यह भी जानता हूँ कि तमाम इंसानों पर सम्मोहन का असर एक समान होता है, इसलिए मुझे अपनी कामयाबी पर जरा भी शक नहीं।"

"यानी आपको इस बात पर पूरा यकीन है।" वान ली एक-एक बात का खुलासा करता हुआ बोला, "कि आप अरविंद पांडे से राज उगलवा लेंगे।"

"बिल्कुल!"

मन्कोट की बात सुनकर तमाम चीनियों के चेहरे खिल गए थे।

"लेकिन मुझे इस काम के लिए एक खास वातावरण की जरूरत पड़ेगी।"

"आपको जिस चीज की भी आवश्यकता हो, मिस्टर वान ली को बोल दीजिये। वह आपकी पूरी मदद करेंगे।"

"ठीक है।" मन्कोट बोला, "तो फिर मैं कल ही सम्मोहन का प्रोग्राम बनाता हूँ।"

वान ली को अभी भी उम्मीद नहीं थी कि मन्कोट कामयाब होगा।

★★★

सुबह ही सुबह कमांडर करण सक्सेना और नीलकंठ उस वैन का बंदोबस्त करने निकले, जिसे योजना के मुताबिक बाद में कैदियों की गाड़ी के रूप में बदला जाना था।

उस समय सुबह के चार बज रहे थे और वैन चोरी करने का सबसे बेहतरीन समय था। क्योंकि सड़कें बिल्कुल वीरान रहती हैं तथा उस वक़्त पुलिस सिस्टम भी ज्यादा अलर्ट नहीं होता।

बालेराम, पामेला और होशांग भी उन दोनों के साथ थे।

उन्होंने बाकायदा एक पूरी लिस्ट तैयार कर रखी थी, जिसमें लिखा था कि फलां-फलां जगह वैन मिल सकती हैं।

उन्होंने लगभग सभी जगह ट्राई किया, लेकिन कहीं भी ऐसी कोई वैन नहीं मिली, जिसे कैदियों की गाड़ी के रूप में परिवर्तन किया जा सके।

"अब सिर्फ एक जगह और बची है।" होशांग लिस्ट पर नजर दौड़ाता हुआ बोला।

"कौन-सी जगह?"

"डबल रोटी फैक्ट्री। उस फैक्ट्री के बाहर लगभग हर साइज की कई वैन खड़ी रहती हैं, जिनके द्वारा विभिन्न शहरों में डबल रोटी सप्लाई की जाती है।"

"लेकिन अब तक तो वह सभी वैन डबल रोटी लेकर जा चुकी होंगी?" कमांडर बोला।

"हाँ, ज्यादातर जा चुकी होंगी। मगर अभी भी उनमें से कुछ एक जरूर खड़ी मिल जाएंगी। क्या पता उन्हीं में से कोई हमारे मतलब की वैन हो।"

"तो फिर वहीं चलें?"

"चलो।"

उस समय लाल कैरोना को पामेला ड्राइव कर रही थी।

सबसे पहली बात तो यही थी कि वह एक दक्ष ड्राइवर थी, फिर कमांडर के मुकाबले उसे बीजिंग की सड़कों का भी ज्यादा ज्ञान था।

पामेला ने फौरन लाल कैरोना डबल रोटी फैक्ट्री की तरफ दौड़ा दी।

डबल रोटी फैक्ट्री एक निर्जन से इलाके में बनी हुई थी और वहाँ आसपास फैक्टरियाँ-ही-फैक्टरियाँ थीं। इतनी सुबह वहाँ सड़क पर आते-जाते कर्मचारी भी नजर नहीं आ रहे थे।

पामेला ने लाल कैरोना डबल रोटी फैक्ट्री के बिल्कुल सामने ही रोकी।

"वह देखो।" कार रुकते ही बालेराम ने व्यग्रतापूर्वक कहा, "इस समय भी डबल रोटी फैक्ट्री के बाहर पाँच वैन खड़ी हैं। जिनमें तीन वैनों के बिल्कुल अलग-अलग साइज हैं।"

"क्या कहते हो?" नीलकंठ ने करण सक्सेना की तरफ देखा, "क्या इनमें से कोई वैन क़ैदी-गाड़ी का रूप धारण कर सकती है?"

"मेरे से बेहतर तो यह बात तुम लोग बताओगे।" कमांडर बोला, "आखिर चीन की जेलों में किस तरह की गाड़ियां होती हैं, यह तुम्हें ज्यादा मालूम होगा।"

"यह बात भी ठीक है।"

"बालेराम!"

"बोलो नीलकंठ!" बालेराम ने नीलकंठ की तरफ देखा।

"तुम्हारी इस बारे में क्या राय है? तुम्हें तो वैसे भी जेल का काफी तज़ुर्बा रहा है। इनमें से कौन-सी वैन ठीक रहेगी?"

बालेराम कार में बैठा-बैठा गौर से उन वैनों को देखता रहा।

"जहाँ तक मैं समझता हूँ।" फिर वह बोला, "मेरे हिसाब से तो वह सफेद वाली बड़ी वैन ठीक रहेगी।"

"बिल्कुल ठीक कहा बालेराम ने।" होशांग भी प्रफुल्लित होकर बोला, "अगर उस सफेद वैन में थोड़ा बदलाव कर दिया जाए, तो वह सचमुच क़ैदी-गाड़ी का रूप धारण कर लेगी।"

"इसका मतलब हमारी खोज पूरी हो गई।"

"एकदम पूरी हो गई। अब सिर्फ इस वैन को लेकर यहां से गायब होना बाकी है।"

"लेकिन वैन का ताला कैसे खुलेगा?" कमांडर बोला।

"वह कोई मुश्किल काम नहीं।" बालेराम ने कमांडर के सामने उंगलियां नचाई थीं, "अपन इधर का एक्सपर्ट तालातोड़ है, कमांडर! इस उंगलियों को देखते ही सारे ताले अपने आप खटाखट खुल जाते हैं। मैं ताला खोलूंगा और पामेला वैन लेकर भागेगी। क्यों पामेला?"

"बिल्कुल ठीक।" पामेला का चेहरा भी सूरज की तरह खिल उठा था।

"मैं समझता हूँ, अब हमें ज्यादा देर नहीं करनी चाहिये।" नीलकंठ बोला, "वैसे भी धूप निकलती आ रही है, इसलिए जो करना है, जल्दी करो।"

बालेराम तुरंत कार से नीचे उतर गया, "आओ पामेला!"

पामेला भी उसके साथ-साथ नीचे उतरी।

★★★

फिर जो कुछ हुआ बेहद आनन-फानन ढंग से हुआ।

वह दोनों छिपते-छिपते बड़ी खामोशी के साथ सफेद वैन तक पहुँचे। बालेराम ने सचमुच एक मोटे तांबे के तार से वैन का दरवाजा यूँ खोल डाला था, जैसे उसी ताले की चाबी से खोला हो।

ताला खुलते ही पामेला ने ड्राइविंग सीट सम्भाल ली। बालेराम उसके बराबर में ही बैठ गया था।

अगले ही पल वैन स्टार्ट हुई और इससे पहले कि डबल रोटी फैक्ट्री के किसी कर्मचारी की नजर उस दृश्य पर पड़ती, वह वैन विद्युत गति से सड़क पर दौड़ पड़ी।

लाल कैरोना उससे थोड़ा फासला बनाकर चलने लगी।

उसे अब कमांडर करण सक्सेना ड्राइव कर रहा था।

★★★

तभी एक घटना घटी।

उस समय पौने छह बज रहे थे। सफेद वैन अब दौड़ती हुई डबल रोटी फैक्ट्री से काफी आगे आ गई थी। इतना आगे आकर अब वह सब यही समझ रहे थे कि उन्होंने मोर्चा फतेह कर लिया। लेकिन तभी एक चौराहे पर उन्हें रुक जाना पड़ा। वहाँ पहले से ही ट्रैफिक जाम था और शायद आगे चौराहे पर कुछ गड़बड़ थी।

ट्रैफिक जाम देखते ही पामेला हड़बड़ाई।

"इस चौराहे पर तो कभी ट्रैफिक जाम नहीं होता।" पामेला ने घबराकर बालेराम की तरफ देखा, "मैं तो पहली बार ही यहां ट्रैफिक जाम देख रही हूँ, वह भी इतनी सुबह।"

बालेराम भी विचलित हुआ।

उसने खिड़की से गर्दन निकालकर बाहर का जायजा लेने का प्रयास किया।

"क... कहीं ऐसा तो नहीं बालेराम!" पामेला के शरीर में झुरझुरी दौड़ी, "कि वैन चोरी होने की खबर ट्रैफिक पुलिस तक पहुँच गई हो?"

"कैसी बात कहती हो!" बालेराम ने झुंझलाकर अपनी गर्दन वापस अंदर खींची, "भला इतनी जल्दी वैन चोरी होने की खबर पुलिस तक कैसे पहुँच सकती है! अभी तो शायद इस घटना की बाबत फैक्ट्री वालों को भी पता न हो।"

"तो फिर यह क्या हो रहा है?"

"जरूर कुछ और बात है।"

"जाकर पता तो करो।" पामेला चिंतित मुद्रा में बोली, "कहीं ऐसा न हो कि हम लोग यहां खामोश बैठे-बैठे किसी नई और बड़ी मुसीबत में फंस जाएं।"

बालेराम को भी लगा कि पामेला वाकई ठीक कह रही है। आखिर उसे जाकर पता तो करना चाहिये था कि क्या माजरा है।

"ठीक है, तुम यहीं बैठो। मैं अभी ट्रैफिक जाम की वजह पता करके आता हूँ।" बालेराम ने खिड़की खोली तथा फिर वैन से नीचे कूद गया।

अब पामेला, बालेराम को वाहनों की कतार के बीच में से इधर-उधर होकर चौराहे की तरफ बढ़ते हुए देख रही थी।

फिर उसने पलटकर देखा। लाल कैरोना चार गाड़ियों के पीछे खड़ी थी और उसमें से कमांडर करण सक्सेना गर्दन बाहर निकालकर उसी तरफ देख रहा था। अलबत्ता उसने पामेला की तरफ कैसा भी कोई इशारा नहीं किया।

★★★

बालेराम जितने तेज-तेज कदमों से चौराहे की तरफ गया था, उससे कहीं ज्यादा तेजी से वह वापस लौटा।

उस वक़्त उसके चेहरे पर हवाईयाँ उड़ रही थी और वह बहुत घबराया हुआ था। वैन के नजदीक आते ही उसने जल्दी से दरवाजा खोला और फिर धम्म से अंदर सीट पर आ बैठा।

"क्या बात है?" बालेराम के चेहरे पर घबराहट के भाव देख पामेला और चिंतित हुई, "क्या उन लोगों को वैन चोरी के बारे में पता चल गया?"

"नहीं, यह वैन चोरी का मामला नहीं है।"

"फिर?"

"दरअसल एक बड़ा कड़क किस्म का ट्रैफिक पुलिस ऑफिसर अपने दल-बल के साथ चौराहे पर खड़ा है और वह तमाम गाड़ियों के कागजात चेक कर रहा है।"

"कागजात!"

"हाँ, जरा तुम भी देखो, वैन के बॉक्स में गाड़ी के कागजात हैं या नहीं?"

पामेला ने फौरन ड्राइविंग सीट के ऊपर लगा लकड़ी का बॉक्स खोलकर देखा। उसमें ढेर सारे कागज भरे थे। पामेला ने आनन-फानन सारे कागज चेक किये लेकिन उनमें गाड़ी के कागजात कहीं न थे।

वैन के अंदर एक छोटा-सा बॉक्स और था। पामेला ने उसे भी खोलकर देखा।

"माई गॉड! गाड़ी के कागजात तो यहां कहीं नहीं हैं।" पामेला के माथे पर पसीने चुहचुहा आए, "अब क्या होगा बालेराम?"

"अगर कागजात न मिले तो गड़बड़ हो जाएगी।" बालेराम के चेहरे पर और बुरी तरह हवाईयाँ उड़ने लगी थीं।

"तुम जल्दी से नीलकंठ के पास जाकर पूछो कि ऐसे हालात में क्या करना है!"

"ठीक है, मैं अभी नीलकंठ के पास होकर आता हूँ।"

बुरी तरह घबराया बालेराम फुर्ती के साथ दोबारा वैन से नीचे उतर गया।

ट्रैफिक आहिस्ता-आहिस्ता आगे की तरफ सरक गया था।

★★★

लाल कैरोना में बैठे कमांडर, नीलकंठ और होशांग भी बुरी तरह घबराये हुए थे और वह समझ नहीं पा रहे थे कि आखिर क्या माजरा है।

तभी बालेराम ने लाल कैरोना में पहुँचकर उन्हें पूरी घटना बताई। यह भी बताया कि वैन में कागजात नहीं हैं।

"ओह!" तुरंत नीलकंठ के होंठ गोल दायरे में सिकुड़ गए, "यह तो जबरदस्त चिंता की बात है। अब क्या होगा?"

"यही तो मैं तुमसे पूछने आया हूँ नीलकंठ! अब हम क्या करें? क्या वैन को ट्रैफिक के बीच में यूँ ही खड़ी छोड़कर भाग जायें?"

"कमांडर!" नीलकंठ ने फौरन करण सक्सेना की तरफ देखा।

"हूँ।"

"क्या कहते हो? क्या करें अब?"

"जहाँ तक मेरा ख्याल है।" कमांडर के कुछ भी बोलने से पहले ही होशांग बोला, "वैन को इस तरह लावारिसों की तरह छोड़कर भागना तो बेवकूफी होगी। बड़ी मुश्किल से तो वह वैन हमारे हाथ लगी है।"

"तू चुपचाप बैठा रह।" बालेराम ने लाल-लाल आँखों से होशांग को घूरा, "तुझसे तेरा ख्याल पूछ कौन रहा है बे? या फ्री-फंड में बोलने की कुछ आदत है।"

"देखो!" कमांडर शांत मुद्रा में बोला, "होशांग पर यूँ भड़कने की जरूरत नहीं। मैं समझता हूँ कि होशांग जो कह रहा है, बिल्कुल ठीक कह रहा है। इतनी मुश्किल से जो वैन हमारे हाथ लगी है, उसे यूँ छोड़कर भाग जाना वाकई बेवकूफी से भरा कदम होगा।"

"लेकिन अहम सवाल तो यह है कमांडर!" नीलकंठ बोला, "कि उस वैन को अब बचाया कैसे जाए?"

कमांडर ने डनहिल सुलगा ली और फिर वह एकाएक पैदा हुई उस परेशानी का गम्भीरतापूर्वक हल सोचने लगा।

ट्रैफिक अभी भी आहिस्ता-आहिस्ता आगे सरक रहा था।

"जो सोचना है, जल्दी सोचो कमांडर!" बालेराम की व्यग्रता और बढ़ गई, "उससे भी क्या फायदा है, जो वैन छोड़कर फरार होने तक के लिए भी समय न रहे।"

कमांडर ने सिगरेट की मामूली-सी राख खिड़की से बाहर सड़क पर झाड़ी।

"तुम वापस वैन में चले जाओ बालेराम!"

"ल... लेकिन कागजातों का क्या होगा?"

"उनकी तुम चिंता मत करो।" कमांडर अभी भी ट्रैफिक देख रहा था, "दरअसल जब कागजात चेक करने की तुम्हारी बारी आएगी, तभी पीछे से जबरदस्त हंगामा होगा। इतना जबरदस्त हंगामा कि ट्रैफिक पुलिस के तमाम आदमियों का ध्यान उस हंगामे पर केंद्रित हो जाएगा। वह कागज चेक करना भूल जायेंगे। और उसी जबरदस्त हंगामे के दौरान तुम तथा पामेला वैन लेकर फरार हो जाना।"

"म... मगर हंगामा क्या होगा?"

कमांडर के होंठों पर रहस्यमयी-सी मुस्कान दौड़ी, "वक़्त आने पर हंगामे के बारे में भी पता चल जाएगा। फिलहाल तुम जल्दी पामेला के पास वापस जाओ। वह अकेली बैठी परेशान हो रही होगी।"

"ह... हम फँस तो नहीं जायेंगे कमांडर?"

करण सक्सेना ने बालेराम की आँखों में झांका, "क्या तुम्हें मेरे ऊपर भरोसा नहीं बालेराम?"

"भरोसा तो पूरा है कमांडर!" बालेराम अभी भी असमंजस में था, "मगर मैं समझ नहीं पा रहा हूँ कि आखिर तुम क्या करिश्मा करोगे?"

"वह करिश्मा नहीं, बल्कि एक मामूली-सी हरकत होगी। लेकिन उस मामूली-सी हरकत के बदौलत ही तुम दोनों वैन लेकर फरार होने में कामयाब हो जाओगे। अब बेकार की बहस में मत पड़ो और जल्दी से पामेला के पास वापस जाओ।"

बालेराम ने दोबारा असमंजसपूर्ण निगाहों से कमांडर की तरफ देखा और फिर वह चुपचाप लाल कैरोना से नीचे उतर गया।

नीलकंठ और होशांग भी सस्पेन्स में थे।

★★★

वह सफेद वैन अब सरकती-सरकती चौराहे के बहुत नजदीक पहुँच चुकी थी और उससे आगे सिर्फ तीन वाहन थे।

पामेला डर के मारे पसीने में तर हो रही थी। उसने स्टेयरिंग व्हील जरूर संभाला हुआ था, लेकिन सच्चाई यह थी कि वह उसे सम्भालने की स्थिति में बिल्कुल भी नहीं थी। बालेराम की भी बुरी हालत थी।

बालेराम को वैन में आए काफी देर हो चुकी थी, और वह बार-बार पलटकर लाल कैरोना को देख रहा था।

"अभी तक तो कोई हंगामा हुआ नहीं।" पामेला शुष्क लहजे में बोली, "जबकि हम चौराहे के बहुत नजदीक पहुँच चुके हैं।"

"पता नहीं, कोई हंगामा होगा भी या नहीं।" बालेराम के चेहरे पर भी सफेदी पुती थी, "लगता है कि आज तो बुरे फँस गए।"

बालेराम ने फिर पीछे पलटकर देखा।

लाल कैरोना दूसरे वाहनों की तरह धीरे-धीरे आगे बढ़ रही थी। मगर उसके आसपास ऐसा कोई माहौल न था, जिसे किसी हंगामे का सूचक माना जा सके।

जल्द ही वैन के आगे सिर्फ एक वाहन रह गया।

"लगता है, अब तो जेल की हवा खानी-ही-खानी पड़ेगी पामेला!"

"ल... लेकिन यह कमांडर कुछ कर क्यों नहीं रहें? पता नहीं क्यों कुछ नहीं कर रहे। उनकी महिमा वही जाने।"

तभी सफेद वैन के आगे एक वाहन खड़ा था, वह भी चेकिंग के बाद सड़क पर दौड़ पड़ा। फिर चेकिंग ऑफिसरों का दल सफेद वैन की तरफ बढ़ा।

"लो।" बालेराम ने अपना शरीर ढीला छोड़ दिया, "हो गया काम।"

★★★

परंतु जो मिशन कमांडर करण सक्सेना जैसे सधे हुए हाथों में हो, वहाँ इतनी आसानी से काम-तमाम नहीं हुआ करता।

वह चेकिंग ऑफिसर अभी सफेद वैन तक पहुँच भी न पाए थे कि तभी एकाएक कमांडर झटके के साथ लाल कैरोना से बाहर निकला।

वहीं नजदीक से एक चीनी गुजर रहा था। जो एकदम सूटिड-बूटिड था और टाई वगैरा लगाये हुए था।

वह चीनी कुछ समझ पाता, उससे पहले ही कमांडर ने एकदम उसे दबोच लिया तथा फिर चोर-चोर का भीषण आर्तनाद करते हुए बुरी तरह उसे पीटने लगा।

तुरंत सबका ध्यान भंग हुआ।

सब उसी तरफ देखने लगे।

चेकिंग ऑफिसर भी।

"य... यह क्या करते हो?" चीनी, कमांडर के हाथों पिटते हुए चिल्लाया, "क्यों मार रहे हो मुझे?"

"साले, चोरी करता है! जेब काटता है और ऊपर से पूछता है कि क्यों मार रहे हो मुझे।" कमांडर ने बुरी तरह उस पर लात-घूंसे बरसाये।

वह वाहनों से टकराता हुआ इधर-उधर गिरा। उसकी चीखें सड़क पर गूँजी।

अब वाहनों के अंदर बैठे लोग भी बाहर निकल आए थे, और एक ही पल में वहाँ अच्छा-खासा मजमा-सा इकट्ठा हो गया।

★★★

जब केस इतना बिगड़ जाए, तो यह कैसे मुमकिन है कि पुलिस उसमें दखल न दे।

चाहे वह ट्रैफिक पुलिस ही क्यों न हो।

"क्या हो रहा है यह?" फौरन ट्रैफिक पुलिस के आदमी भीड़ को चीरते हुए आगे बढ़े, "क्यों यह हंगामा मचा रखा है?"

"लगता है कोई चोरी का मामला है साहब!" एक चीनी बोला।

"अब तो इस तरह के केस बीजिंग में रोजाना सड़कों पर होने लगे हैं।" दूसरा चीनी बोला।

"देखो तो साला सड़क पर कैसा सूटिड-बूटिड बनकर घूम रहा है लेकिन हकीकत में चोर है। पहले तो मवाली और टपोरी से पहचाने जाते थे, मगर अब तो इन हरामजादों का भी स्टैंडर्ड हाई हो गया है। बैंक के बड़े साहब बनकर सड़क पर मटरगश्ती करते हैं।"

जबकि उस हंगामे को देखते ही पामेला और बालेराम के शरीर में बिजली-सी भर गई थी। उनका सारा डर एक झटके में दूर हो गया।

"लगता है बच गए।" बालेराम एकदम तनकर सीट पर बैठा।

पामेला की आँखों में भी चमक कौंधी, "इस समय चौराहे पर भी कोई पुलिस वाला नहीं है। सब भीड़ की तरफ बढ़ गए हैं।"

"तो फिर देख क्या रही हो। रास्ता साफ है, वैन दौड़ाओ।"

पामेला ने एक सैकंड के लिए भी देर नहीं की। फौरन सड़क पर वैन दौड़ा दी।

सबका ध्यान उस समय हंगामे की तरफ लगा था। किसी ने भी उनकी तरफ नहीं देखा।

★★★

कमांडर करण सक्सेना ने अब उस चीनी की पिटाई करनी बंद कर दी थी और वह भीड़ के बीच में सीधा खड़ा था।

पुलिस भी उस तक पहुँच चुकी थी।

अलबत्ता वह चीनी अब उसके पैरों के पास नीचे सड़क पर पड़ा था और हकलाए कुत्ते की तरह जोर-जोर से हांफ रहा था। उसकी आँखों में दहशत के निशान थे। सूट कई जगह से फट गया था, जबकि टाई तो कतरन की शक्ल में उसके गले में झूल रही थी।

"क्या हो रहा है यह?" ट्रैफिक पुलिस का ऑफिसर कमांडर के पास पहुँचकर गरजा, "क्या किस्सा है?"

"इसने मेरा पॉकेट पर्स चुराया है।"

"यह झूठ बोल रहा है।" चीनी सड़क पर पड़ा-पड़ा चीखा, "मैं जेबकतरा नहीं हूँ। यह जरूर कोई पागल है, इसने ख्वामखाह मेरी पिटाई की है।" उसने कराहते हुए खड़े होने का प्रयास किया।

तभी कमांडर ने लात उठाकर जूते की प्रचंड चोट उसके मुंह पर मारी।

वह पीड़ा से चीखता हुआ दोबारा सड़क पर ढेर हो गया।

"साले, चोरी करता है।" कमांडर ने कहर भरी नजरों से उसे घूरा, "और ऊपर से यह हिम्मत, यह दिलेरी! पागल बोलता है मुझे।"

"म... मैं एक डॉक्टर हूँ।" वह पीड़ा से कराहता हुआ बोला।

कमांडर ने उसे एक लात और जमाई तथा पुलिस वालों की तरफ देखकर हँसा, "अब हरामी एक शगूफा और छोड़ रहा है। लुच्चा आदमी! कमीना आदमी!"

"क्यों बे?" पुलिस ऑफिसर ने उसका गिरेबान पकड़कर उठाया, "तूने साहब का पर्स चुराया है?"

"क... कैसी बात करते हो साहब!" चीनी डर से पत्ते की तरह हिलते हुए बोला, "म... मैं भला पर्स क्यों चुराने लगा? मैं सचमुच एक डॉक्टर हूँ। इस शहर का ड्राई क्लीन सिटीजन हूँ। इस दुष्ट ने मेरी ख्वामखाह पिटाई कर दी।"

"तू डॉक्टर है?" पुलिस ऑफिसर ने उसे कहर बरपाती नजरों से घूरा।

"ह... हाँ, मैं डॉक्टर हूँ।"

"तू ड्राई क्लीन सिटीजन है?"

"ह... हाँ, मैं ड्राई क्लीन सिटीजन हूँ।"

तुरंत ऑफिसर के लोहे जैसे हाथ का एक ऐसा झन्नाटेदार झापड़ उसके मुंह पर पड़ा कि वह खड़ा-खड़ा फिरकनी की तरह घूम गया तथा सीधा ऑफिसर के ऊपर जाकर गिरा।

"सीधा खड़ा हो।"

भरपूर पीड़ा और चक्करों के बावजूद चीनी सीधा खड़ा हुआ।

"तलाशी दे।"

तुरंत चीनी ने अपने दोनों हाथ आसमान की तरफ उठा दिये।

ऑफिसर ने उसके जेबों की तलाशी ली। फौरन उसके कोट के ऊपरी जेब से ही कमांडर का पॉकेट-पर्स बरामद हो गया।

उस पर्स को देखते ही चीनी के जो रहे-सहे होश थे, वह भी गुम हो गए। जबकि ऑफिसर उस पर और बुरी तरह हावी हो गया था।

"अब क्या बोलता है।" ऑफिसर पॉकेट-पर्स चीनी की आँखों के सामने नचाता हुआ बोला, "क्या अब भी यही बोलता है कि तू ड्राई क्लीन सिटीजन है? डॉक्टर है?"

"य... यह पर्स मैंने नहीं चुराया। म... मैं निर्दोष हूँ।"

धड़ाधड़ कई झापड़ और उसके मुंह पर पड़े।

इस बार उसकी रुलाई फूट पड़ी। वह हिड़कियों से रोने लगा।

★★★

लाल कैरोना अब विद्युत गति से सड़क पर दौड़ी जा रही थी।

नीलकंठ और होशांग खिलखिलाकर हँस रहे थे।

“वाह कमांडर!” नीलकंठ हँसता हुआ बोला, “तुम्हारी बुद्धि की जितनी तारीफ की जाए, कम है। खासतौर पर गलत होते हुए भी तुमने जिस तरह अपने आपको प्रभावशाली ढंग से पेश किया, वह दृश्य तो और भी गजब का रहा।”

“सबसे बड़ी बात तो यह है।” होशांग बोला, “कि सफेद वैन निकल गई और ऑफिसर को पता भी नहीं चला।”

“लेकिन मुझे एक बात का दुख है।” कमांडर लाल कैरोना ड्राइव करते हुए बोला।

उसकी संजीदा आँखें निरंतर सामने सड़क पर लगी हुई थीं।

“किस बात का दुख?”

“इस षड्यंत्र को अंजाम देने के लिए मुझे एक निर्दोष को बलि का बकरा बनाना पड़ा। चीनी पुलिस अब उसके साथ न जाने कैसा बर्ताव करेगी!”

“कुछ नहीं होगा उसका।” नीलकंठ बोला।

“क्यों?”

“दरअसल इसमें कोई शक ही नहीं है कि वह डॉक्टर था और वाकई ड्राई क्लीन सिटीजन था। यह बात वह पुलिस स्टेशन पहुँचते ही किसी न किसी तरह साबित कर देगा तथा फिर पुलिस के पास भी इसके अलावा कोई चारा नहीं रहेगा कि वह माफी मांगकर उसे छोड़ दे।”

कमांडर ने डनहिल होंठों के बीच लगाकर सुलगा ली। फिर वह इत्मीनान से छोटे-छोटे कश लगाने लगा। उसके चेहरे पर अब ताजगी फैली हुई थी।

★★★

सी. एस. एस. का वह केंद्र, जहाँ अरविंद पांडे बंद था।

इस समय उस पूरे केंद्र पर सम्मोहनकर्ता मन्कोट का साम्राज्य था और वहाँ का एक-एक आदमी पूरी तरह उसका गुलाम बना हुआ था। यहाँ तक कि वान ली भी उसके हर हुकुम का पालन कर रहा था।

वह बीस बाई पंद्रह का साधारण-सा रूम था, जिसमें मन्कोट ने अरविंद पांडे को सम्मोहित करने का इंतजाम किया था।

उस कमरे से तमाम चीजें हटा दी गई थीं और दीवारों पर हिन्दू संस्कृति को उजागर करने वाले राम, कृष्ण और भीष्म पितामह जैसे महापुरुषों के चित्र लगाये गए थे। दीवारों पर हिंदी और संस्कृत में ऐसे श्लोक लिखे गए थे, जिनसे यह प्रेरणा मिलती थी, हमेशा सच बोलो। राजा हरिश्चंद्र की तरह सत्यवादी बनो। वह सब मनोवैज्ञानिक प्रभाव के लिए था।

कमरे में सिर्फ एक बेड बिछा था और उस बेड के बिल्कुल ऊपर रोशनी के नाम पर जीरो वाट का एक बल्ब जल रहा था, जिसके मद्धिम और रहस्यमयी से प्रकाश में वह पूरा बेड नहाया था।

ऐसा ही दूसरा जीरो वाट का नीला बल्ब जमीन से एक फुट ऊपर दीवार में लगा था, और उसका मद्धिम प्रकाश जमीन में फैला था। (इसे फुट लाइट कहते हैं।)

कमरे के चारों कोनों पर अगरबत्तियां जल रही थीं और यह पूरा कमरा महका हुआ था।

कुल मिलाकर मन्कोट ने सम्मोहन के लिए वहाँ जो वातावरण क्रिएट किया था, वह बहुत तिलिस्मी और रहस्य जगाने वाला था।

★★★

पूरी सेटिंग के बाद अरविंद पांडे को भी कुछ आदमी पकड़कर उस कमरे में ले आए। उसे बेड पर लिटा दिया गया और बेड में ही फिट हुकों से उसके हाथ, पैर तथा गर्दन कस दी गई।

अरविंद पांडे पहले की भांति ही उस बेड से एक सूत भी इधर-उधर नहीं हिल सकता था।

कमरे को अंदर से बंद कर लिया गया।

कमरे में मन्कोट के अलावा अब सिर्फ वान ली था। लेकिन वह भी खामोशी से एक कोने में खड़ा उस तमाशे को देख रहा था। मन्कोट ने पहले ही उसे आदेश दे दिया था कि वह सम्मोहन क्रिया के दौरान न तो अपने स्थान से हिले-ढुले और न ही जबान से कोई शब्द निकाले।

वान ली ने फौरन उसकी शर्त मान ली।

उसके अंदर यह देखने की गहरी लालसा थी कि आखिर मन्कोट सम्मोहन किस तरह करता है।

बहरहाल, सम्मोहन की शुरुआत ही काफी चमत्कारपूर्ण थी। अरविंद पांडे का पूरा शरीर नीले प्रकाश में नहाया हुआ था और ऐसा लग रहा था, जैसे कोई नीला बुत बेड पर लेटा हो।

तभी मन्कोट, अरविंद पांडे के सिरहाने जा खड़ा हुआ।

“अरविंद पांडे, अरविंद पांडे!” फौरन मन्कोट के मुँह से ऐसी आवाज निकलनी शुरू हुई जैसे—जंग खाई मशीन की गरारी घूम रही हो, “मेरी तरफ देखो अरविंद पांडे!”

“मन्कोट की आँखें अब बिल्कुल भी नहीं झपक रही थीं। वह सीधा अरविंद पांडे की आँखों में झांक रहा था और उसके दोनों हाथ भी किसी जादूगर की तरह एक्टिव हो गए थे, जो एक खास किस्म की व्यूह रचना-सी करते उसके चेहरे के चारों तरफ घूम रहे थे।

“तुम कोई मामूली आदमी नहीं हो अरविंद पांडे!” मन्कोट अपलक उसे घूरता हुआ बोला, “तुम महान हो। तुमने हमेशा सच बोला है। वह देखो।” उसने राम की तस्वीर की तरफ उंगली उठाई, “तुम्हारे पुरखे राम जैसे महापुरुष थे। तुम सत्यवादी हो। तुम्हारे जीवन में सत्य से ऊँचा किसी चीज का स्थान नहीं।”

वान ली एकाएक अरविंद पांडे के चेहरे पर अजीब-सा तनाव देखने लगा।

“मेरी आँखों में देखो अरविंद पांडे!”

“न... नहीं।” अरविंद पांडे सनसनाये लहजे में बोला, “नहीं।”

“क्यों नहीं! मैं तुम्हारा दोस्त हूँ अरविंद पांडे! पहचानो मुझे।”

“तुम मेरे दुश्मन हो, सिर्फ दुश्मन!” अरविंद पांडे चीखा, “चीनी कभी हिंदुस्तानियों के दोस्त नहीं हो सकते। तुम मुझे सम्मोहित भी नहीं कर सकते दुष्ट! यह लो, मैं आँखें बंद किये लेता हूँ।” और फिर सचमुच अरविंद पांडे ने अपनी आँखें बंद कर लीं।

वान ली ने देखा, अरविंद पांडे की उस हरकत का मन्कोट पर जरा भी प्रभाव नहीं हुआ था।

“तुम मुझे गलत समझ रहे हो अरविंद पांडे!” मन्कोट अपना चेहरा अरविंद पांडे के और नजदीक ले गया। उसकी आवाज पहले से कुछ ज्यादा भारी हो गई थी उसने अपना अंगूठा अरविंद पांडे के माथे के बिल्कुल बीच में रख दिया, “मैं चीनी होकर भी तुम्हारा दोस्त हूँ। अपनी आँखें खोलो।”

“न... नहीं।”

अरविंद पांडे को उसके अंगूठे के प्रेशर से ऐसा महसूस होने लगा, जैसे उसका सिर चकरा रहा हो। जैसे उसकी इंद्रियों पर धीरे-धीरे किसी और का अधिकार हो रहा हो।

“आँखें खोलो, अरविंद पांडे! आँखें खोलो।”

पांडे को यूं लगा, जैसे दहकती सलाख उसके सिर पर रखी हो।

उसने जोर से अपना सिर इधर-उधर झटका, लेकिन मन्कोट का अंगूठा अपनी जगह से न हिला।

वह मानो फेविकोल से चिपक चुका था।

"तुम्हें आँखें खोलनी होगी अरविंद पांडे!" मन्कोट अभी भी अपलक उसके चेहरे को घूर रहा था।

और अंततः अरविंद पांडे को अपनी आँखें खोल देनी पड़ी। उस पीड़ादायक सम्मोहन से उसका चेहरा पसीनों में नहा गया था।

"मेरी आँखों में देखो।"

अरविंद पांडे ने उसकी आँखों में देखा।

"तुम काफी थक चुके हो। तुम सोना चाहते हो। तुम्हें अब नींद आ रही है।"

अरविंद पांडे की पलकें भारी होने लगीं।

"सो जाओ, सो जाओ। तुम मेरा हर आदेश मानने के लिए बाध्य हो। मैं तुम्हारा अपना हूँ। दोस्त हूँ।"

अरविंद पांडे अब न चाहते हुए भी सचमुच नींद के उड़न खटोले पर सवार हो चुका था। उसे लगने लगा कि आज मन्कोट उससे भारतीय डॉक्टर का नाम उगलवाने में सफल हो जाएगा।

तभी उसे एक तरकीब सूझी।

उसने अपनी जबान दोनों दाँतों के बीच दबा ली तथा सख्ती से भींचने लगा।

"तुम एक ऐसे भारतीय का नाम जानते हो अरविंद पांडे!" उसे अपने वश में होते देख मन्कोट बोला, "जो चीन से विद्रोह करके वापस अपने वतन जाना चाहता है। तुमने उस डॉक्टर का नाम नेपाली प्रोफेसर कोइराला को बताया था। अब तुम मुझे वह नाम बताओ। मैं उस डॉक्टर की मदद करना चाहता हूँ।"

अरविंद पांडे चुप।

"जवाब दो पांडे! मैं तुम्हारा दोस्त हूँ, हमदर्द हूँ। मैं उस भारतीय डॉक्टर का भी दोस्त हूँ।"

उसी पल अरविंद पांडे के मुंह से ढेर सारा खून भरभराकर निकला।

"ओह शिट!" मन्कोट बुरी तरह झुंझला उठा और उसने जोर से अपना घूँसा अरविंद पांडे के जिस्म पर मारा, "सारी मेहनत बेकार हो गई।"

"लेकिन क्या हुआ?" वान ली तेजी से मन्कोट की तरफ लपका।

"कुछ नहीं, हरामजादा हद से ज्यादा चालाक है।"

अरविंद पांडे ने दाँतों से अपनी ज़ुबान बुरी तरह घायल कर ली थी और अब वह बेहोश हो गया था।

★★★

जहाँ एक तरफ चायनीज़ सीक्रेट सर्विस के आदमी अरविंद पांडे को तोड़ने की जी-जान से कोशिश कर रहे थे, वहीं कमांडर और नीलकंठ भी उसे सीक्रेट सर्विस की क़ैद से आज़ाद कराने की कोशिश में जुटे थे।

डबल रोटी फैक्ट्री से चुराई गई वैन अब नीलकंठ के ठिकाने पर पहुँच गई थी।

पामेला पहले उसे फर्नीचर शॉप के अंदर लेकर गई, फिर लिफ्ट द्वारा नीचे तहखाने में लेकर पहुँची।

वैन के ठिकाने पर पहुँचने के कुछ देर बाद ही उसमें काम भी शुरू हो गया।

बालेराम और होशांग ने वैन में परिवर्तन करने की जिम्मेदारी संभाली।

सबसे पहले वेल्डिंग मशीन और मजबूत जाली जुटाई गई।

उस वैन की सबसे बड़ी खासियत यह थी कि वह जेल की गाड़ी की तरह ही दो हिस्सों में बटी हुई थी। ड्राइविंग पोर्शन अलग तथा पीछे का पोर्शन अलग। अलबत्ता क़ैदी-गाड़ी के पिछले पोर्शन में जिस तरह दोनों तरफ जालियां लगी हुई थीं, उस तरह उस वैन में जालियां लगी हुई नहीं थीं।

बालेराम और होशांग ने मिलकर पहले वैन की दोनों तरफ से चादर काटी, फिर उनमें वेल्डिंग मशीन की सहायता से जाली वेल्ड कर दी।

इस तरह वैन के पिछले दरवाजे में भी चादर काटकर एक छोटी-सी जाली वेल्ड की गई।

पामेला ने वैन के आगे-पीछे नंबर प्लेटें बदल डालीं।

कुल मिलाकर शाम तक डबल रोटी सप्लाई करने वाली वह वैन पूरी तरह एक क़ैदी-गाड़ी के रूप में बदल गई थी।

★★★

कमांडर और नीलकंठ ने जब उस वैन को देखा, तो वे खुश हुए बिना न रहे।

"गुड!" नीलकंठ प्रसन्नचित्त मुद्रा में बोले, "वेरी गुड!"

"भला इस वैन को देखकर अब कौन कह सकता है।" करण सक्सेना के मुँह से प्रफुल्लित स्वर निकला, "कि कभी इसमें डबल रोटियाँ सप्लाई की जाती होंगी।"

"अब इसमें सिर्फ एक ही कमी है कमांडर!" होशांग बोला।

"क्या?"

"इस पर नीले रंग का पेंट किया जाना है। चीन के सभी क़ैदी-गाड़ियों का रंग नीला होता है। इसके अलावा वैन के दोनों तरफ सफेद पेंट से CENTRAL JAIL (सेंट्रल जेल) लिखा जाना है।"

"यह काम कौन करेगा?" कमांडर करण सक्सेना ने पूछा।

"यह काम भी हम ही लोग मिलकर करेंगे।"

"नहीं।" कमांडर ने अपना ओवरकोट दुरुस्त किया, "जहाँ तक मैं समझता हूँ, यह काम तुम लोगों को नहीं करना चाहिये। वैन पर नीला रंग तो तुम लोग मिलकर कर सकते हो, लेकिन उसके दोनों तरफ CENTRAL JAIL लिखने का काम तुम लोग हरगिज मत करो। यह काम किसी प्रोफेशनल पेंटर से कराओ।"

"क्यों?"

"क्योंकि तुम लोग ब्रश पेंटिंग में चाहे कितने भी एक्सपर्ट सही, परंतु एक प्रोफेशनल पेंटर जैसी बात तुम्हारी लिखाई में नहीं आ सकती। तुम लोग अगर वैन के दोनों तरफ CENTRAL JAIL लिखोगे, तो तुम्हारी लिखाई बहुत बचकाना किस्म की लगेगी और हमारी पूरी योजना को बर्बाद करने के लिए वह एक पॉइंट काफी होगा। तब सीक्रेट सर्विस के आदमी वैन को देखते ही भाँप जायेंगे कि हम लोग नकली हैं तथा वहाँ किसी योजना के तहत आए हैं।"

कमांडर की बात सुनकर सब लोग स्तब्ध खड़े रह गए।

उसने वाकई बहुत बारीक बात पकड़ी थी।

"कमांडर!" नीलकंठ बोला, "बात तो सचमुच तुम्हारी काफी हद तक ठीक है, लेकिन किसी प्रोफेशनल पेंटर से इस काम को कराने में एक मुश्किल भी हो सकती है।"

"कैसी मुश्किल?"

"हम किसी पेंटर को इस गुप्त ठिकाने पर लेकर कैसे आ सकते हैं?"

"उससे भी बड़ी बात यह है।" होशांग बोला, "कि जब हम उससे वैन पर CENTRAL JAIL लिखने के लिए कहेंगे, वह तभी हमारी आधी से ज्यादा योजना भाँप जाएगा। जो हमारे लिए और खतरनाक है।"

"लेकिन हमें किसी न किसी तरीके से यह काम कराना ही है।"

"मगर अहम सवाल यह है कमांडर, हम यह काम कराएंगे कैसे?"

"तुम लोग यह काम मेरे ऊपर छोड़ दो।" तभी बहुत देर से चुपचाप खड़ा बालेराम आगे बढ़ा।

"तुम क्या करोगे?" नीलकंठ चौंका।

"कुछ-न-कुछ जरूर करूँगा। वैसे भी कमांडर की यह बात अब मेरे दिमाग में पूरी तरह सेट हो गई है कि इस काम को सिर्फ पेंटर ही कर सकता है।"

"लेकिन कोई गड़बड़ नहीं होनी चाहिये।"

"बेफिक्र रहो नीलकंठ, कोई गड़बड़ नहीं होगी।"

"ठीक है, फिर इस काम की जिम्मेदारी मैं तुम्हें ही सौंपता हूँ।"

"थैंक्यू नीलकंठ!"

★★★

जिस तरह बालेराम ने एकाएक उस महत्वपूर्ण काम की जिम्मेदारी संभाली थी, उसी से जाहिर था कि कोई स्कीम उसके दिमाग में मौजूद थी।

उसी रात कमांडर करण सक्सेना ने एक बड़ा अजीबोगरीब दृश्य देखा। वह डिनर के बाद नीलकंठ को रोजाना की तरह शुभरात्रि बोलने गया था।

नीलकंठ उस समय बिस्तर पर था, और सोने से पहले कोई इंजेक्शन ले रहा था।

"यह कैसा इंजेक्शन है?" कमांडर उसे खुद ही इंजेक्शन लेता देख चौंका।

मुस्कुराया नीलकंठ, "यह ज़हर का इंजेक्शन है कमांडर!" वह धमाका-सा करता हुआ बोला, "इसमें इतना घातक विष है कि अगर मैं तुम्हारे जैसे किसी मनुष्य को इसकी मामूली सूई भी चुभा दूँ, तो उसकी फौरन मौत हो जाएगी।"

"मगर तुम ज़हर का इंजेक्शन क्यों लेते हो?"

"दरअसल इस इंजेक्शन के बिना मुझे नींद नहीं आती।" नीलकंठ ने पुनः मुस्कुराकर जवाब दिया था, "इस इंजेक्शन के बाद मुझे हल्का-सा नशा हो जाता है और फिर मैं इत्मीनान की गहरी नींद सो जाता हूँ।"

"य... यानी तुम यह इंजेक्शन रोजाना लेते हो?"

"हाँ, मैं इसका आदी हो चुका हूँ। जिस तरह कुछ लोगों को नींद की दवाई खाये बिना नींद नहीं आती, उसी तरह मैं ज़हर का इंजेक्शन लिए बिना नहीं सो पाता।"

"ओह!"

नीलकंठ ने अब इंजेक्शन की निडिल अपने बाज़ू में इंजेक्ट कर ली थी, फिर वह धीरे-धीरे उसका पिस्टन दबाता चला गया।

शीघ्र ही सारा ज़हर नीलकंठ के शरीर में दाखिल हो चुका था। लेकिन उस ज़हर का जर्रा बराबर भी असर नीलकंठ के शरीर पर देखने को नहीं मिला। उल्टा वह अभी भी मुस्कुरा रहा था।

"और यह बताओ, इस वक़्त कैसे आना हुआ?"

"यूँ ही, सोने से पहले शुभरात्रि बोलने आया था।"

"ओह!" नीलकंठ खिलखिलाकर हँसा, "तुम सचमुच काफी उसूल वाले और दिलचस्प आदमी हो कमांडर! अब जाकर आराम करो, क्योंकि बहुत जल्द हमने अरविंद पांडे को चीनी जासूसों की क़ैद से आज़ाद कराना है।"

"मेरा भी यही विचार है नीलकंठ! शुभरात्रि!"

"शुभरात्रि!"

कमांडर वापस अपने कमरे में आकर लेट गया। लेकिन उस रात वह बिस्तर पर लेटा काफी देर तक नीलकंठ के बारे में सोचता रहा। वह सचमुच दुनिया के तख्ते पर एक आश्चर्यजनक जीव था।

ऐसा जीव, जिसकी विश्वसनीयता पर सिर्फ वही यकीन कर सकता था, जिसने उसे अपनी आँखों से देखा हो।

★★★

सी. एस. एस. की मीटिंग चल रही थी।

सभी चीनी अधिकारियों के चेहरे यूँ लटके थे, जैसे वह किसी शव यात्रा में हिस्सा लेने आए हों।

"मिस्टर मन्कोट, यह सख्त अचंभे की बात है कि आप भी उस जासूस से भारतीय डॉक्टर का नाम नहीं उगलवा सकें।" एक चीनी अधिकारी कौतूहल भाव से बोला, "जबकि आपने दावे के साथ कहा था कि आप अपनी सम्मोहन क्रिया के द्वारा उससे नाम उगलवाने में कामयाब हो जायेंगे।"

मन्कोट उन अधिकारियों के बीच खामोश बैठा रहा।

बिल्कुल शांत।

हमेशा बहुत कम बोलने वाले मिस्टर मन्कोट ने उस दिन भी बोलने से पहले अपना मुँह इस तरह चलाया था, जैसे कोई भैंसा जुगाली कर रहा हो।

"दरअसल, मैं नहीं जानता था कि उसकी विल पावर इतनी ज्यादा है।" मन्कोट धीमे स्वर में बोला, "ऐसी विल पावर मैंने पहले बहुत कम आदमियों में देखी है। जहाँ तक सम्मोहन का सवाल है, वह एक अपनी जगह अटल प्राचीन विज्ञान है। वह कोई जादू नहीं। टोना-टोटका नहीं। बल्कि उसकी अपनी एक थ्योरी है। मेथड है। कुछ ऐसे नियम हैं, जिनसे बंधकर सम्मोहन क्रिया अपने पूर्ण लक्ष्य तक पहुँचती है।"

"कैसे नियम?" सी. एस. एस. का सबसे बड़ा अधिकारी बोला, "कैसा मेथड?"

"जैसे सबसे पहले मेथड तो यही है कि जिस व्यक्ति को आप सम्मोहित करने जा रहे हैं, वह या तो आपसे डरा हुआ होना चाहिये, या आपके अद्भुत प्रदर्शनों के कारण प्रभावित होना चाहिये। चाहे वह आपसे अंशमात्र ही डरा हुआ क्यों न हो, अंशमात्र ही प्रभावित क्यों न हो, लेकिन वह होना चाहिये। क्योंकि वहीं से सम्मोहन की सफलता का मार्ग खुलता है। मैं आपको कुछ मिसालें देता हूँ, जैसे आज तक जितनी भी सम्मोहन क्रियाएँ सफल हुई, उनमें से ज्यादातर व्यक्ति खुद सम्मोहित होने के लिए सम्मोहनकर्ता के पास आए। यानी वे पहले से ही प्रभावित थे।"

"लेकिन आपने कुछ ऐसे मरीजों को भी सम्मोहित किया है मिस्टर मन्कोट!" तभी एक अन्य चीनी अधिकारी बोला, "जो ऑपरेशन टेबल पर पड़े हुए थे, जिनका ऑपरेशन होना था। तब आपने खुद ऑपरेशन रूम के अंदर जाकर उन्हें सम्मोहित किया और इस हद तक सम्मोहित किया कि उन्हें इस बात तक का ख्याल न रहा कि उनका ऑपरेशन होना है या ऑपरेशन हो रहा है। आप उन्हें इस गला काट दुनिया से दूर अलौकिक दुनिया में ले गए। यही कारण है कि डॉक्टरों के बिना बेहोशी के इंजेक्शन लगाए उनका ऑपरेशन कर डाला और उन्हें पता भी नहीं चला।"

मन्कोट ने खंखारकर अपना गला साफ किया तथा फिर बोला, "उन मरीजों को सम्मोहित करना तो और भी आसान था।"

"क्यों?"

"दरअसल हर मरीज ऑपरेशन रूम में जाने से पहले ही आतंकित होता है। तरह-तरह के विचार उसके मस्तिष्क में उमड़ रहे होते हैं। पता नहीं अंदर जाकर क्या होगा। वह बचेगा भी या नहीं बचेगा। और यही स्थिति तो सम्मोहनकर्ता को चाहिये।

यही तो सम्मोहन का मेथड है। इसी वजह से हर मरीज बा-आसानी सम्मोहित हो जाते हैं।"

"ओह!"

"सम्मोहन के इस मेथड को हम एक लाइन में भी अभिव्यक्त कर सकते हैं।" मन्कोट बोला, "जो व्यक्ति मानसिक रूप से कमजोर है या अभी सत्य-असत्य की खोज में भटक रहे हैं, उन पर सम्मोहन का असर बहुत जल्दी होता है। आप लोगों को जानकर आश्चर्य होगा कि द्वितीय विश्व युद्ध के दौरान हिटलर की फौज के कुछ बड़े अधिकारियों ने एक सम्मोहनकर्ता की मदद ली थी और उसी की सहायता से उन्होंने ब्रिटिश साम्राज्य के एक बहुत मजबूत मोर्चे पर ब्रिटिश सेना के छक्के छूटा दिए। सिर्फ इतना ही नहीं हजारों वर्ष पुराने इतिहास का अध्ययन करने पर हमें पता चलता है कि उस समय भी सम्मोहन का अस्तित्व था।"

★★★

मन्कोट सम्मोहन जैसे रहस्यमयी विषय पर एक लंबा-चौड़ा भाषण देकर चुप हुआ, तो सी. एस. एस. अधिकारियों के बीच खामोशी छा गई।

"मिस्टर मन्कोट!" सी. एस. एस. का सबसे बड़ा अधिकारी बोला, "मैं आपसे एक रिक्वेस्ट करना चाहूँगा।"

"क्या?"

"आप अरविंद पांडे को एक बार फिर सम्मोहित करें। सम्भव है कि आप इस बार कामयाब हो जायें।"

"नहीं।" मन्कोट ने दृढ़ता के साथ इनकार में गर्दन हिलाई।

"उसे दोबारा सम्मोहित करने से भी कोई रिजल्ट सामने नहीं आएगा।"

"क्यों?"

"मैंने बताया न कि उसकी विल पावर बहुत ज्यादा है। एक तिलिस्मी माहौल में पहुँचने के बावजूद भी वह न घबराता है, प्रभावित होता है। उल्टे उसमें जागृति बनी रहती है तथा वह सम्मोहित न होने के लिए नई-नई हरकतें करता रहता है। मैं अगर उसे एक बार तो क्या एक हजार बार भी सम्मोहित करूँ, तब भी उस पर कोई असर नहीं होगा।"

सन्नाटा पहले की तरह पुनः बहुत गहरा हो गया।

★★★

वह निःसन्देह उन चीनी अधिकारियों के लिए बेहद निराशाजनक स्थिति थी।

जिस मन्कोट से उन्हें बहुत आशायें थीं, वह भी असफल हो चुका था।

"अब क्या करें?" सी. एस. एस. के सबसे बड़े अधिकारी ने अपने सहयोगियों की तरफ देखा।

"अब तो अरविंद पांडे की जबान खुलवाने का सिर्फ एक ही हल है।"

"क्या?"

"टॉर्चर, सिर्फ टॉर्चर!"

"लेकिन टॉर्चर तो मिस्टर वान ली उसे पहले भी बहुत कर चुके हैं।"

"मिस्टर वान ली को ही अभी और मौका दिया जाए। शायद वह आगे अरविंद पांडे की ज़ुबान खुलवा सकें।"

उन लोगों के बीच चुप्पी छाई रही।

वह ऐसा संतोषजनक प्रस्ताव नहीं था, जिस पर फौरन सहमत हुआ जा सके। लेकिन मुश्किल यह थी कि कोई और हल भी उनके सामने नहीं था।

"ओके!" सबसे बड़े अधिकारी ने गहरी साँस लेकर वान ली की तरफ देखा, "मिस्टर वान ली, हम आपको एक और मौका देते हैं। आप अरविंद पांडे की ज़ुबान खुलवाने का कोई और तरीका सोचो। हमें उम्मीद है कि आपके माध्यम से हमें कोई गुड न्यूज सुनने को मिलेगी।"

"जरूर!" वान ली ने खड़े होकर आदर से सिर झुकाया।

उसके चेहरे पर अब कठोरता के भाव थे

वह सचमुच इस बार कुछ कर गुजरना चाहता था।

★★★

चाऊ चियांग।

यह लगभग पचास वर्ष के एक ऐसे चीनी पेंटर का नाम था, जिसकी छोटी-सी दुकान मोंटी हिल नामक उस एरिया में थी, जो बीजिंग का सबसे बड़ा रेड लाइट एरिया कहा जाता है। उस पूरे एरिया में लगभग दो हजार कोठे थे और उन कोठों में तकरीबन चौदह-पन्द्रह हजार रंडियाँ थीं।

सब एक से एक खुराफाती। कलाबाज। और नए-नए तजुर्बों वालीं।

चाऊ चियांग की सारी जवानी उन्हीं रंडियों के बीच गुजर गई थी। शायद इसी कारण चाऊ चियांग को मोंटी हिल से भी कुछ ज्यादा ही लगाव था। तमाम उम्र उसे बीवी की जरूरत महसूस नहीं हुई थी। रोजाना नई-से-नई रंडी और उसका बिस्तर चाऊ चियांग को बड़ी सहूलियत के साथ हासिल हो जाता था।

चाऊ चियांग वहाँ खुश था।

बहुत खुश।

सुबह के नौ बज रहे थे, जब वह एक रंडी के कोठे से नहा-धोकर उतरा और फिर अपनी दुकान की तरफ बढ़ा। अभी उसे अपनी दुकान का शटर उठाना ही बाकी था, तभी पुराने मॉडल की कचरा-सी एक कार उसके दुकान के सामने झटके से यूँ आकर रुकी, जैसे कोई तूफान आकर रुका हो।

फिर उसमें से बालेराम और होशांग उतरे।

"चियांग भाई!" बालेराम प्रसन्नतापूर्वक दूर से ही उसे देखकर चीखा, "चियांग भाई!"

टीन का एक बेहद खस्ताहाल तथा जंग खाया बोर्ड उठाते हुए चाऊ चियांग ने पलटकर उन दोनों को देखा। तब तक वह दोनों उसके नजदीक पहुँच चुके थे।

"कौन हैं आप?" चाऊ चियांग ने अपना ऐनक थोड़ा दुरुस्त करते हुए उन दोनों की तरफ देखा।

"आपने मुझे पहचाना नहीं चियांग भाई!"

अब चाऊ चियांग हड़बड़ाया। उसने और गौर से बालेराम की सूरत देखी।

"मैं दो साल पहले ही तो आपसे अपने दरवाजे पर लगाने के लिए एक नेमप्लेट लिखवाकर ले गया था। बालेराम गोवर्धन कृपाचारी। एल.एल.बी.।"

(एल.एल.बी. - लुच्चा, लफंगा और बदमाश)

"ओह!" चाऊ चियांग ऊंट की तरह गर्दन उठाकर ख्वामखाह हँसा, "कैसे हैं आप?"

"एकदम बढ़िया! फर्स्ट क्लास! जिंदगी तरक्की की पटरी पर चकाचक दौड़ रही है। आपसे थोड़ा काम था, इसलिए फौरन लपकता हुआ आया।"

"कैसा काम?"

"एक बोर्ड पर दो-तीन लाइनें लिखवानी हैं।"

"कहाँ है बोर्ड?"

"यही तो मुश्किल है चियांग भाई!" बालेराम अफसोसजनक लहजे में बोला, "वह बोर्ड दीवार में ठुका हुआ है। कमबख्त के चारों कोनों में पाँच-पाँच इंच लंबी

बताशे की कीलें ठुकी हैं। वह एक सूत भी इधर-उधर नहीं हिलता। आपको उस पर लिखाई करने के लिए मेरे साथ ही अपना बारदाना लेकर चलना पड़ेगा।"

"ब... बारदाना!" चाऊ चियांग सकपकाया।

"अरे वही, आपके ब्रश और रंगों के डिब्बे वगैरा।"

"ओह! ओह!!"

"चलिए, जल्दी चलिए!"

"लेकिन इस वक़्त तो मैं आपके साथ नहीं जा सकता।" चाऊ चियांग अपना ऐनक दुरुस्त करता हुआ बोला, "कल फारमागुड़ी क्लॉथ मील में मजदूरों की हड़ताल है। आज सारा दिन मुझे उसी के बैनर तैयार करने हैं। अगर वक़्त पर बैनर तैयार नहीं हुए, तो कल मजदूर यूनियन का लीडर मेरा ही होर्डिंग बना डालेगा।"

"मगर मेरा काम तो मुश्किल से एक घंटे का है चियांग भाई!"

"मैं यहाँ से दस मिनट के लिए भी नहीं हिल सकता, बालेराम जी! एक काम करें, आप कल आयें। मैं कल खुशी-खुशी आप लोगों के साथ चलूँगा।"

"लेकिन कल तो बहुत देर हो जाएगी। हम जल्द-से-जल्द उस काम को निपटा देना चाहते हैं। आप हमारी मजबूरी समझें।"

"लेकिन मेरी मजबूरी भी तो समझो कुछ। यूनियन का लीडर बड़ा दबंग और बदमाश किस्म का आदमी है। वह फाड़कर मेरा ही बैनर बना देगा।"

अब बालेराम और होशांग चिंतित हो उठे।

"चियांग भाई!" इस बार होशांग बोला, "हम वह बोर्ड लिखने के आपको सौ युआन देंगे।"

"स... सौ युआन!"

"सौ युआन की ऐसी की तैसी।" बालेराम ने और जोश में भरकर कहा, "हम आपको दो सौ युआन देंगे। टू हंड्रेड युआन।"

चाऊ चियांग के नेत्र और बुरी तरह फैल गए।

"जल्दी बोलो, क्या कहते हो?"

जो काम आठ-दस युआन का था, उस काम के चाऊ चियांग को दो सौ युआन मिल रहे थे। वह सोच में डूब गया।

"एक घंटे से ज्यादा समय तो नहीं लगेगा?" चाऊ चियांग ने विचलित मुद्रा में पूछा।

"बिल्कुल भी नहीं लगेगा। हम लोग आपको कार में लेकर जा रहे हैं और ठीक एक घंटे बाद कार में ही यहां छोड़ जायेंगे। हिफाजत से। अपने सारे बारदाने के साथ।"

"ठीक है, मैं चलता हूँ।"

चाऊ चियांग ने टीन का जो जंग खाया बोर्ड निकालकर बाहर रखा था, उसे जल्दी से वापस अंदर रखा तथा फिर आनन-फानन अपने ब्रश तथा छोटे-मोटे पेंट के डिब्बे एक थैले में भरने लगा।

★★★

पुराने मॉडल की वह खचरा-सी कार अब दोबारा बीजिंग की सड़क पर दौड़ी जा रही थी।

उस कार को इस समय होशांग चला रहा था, जबकि पिछली सीट पर बालेराम तथा चाऊ चियांग बैठा था।

चाऊ चियांग कुछ फिक्रमंद था और वह बार-बार अपनी उस क्वार्ट्ज़ घड़ी पर नजर डालता, जिसे पिछले सप्ताह ही उसने चोर बाजार से खरीदा था।

"और कितनी दूर जाना है?" चाऊ चियांग बेचैन होकर बोला।

"बस पहुँचने ही वाले हैं।" बालेराम ने सपाट-सा उत्तर दिया।

"पन्द्रह मिनट तो हो गए हैं, तुम्हें यही एक डायलॉग बोलते-बोलते। अभी तक तो किसी मंजिल पर नहीं पहुँचे।"

बालेराम उसकी तरफ देखकर बड़े नाटकीय ढंग से हँसा, "बस थोड़ा सब्र और करो चियांग भाई!"

यही वह पल था, जब होशांग ने ब्रेक अप्लाई किये तथा वह खचरा-सी कार बुरी तरह हाय-तौबा मचाती सड़क पर रुकी।

चाऊ चियांग ने हकबकाकर इधर-उधर देखा। वह बहुत निर्जन-सा इलाका था और वहाँ आसपास जंगल-ही-जंगल था।

"य... यह तुम लोग मुझे कहाँ ले आए?" चाऊ चियांग के दहशत से नेत्र फटे।

"कहीं नहीं लेकर आए चियांग भाई!" होशांग ड्राइविंग सीट पर बैठे-बैठे पलटकर बोला, "दरअसल जहाँ हम लोग जा रहे हैं, वहाँ जो कोई भी अजनबी जाता है, उसे पहले अपनी आंखों पर काली पट्टी बांधनी पड़ती है। लो।" होशांग ने एक काली पट्टी उसकी तरफ बढ़ाई, "इसे कसकर अपनी आँखों पर बांध लो।"

"य... यह क्या ड्रामा है?" चाऊ चियांग हड़बड़ाया।

"कोई ड्रामा नहीं है।" बालेराम भी बोला, "अपना यह जो स्मैकिया कह रहा है, उसे कर लो। इसी में फायदा है चियांग भाई!"

"मुझे नहीं करना। मुझे नहीं बांधनी आँखों पर काली पट्टी।" चाऊ चियांग भड़क उठा और फिर अपना थैला उठाकर जल्दी से दरवाजे की तरफ बढ़ा, "मैं जा रहा हूँ।"

लेकिन वह कार का दरवाजा खोल पाता, उससे पहले ही बालेराम ने रिवॉल्वर निकालकर उसकी पसलियों में घुसा दी। रिवॉल्वर देखते ही चाऊ चियांग के यूँ होश उड़े, जैसे उसने काले नाग के दर्शन कर लिए हों।

"चुपचाप बैठ जाओ चियांग भाई!" बालेराम की आवाज में धमकी का पुट उभर आया, "अगर यहां से जाने की कोशिश करोगे, तो मोंटी हिल पर तो क्या पहुँचोगे तुम, किसी दूसरी ही हिल पर पहुँच जाओगे।"

"य... यह तो सरासर गुंडागर्दी है।" चाऊ चियांग हिम्मत करके बोला।

"तो हम लोग क्या तुम्हें अभी भी भलेमानस नजर आ रहे हैं।"

होशांग ने उसकी तरफ देखकर दांत फाड़े, "बेटा धूमकेतू, हम गुंडों के भी गुंडे हैं। बदमाशों के भी बदमाश हैं।"

"चल।" तभी पीछे से बालेराम ने उसकी शर्ट का कॉलर पकड़कर खींचा, तो थैले सहित वह सीट पर गिरा, "अब यहीं बैठा रह। अगर यहां से हिलने की कोशिश करेगा, तो मैं इस रिवॉल्वर से तेरे जिस्म पर ऐसे खून की पेंटिंग करूँगा, जो तू हमेशा याद रखेगा। समझा कुछ।"

चाऊ चियांग को सांप सूंघ गया।

एक बात तो चाऊ चियांग अब पलक झपकते ही समझ गया था कि वह जरूर किसी गहरे संकट में फँस गया है। पता नहीं अब वह उस संकट से बाहर निकलेगा भी या नहीं निकलेगा।

"ले।" होशांग ने काली पट्टी दोबारा उसकी तरफ बढ़ाई, "इसे कसकर अपनी आँखों पर बांध ले।"

"तू इसे क्यों कष्ट देता है मेरे भाई!" बालेराम बोला, "पट्टी बाँधने का यह काम तो मैं भी कर दूंगा।"

और फिर सचमुच बालेराम ने उसकी आँखों पर कसकर काली पट्टी बांध दी।

★★★

चाऊ चियांग अब हद से ज्यादा डर गया था।

बालेराम और होशांग ने फिर वह काली पट्टी उसके तहखाने में पहुँचाने के बाद ही खोली। पट्टी खोलते ही चाऊ चियांग की आँखों के गिर्द फैला अंधेरा एकदम से छँट गया था और उसे अपने सामने खड़ी वह वैन दिखाई दी थी, जिस पर बालेराम और होशांग नीला पेंट भी कर चुके थे।

"काम बहुत मामूली है।" बालेराम उस वैन के इर्द-गिर्द घूमता हुआ बोला, "तुम्हें इस वैन के दोनों तरफ सफेद रंग से अंग्रेजी में 'सेंट्रल जेल' लिखना है।"

"स... सेंट्रल जेल!"

"क्यों? सेंट्रल जेल लिखने में परेशानी है?"

"नहीं।" चाऊ चियांग जल्दी से बोला, "कोई परेशानी नहीं। बिल्कुल भी परेशानी नहीं। मैं अभी लिखता हूँ।" और फिर सचमुच चाऊ चियांग फौरन सेंट्रल जेल लिखने में मग्न हो गया। वैन के दोनों तरफ लिखाई करने में उसे लगभग डेढ़ घंटा लगा। लेकिन चाऊ चियांग ने वह लिखाई पूरे दिल से की थी। बालेराम और होशांग उस लिखाई को देखकर खुश हो गए।

"अब मैं जाऊँ?" चाऊ चियांग अपने पेंट का डिब्बा वापस थैले में रखते हुआ बोला।

"इतनी भी जल्दी क्या है चियांग भाई!" बालेराम ने उसकी कोली-सी भरी, "अब तुम दो-तीन दिन आराम करके यहां से जाना।"

"द... दो-तीन दिन!" चाऊ चियांग के सीने पर घूँसा-सा पड़ा, "ल... लेकिन मुझे मजदूर यूनियन के बैनर लिखने हैं।"

"अब तुम उन बैनरों को भूल ही जाओ तो बेहतर है। आओ, मैं तुम्हें तुम्हारा कमरा दिखाता हूँ।"

फिर चाऊ चियांग उसका बुरी तरह विरोध करता रह गया। चीखता-चिल्लाता रह गया। लेकिन होशांग और बालेराम ने मिलकर उसे जबरदस्ती एक बिल्कुल अंधेरी कोठरी में बंद कर दिया था। ऐसी कोठरी में, जहाँ हाथ को हाथ न सुझाई दे। रोशनी की एक किरण तक अंदर न आए।

***

शाम का समय, वान ली हद से ज्यादा गुस्से में भरा हुआ सी. एस. एस. के उस केंद्र में दाखिल हुआ, जहाँ अरविंद पांडे बंद था।

कठोर इरादों की झलक आज वान ली के चेहरे पर स्पष्ट नजर आ रही थी।

उसके हाथ में लोहे की एक तकरीबन नौ इंच लंबी रॉड थी, जिसके चारों तरफ हीटर का तार लिपटा हुआ था। लोहे का जालीदार दरवाजा खोलकर वह अरविंद पांडे के कमरे में घुसा। फौरन उसके पीछे-पीछे सीक्रेट सर्विस के कई आदमी अंदर दाखिल हो गए थे।

सामने ही फर्श पर अरविंद पांडे लेटा था।

कठोरता की मूर्ति अरविंद पांडे।

वान ली ने उसे भस्म कर देने वाली ऐसी लाल-लाल आँखों से घूरा, जैसे आज उसकी खैर नहीं थी।

वान ली के हाथ में जो लोहे की रॉड थी, उसके पीछे एक बहुत लंबी डोरी निकली हुई थी और उसके सिरे पर एक प्लग लगा था। वान ली ने वह प्लग बिजली के सॉकेट में लगा दिया। फौरन रॉड के चारों तरफ लिपटा हीटर का तार यूँ जला था, जैसे कोई भट्टी जली हो।

अरविंद पांडे एकदम खौफ से सीधा खड़ा हो गया

"एजेंट्स!" वान ली के मुँह से सांप जैसी फुफकार निकली।

"यस सर!" तुरंत वान ली के पीछे खड़े सीक्रेट एजेंट्स उसके सामने आ गए।

"इस हरामजादे के जिस्म से सारे कपड़े उतार डालो।"

"ओके सर!"

उन सीक्रेट एजेंट्स की संख्या छह थी, जो आदेश मिलते ही तत्काल अरविंद पांडे के ऊपर किसी गिद्ध की तरह झपट पड़े। अरविंद पांडे ने चीखते-चिल्लाते हुए उनसे बचने की कोशिश की। इधर-उधर भागने की कोशिश की।

लेकिन वह छह थे छह।

बहुत जल्द उन्होंने न सिर्फ अरविंद पांडे के ऊपर कब्जा कर लिया था, बल्कि भरपूर विरोध के बावजूद पलक झपकते ही उसके जिस्म से सारे कपड़े भी उतार डाले।

अब उसके शरीर पर सिर्फ एक अंडरवियर बाकी था।

"मिस्टर पांडे!" वान ली दहकती हुई लोहे की रॉड लेकर अरविंद पांडे की तरफ बढ़ा, "इसमें कोई शक नहीं कि तुम पत्थर हो। लेकिन वान ली भी उस आरी का नाम है, जिसका काम ही सिर्फ पत्थरों को काटना है। इससे पहले की मेरे गुस्से की आरी तुम्हारे जिस्म के टुकड़े-टुकड़े कर डाले मुझे उस भारतीय डॉक्टर का नाम बता दो।"

"तुम अपना समय बर्बाद कर रहे हो वान ली!" अरविंद पांडे के चेहरे पर दृढ़ता उभर आई थी, "मैं कभी भी तुम्हें उस डॉक्टर का नाम नहीं बताऊंगा।"

वान ली ने फौरन दहकती हुई वह सलाख अरविंद पांडे के सीने पर रख दी।

तुरंत ही अरविंद पांडे की हृदयविदारक चीख से पूरा कमरा दहल गया था। उसके बाद रुका नहीं वान ली। वह सचमुच दरिंदा बन गया।

लोहे की उस जलती हुई सलाख से वह अरविंद पांडे का जिस्म जगह-जगह से दागता रहा।

उसकी मर्मभेदी चीखें कमरे में गूंजती रहीं।

पन्द्रह मिनट तक वह सिलसिला चला, लेकिन उन पन्द्रह मिनट में ही अरविंद पांडे अधमरा हो गया था। जिस्म का ऐसा कोई हिस्सा नहीं था, जिसे वान ली ने न दागा हो।

"मिस्टर पांडे!" वान ली ने अधमरे हो चुके अरविंद पांडे के मुँह पर कसकर एक लात मारी तथा उसकी एक आँख पर थूका, "अपनी जिंदगी चाहते हो, तो अभी भी मुझे उस भारतीय डॉक्टर का नाम बता दो।"

"नहीं वान ली!" इतनी घोर यातना सहने के बावजूद भी मुस्कुराया अरविंद पांडे, "कभी नहीं।"

वान ली ने बेहद कहर भरे अंदाज में लोहे की वह रॉड अरविंद पांडे के गुप्तांगों पर रख दी।

चिंघाड़ उठा अरविंद पांडे। इस बार उसकी चीख ऐसी हाहाकारी थी, जैसे किसी बकरे को जिबह किया जा रहा हो। वह चिंघाड़ता रहा, चिंघाड़ता रहा। और जब उस पीड़ा को सहने की शक्ति उसमें न रही, तो वह बेहोश हो गया था।

झुंझला उठा वान ली।

एक बार फिर उसने वह लोहे की रॉड जोर से दीवार पर फेंककर मारी थी।

"न जाने कौन-सी मिट्टी का बना है कमबख्त!" वान ली फुफकारा।

★★★

उसी रात एक बेहद सनसनीखेज घटना घटी।

चाऊ चियांग मारा गया।

दरअसल बालेराम और होशांग ने उसे जबरदस्ती जिस अंधेरी कोठरी में बंद किया था, उस अंधेरी कोठरी ने बंद होने के बावजूद भी चाऊ चियांग सुकून से नहीं बैठा था।

यह खौफ उसके दिलोदिमाग पर हावी हो चुका था कि अब वह नहीं बचेगा।

वह लोग उसे जिंदा नहीं छोड़ेंगे।

यही वजह रही जो वह कोठरी में बंद होते ही वहाँ से फरार होने का कोई रास्ता खोजने लगा। कई घंटे की निरंतर मेहनत के बाद आखिरकार चाऊ चियांग को वहाँ से फरार होने का मौका मिल ही गया था।

उस अंधेरी कोठरी में ही एक जर्जर-सी खिड़की थी, जिसे चाऊ चियांग ने थोड़ी मेहनत-मशक्कत के बाद ही दीवार से अलग कर दिया।

फिर वह दबे पांव अंधेरी कोठरी से बाहर निकला।

उस समय रात का एक बजा था।

लेकिन कोठरी के बाहर निकलते ही वह अँधेरे में होशांग से टकराया। होशांग ने उस समय स्मैक का धुआं खींचा हुआ था और वह पूरी तरह से नशे में टुन्न था। यह नशे की ही वजह थी, जो वह रात में तहखाने में घूम रहा था।

"कौन है?" होशांग ने उसे फौरन दबोच लिया, "कौन है?"

चाऊ चियांग ने होशांग को जोर से धक्का दिया तथा फिर वह बुरी तरह सीढ़ियों की तरफ लपका।

"मैं कहता हूं, जो भी है रुक जा।" होशांग ने फुर्ती के साथ रिवॉल्वर निकाल ली थी, "रुक जा, वरना मैं गोली चला दूंगा।"

चाऊ चियांग फिर भी न रुका।

"मैं सचमुच गोली चला दूंगा बेवकूफ!" होशांग चिंघाड़ा।

और जब होशांग ने अंधेरे में फिर भी उस परछाई को न रुकते देखा, तो उसने रिवॉल्वर का ट्रिगर दबा दिया।

धायं! तहखाने में गोली चलने की आवाज यूँ गूँजी थी, जैसे बम फटा हो। साथ ही एक हृदयविदारक चीख भी तहखाने की दीवारों से टकराती चली गई।

पहले गोली फिर किसी के चीखने की आवाज सुनकर कमांडर, नीलकंठ, बालेराम, पामेला सबकी आंखें झटके से खुलीं। फिर वे आनन-फानन अपने-अपने कमरों से बाहर निकले।

तुरंत तहखाने की कई सारी लाइटें भी जलीं और तब उनकी नजर चाऊ चियांग पर पड़ी। वह चाऊ चियांग, जो तहखाने की सीढ़ियों के पास ही खून से लथपथ पड़ा था और एक ही गोली में उसके प्राण-पखेरू उड़ गए थे।

होशांग कितना बड़ा निशानेबाज है, यह दृश्य भी उस क्षण देखने को मिला।

होशांग पहले तो नशे में ही बहुत टुन्न था। फिर वह गोली उसने बिल्कुल घुप्प अंधेरे में चलाई थी। लेकिन फिर भी गोली न सिर्फ ठीक निशाने पर लगी बल्कि वह चाऊ चियांग की छुआरे जैसी खोपड़ी के ऐन बीच में जाकर घुसी थी और उसने उस पेंटर की खोपड़ी की धज्जियां बिखेरकर रख दी थी।

★★★

सी. एस. एस. का जवान जालीदार दरवाजे के सामने पहुँचकर ठिठका तथा फिर उसने अंदर की तरफ झांककर देखा।

"ओह!" अरविंद पांडे को देखते ही उसके होंठों पर मुस्कान दौड़ी, "तो आखिर इतने टॉर्चर के बावजूद भी तुम्हें होश आ ही गया पांडे! सचमुच बहुत सख्त जान है तेरी।"

अरविंद पांडे को थोड़ी देर पहले ही होश आया था और इस समय वह सिकुड़ा-सिमटा-सा एक कोने में पड़ा था। वाकई यह अरविंद पांडे का ही दिल-गुर्दा था, जो इतनी घोर यातना सहने के बावजूद भी वह जिंदा था।

"तेरे लिए एक खुशखबरी है पांडे!" वह जवान पुनः मुस्कुराया, "मिस्टर वान ली यहाँ से जा चुके हैं और फिलहाल कुछ घंटे तक तुझे कोई खतरा नहीं।"

"यह ले।" तभी सीक्रेट सर्विस का एक दूसरा जवान खाने की थाली लेकर वहाँ आया, "खाना खा ले।"

फिर जवान ने खाने की थाली जालीदार दरवाजे के नीचे से अंदर की तरफ सरका दी थी।

लेकिन अरविंद पांडे फिर भी खामोशी से उसी कोने में पड़ा रहा।

"अबे खाना खा ले।" वह चीनी जवान गुर्राया, "वैसे ही मरने को पड़ा है, खाना नहीं खायेगा तो और जल्दी मरेगा।" अरविंद पांडे पर फिर भी कोई प्रतिक्रिया न हुई।

"तू क्यों जिद करता है।" उसी पल दूसरा चीनी जवान बोला, "अच्छी बात है जो हरामजादा मर जाए। इस रोज-रोज की निगरानी से तो पीछा छूटेगा।"

फिर वह दोनों चीनी जवान आपस में न जाने क्या-क्या बड़बड़ाते हुए वहाँ से चले गए।

★★★

लगभग आधे घंटे बाद जब वह दोनों चेकिंग करने के लिए दोबारा जालीदार दरवाजे के सामने पहुँचे, तो उन्होंने अरविंद पांडे को दीवार से कमर लगाए बैठे देखा।

वह थाली में मौजूद सारा खाना खा चुका था और उस समय उसके चेहरे पर काफी चमक थी।

"ओह, तो यह बात है पांडे!" चीनी जवान चहककर बोला, "अब भी तू आदमी-सा लग रहा है। मेरी बात मान तो एक बात कहूँ।"

अरविंद पांडे ने कोई तीन इंच अपनी गर्दन ऊपर उठाकर चीनी जवान की तरफ देखा।

"मेरे भाई, वान ली बहुत खतरनाक आदमी है। अभी तूने उसका आधा रूप भी नहीं देखा। तू नहीं जानता, वह सीक्रेट सर्विस के आदमियों के बीच शैतान के नाम से लोकप्रिय है। इसलिए कहता हूँ, तू भारतीय डॉक्टर का नाम उसे बता दे। इस सारे झंझटों से मुक्ति पा जाएगा।"

अरविंद पांडे के चेहरे पर उपहासपूर्ण मुस्कान दौड़ी।

"मुस्कुरा क्यों रहा है?"

"तुम्हारी बात सुनकर मुस्कुरा रहा हूँ।"

"क्यों?" चीनी जवान हकबकाया, "मैंने क्या कोई गलत बात बोल दी?"

"नहीं, तुमने तो कोई गलत बात नहीं कही। मगर सवाल यह है कि मैं कौन से झंझटों से मुक्ति पा जाऊंगा।"

"क... क्या मतलब?"

"मतलब बिल्कुल साफ है। उस भारतीय डॉक्टर का नाम जुबान से निकलते ही तुम्हारी चीनी सरकार को मुझे मारने के लिए सिर्फ एक गोली काफी होगी और तुरंत ही सारे झंझट खत्म।"

"अबे ले!" उस चीनी जवान ने चौंककर अपने साथी की तरफ देखा, "यह तो बहुत समझदार है।"

"दरअसल तुम चीनियों में यही सबसे बड़ी कमजोरी होती है।" अरविंद पांडे बोला, "तुम खुद को बहुत बुद्धिमान समझते हो। बहरहाल अब हम इस किस्से को यहीं खत्म करें और अगर तुम में से किसी के पास नेलकटर हो, तो मुझे दो।"

"नेलकटर!" दोनों चीनियों की आंखों में आश्चर्य के भाव तैरे, "नेलकटर का क्या करेगा?"

"अपने नाखून काटूंगा और क्या गोलियाँ चलानी हैं?"

"लेकिन नेलकटर तो हम में से किसी के पास नहीं है। हाँ, अगर ब्लेड कहे तो ला दें।"

"ठीक है, ब्लेड ही ला दो।"

फौरन उन दोनों में से एक चीनी ने उसे ब्लेड लाकर दे दिया था।

ब्लेड देखते ही अरविंद पांडे की आँखों में तेज चमक कौंध उठी।

★★★

योजना अब अपने बिल्कुल अंतिम चरण में थी।

क़ैदी-गाड़ी पूरी तरह तैयार हो चुकी थी और अब उसे देखकर कोई नहीं कह सकता था कि वह वास्तव में सेंट्रल जेल की गाड़ी नहीं है।

पामेला सहित सबकी वर्दियाँ सिल चुकी थीं।

अलबत्ता बालेराम की खासतौर पर टेलीफोन मैकेनिकों वाली वर्दी सिली, जो कत्थई रंग की थी और उस पर 'बीजिंग टेलीफोन निगम' का काफी बड़ा पीतल का बैज लगा था।

उस टेलीफोन इंस्ट्रूमेंट का बंदोबस्त भी किया गया, जो खासतौर पर टेलीफोन विभाग के लाइन-मैनों के पास होता है और जिसके रिसीवर में ही डायलिंग सिस्टम की व्यवस्था रहती है।

नीलकंठ ने गृह मंत्रालय के लेटर हेड पर वान ली के नाम एक लेटर भी तैयार कर लिया, जिस पर एक गृह सचिव के हस्ताक्षर किये गए।

कुल मिलाकर सारा बंदोबस्त हो चुका था।

★★★

सुबह के दस चालीस पर सेंट्रल जेल की वह क़ैदी-गाड़ी चीन की ऐतिहासिक दीवार के सामने जाकर रुकी।

फिर उसमें से कमांडर करण सक्सेना, नीलकंठ और होशांग वर्दी में सजे-धजे धड़ाधड़ कूदकर बाहर निकले।

नीलकंठ ने अपना नीला रंग छिपाने के लिए आज भी अपने शरीर के खुले हिस्सों पर खास केमिकल लगाया हुआ था। इसके अलावा कमांडर के चेहरे पर मामूली मेकअप भी था, जिससे वह पूरी तरह चीनी नजर आ रहा था।

पामेला वर्दी में सजी-धजी ड्राइवर सीट पर बैठी थी, जबकि बालेराम पहले ही कुछ फासले पर लगे टेलीफोन पोल पर चढ़ चुका था और चढ़ते ही उसने सी. एस. एस. केंद्र का टेलीफोन कनेक्शन काट दिया था।

उधर वह तीनों धड़धड़ाते हुए पर्यटन विभाग के ऑफिस में घुसे।

"कहिये सर!" सी. एस. एस. का जवान हड़बड़ाता हुआ कुर्सी से उठा।

"आई एम जेलर काऊ लीन हितीकिचो!" नीलकंठ बड़े रौब-दाब अंदाज में बोला, "फ्रॉम बीजिंग यूनिवर्सल सेंट्रल जेल।"

"ओह सर!" सी. एस. एस. जवान ने फौरन ठोककर उसे सेल्यूट मारा, "अंदर आइये सर! हम लोगों का यहां बात करना मुनासिब नहीं है।"

वह जवान उन तीनों को सी. एस. एस. केंद्र के अंदर ले गया।

फौरन कई सारे सीक्रेट सर्विस के जवान उनके इर्द-गिर्द जमा हो गए थे।

"मुझे मिस्टर वान ली से मिलना है, एकदम अर्जेंट।" नीलकंठ अफसराना अंदाज में बोला और उसने लेटर अपनी जेब में से निकाला, "गृह मंत्रालय ने सी. एस. एस. के लिए यह आदेश पत्र भेजा है, जिस पर फौरन अमल होना जरूरी है।"

"लेकिन मिस्टर वान ली तो यहां नहीं हैं सर!"

"कोई बात नहीं।" नीलकंठ बिना विचलित हुए बोला, "तो फिर भारतीय जासूस अरविंद पांडे को आप लोग ही हमारे हवाले कर दीजिये। दरअसल गृह मंत्रालय ने यह मिशन अब सी. एस. एस. के हाथों से लेकर पुलिस को सौंप दिया है। हम लोग अरविंद पांडे को लेकर जाने के लिए क़ैदी-गाड़ी भी साथ लेकर आए हैं।"

उन चीनी जवानों में से दो ने गृह मंत्रालय का वह आदेश-पत्र देखा।

"सॉरी सर!" एक चीनी जवान आदेश पत्र बंद करता हुआ बोला, "हम फिलहाल अरविंद पांडे को अभी आपके हवाले नहीं कर सकते।"

"क्यों?"

"दरअसल अरविंद पांडे ने रात एक ऐसी हरकत की है, जिसकी कोई कल्पना भी न कर सके। वह कल शाम किसी तरह चालाकी से एक ब्लेड हासिल करने में

कामयाब हो गया था। रात उसी ब्लेड से उसने अपने हाथ की दोनों नसें काट डाली तथा आत्महत्या करने का प्रयास किया। फिलहाल मिस्टर वान ली, अरविंद पांडे को लेकर हॉस्पिटल गए हुए हैं।"

उस खबर को सुनकर उन तीनों के दिलोदिमाग पर बिजली-सी गड़गड़ाती हुई गिरी। वह एक अप्रत्याशित घटना थी।

"कौन से हॉस्पिटल?" कमांडर तेजी से दो कदम आगे बढ़ा, "हमें हॉस्पिटल का नाम बताओ। गृह मंत्रालय के आदेश के मुताबिक हमें फौरन अरविंद पांडे को अपनी कस्टडी में लेना लाजिमी है।"

"लेकिन हॉस्पिटल का नाम तो हमें नहीं मालूम।" तुरंत जवानों की गर्दन इनकार में हिली।

"किसी तरह पता लगाओ। हेडक्वार्टर में फोन करो। शायद सी. एस. एस. के सबसे बड़े अधिकारी को इस बारे में कुछ पता हो।" परंतु तभी कमांडर को ध्यान आया कि उनकी टेलीफोन लाइन तो वे पहले ही काट चुके थे।

उफ्फ! कमांडर झुंझला उठा।

"हेडक्वार्टर में भी किसी को कुछ पता नहीं होगा।" वह चीनी जवान दोबारा बोला, "अलबत्ता एक तरह से जरूर कुछ पता लगाया जा सकता है।"

"किस तरह से?"

"मिस्टर वान ली के पास मोबाइल फोन है। मैं अभी मोबाइल फोन पर उनसे संपर्क स्थापित करता हूँ।"

"वेरी गुड।" कमांडर सहित उन दोनों की आँखें भी चमक उठीं, "रियली यू आर अ बिग जीनियस!"

★★★

उस चीनी जवान ने मोबाइल फोन पर तुरंत वान ली से सम्पर्क स्थापित किया तथा उसे सारी वस्तुस्थिति समझाई। वान ली चौंक पड़ा।

"आदेश-पत्र पर तुम किसके हस्ताक्षर बता रहे हो?" वान ली का भौचक्का स्वर।

"गृह सचिव के सर!"

"लेकिन ऐसा कैसे हो सकता है?" वान ली अचंभित मुद्रा में बोला, "गृह मंत्रालय के सचिव से तो मैं रात ही एक पार्टी में मिला हूँ। अगर उनका या उनके मंत्रालय का सी. एस. एस. से केस लेकर पुलिस को सौंपने का इरादा होता, तो

वह रात मुझसे इस विषय में जरूर बात करते। और उस जेलर का नाम क्या बताया तुमने?"

"काऊ लीन हितीकिचो।"

"माई गॉड!" वान ली के मुँह से एकाएक दहशतनाक आवाज निकली, "वह जरूर कोई फ्रॉड हैं। वह जरूर भारत सरकार के कोई आदमी हैं। बेवकूफ, क्या सी. एस. एस. में होते हुए तुम्हें इतना भी नहीं पता कि काऊ लीन हितीकिचो आज से पाँच दिन पहले यूनिवर्सल सेंट्रल जेल के जेलर थे। लेकिन पाँच दिन पहले ही उनका तबादला हो गया है और अब वहाँ के जेलर मिस्टर फंग लुई हैं।"

चीनी जवान के शरीर में सिहरन दौड़ गई।

"तुम उन्हें रोककर रखो। वहीं रोककर रखो।" वान ली बुरी तरह चिल्लाया, "मैं इस समय माओत्सेतुंग हॉस्पिटल से बोल रहा हूँ। मैं अभी आधा घंटे में वहाँ पहुँचता हूँ। वह लोग जाने नहीं चाहिये।"

"ओके सर, ओके!"

चीनी जवान ने मोबाइल फोन बंद कर दिया।

जब वह उन दोनों की तरफ घूमा, तो उसके शरीर में हजारों-लाखों चींटियाँ गर्दिश कर रही थीं।

★★★

"आप लोगों के लिए एक खुशखबरी है।" वह चीनी जवान भयानक उत्तेजना के बावजूद खुद को सहज रखने की कोशिश करता हुआ बोला, "अरविंद पांडे की तबीयत अब ठीक हो गई है और मिस्टर वान ली उसे लेकर जल्द ही यहां पहुँचने वाले हैं। इतने आप इत्मीनान से बैठकर उनकी प्रतीक्षा करें।"

"लेकिन इस समय अरविंद पांडे किस हॉस्पिटल में हैं?"

"मैंने हॉस्पिटल का नाम नहीं पूछा।" चीनी जवान पुनः सहज मुद्रा में बोला, "आवश्यकता ही नहीं थी हॉस्पिटल का नाम पूछने की, क्योंकि अरविंद पांडे वहाँ से डिस्चार्ज हो चुका है।"

इसमें कोई शक नहीं कि वह चीनी जवान अपने अंदर की हड़बड़ाहट छिपाने की पूरी कोशिश कर रहा था, और उसमें काफी हद तक सफल भी था। लेकिन फिर भी कमांडर के दिमाग में खतरे की घंटी बज उठी थी और यह घंटी तभी बज गई थी,

जब वह मोबाइल फोन पर बात कर रहा था और उसके चेहरे पर चौंका देने वाले भाव उभर रहे थे।

"मिस्टर वान ली को अभी यहां पहुँचने में थोड़ा समय तो लगेगा ही?" कमांडर करण सक्सेना व्यग्र मुद्रा में बोला।

"जी हाँ, बिल्कुल! तकरीबन आधा घंटा।"

"कोई बात नहीं। हमें एक जरूरी काम से जाना है। इतने हम वहाँ हो आते हैं।"

"नहीं-नहीं।" अब चीनी जवान का धैर्य छूटा, "आप लोग आराम से बैठें। मिस्टर वान ली आने ही वाले हैं।"

चीनी जवान की हड़बड़ाहट देखकर नीलकंठ और होशांग भी अलर्ट हुए।

"हम लोग भी बस पन्द्रह-बीस मिनट में ही वापस आ जायेंगे।" कमांडर बोला, "आप लोग बेफिक्र रहें।"

फिर वह तीनों एक साथ पर्यटन विभाग के दफ्तर की तरफ बढ़े।

वह चीनी जवान अपनी रिवॉल्वर निकालकर उन तीनों के सामने आ गया था।

"खबरदार!" साथ ही वह बुरी तरह चिंघाड़ा, "खबरदार! अगर तुम लोगों ने एक कदम भी और आगे बढ़ाया, तो मैं तुम्हें बेहिचक शूट कर दूंगा।"

"यह क्या बेहूदगी है।" नीलकंठ चिल्ला उठा, "शायद तुम जानते नहीं कि तुम किससे बात कर रहे हो।"

"खूब अच्छी तरह जानता हूँ।" वह चीनी खूंखार लहजे में बोला, "मैं एक ऐसे भारतीय एजेंट से बात कर रहा हूँ, जो खुद को सेंट्रल जेल का जेलर साबित करने की असफल कोशिश कर रहा है। क्योंकि वह नहीं जानता कि आज की तारीख में सेंट्रल जेल का जेलर फंग लुई है, जबकि काऊ हितीकिचो का पांच दिन पहले ही ट्रांसफर हो चुका है।"

कमांडर, नीलकंठ और होशांग के चेहरे पर अब हवाईयाँ उड़ीं।

यह रहस्योद्घाटन होते ही सी. एस. एस. के अन्य जवानों ने भी फौरन अपनी-अपनी रिवॉल्वरें निकालकर उन तीनों की तरफ तान दीं।

"इसी तरह तुम तीनों के वास्ते एक बुरी खबर और है।"

"क... क्या?"

"तुम्हारे इस आदेश-पत्र पर जिस गृह सचिव के हस्ताक्षर हैं, उस गृह सचिव से भी मिस्टर वान ली कल रात ही मिले थे। लेकिन अफसोस, ऐसी कोई जानकारी तब

गृह सचिव ने मिस्टर वान ली को नहीं दी। इसी से साबित हो जाता है कि तुम्हारा यह आदेश-पत्र भी जाली है।" फिर उस चीनी जवान ने उन तीनों के सामने ही उस आदेश-पत्र की धज्जियाँ बिखेर दीं।

अब वे सचमुच खुद को फँसा हुआ महसूस करने लगे।

"तुम तीनों की योजना का पर्दाफाश हो चुका है।" वह चीनी जवान हँसता हुआ उनके थोड़ा और करीब आया, "मिस्टर वान ली बस यहाँ आने ही वाले हैं, फिर वह तुम्हारा भी वही हश्र करेंगे जो अरविंद पांडे का किया गया है। इसलिए अब तुम लोग खामोशी से पीछे बैठ जाओ। चलो, हरिअप!"

उसी पल कमांडर एकदम से एक्शन में आ गया था।

सीक्रेट सर्विस के वह आदमी उन्हें धकेलकर पीछे कहीं बिठाते या किसी सुरक्षित स्थान पर बंद करते, उससे पहले ही कमांडर के हाथ में अद्वितीय फुर्ती से कोल्ट रिवॉल्वर नमूदार हुई थी।

रिवॉल्वर हाथ में आते ही फिरकनी की तरह घूमीं और फिर धायं-धायं दो गोलियां चलीं। तत्काल उस चीनी की खोपड़ी के परखच्चे उड़ गए, जो बहुत ज्यादा बोल रहा था।

उसके बाद सी. एस. एस. के उस के उस केंद्र में गोलियों का मानो तूफान आ गया। सभी चीनियों की रिवॉल्वरें एक साथ गरज उठीं।

लेकिन कमांडर के साथ-साथ नीलकंठ और होशांग भी अलर्ट थे।

कोई गोली उन्हें छू पाती, उससे पहले ही उन्होंने जम्प लगाकर इधर-उधर पोजीशन सम्भाल ली।

चीनी जवानों की संख्या आठ थी।

जिनमें से एक पहले ही परलोक सिधार चुका था।

पोजीशन सम्भालते ही सबसे पहले होशांग ने धायं-धायं-धायं तीन गोलियाँ चलाईं।

फौरन तीन चीनी जवान चिंघाड़ते हुए पीछे उलट गए। होशांग का निशाना वाकई अचूक था। लेकिन तीनों गोलियाँ जवानों की ऐन दायीं कनपटी पर लगी थीं।

उधर कमांडर ने भी पोजीशन सम्भालते ही दो जवानों को और शूट कर दिया।

जबकि बाकी बचे दो नौजवानों को नीलकंठ ने संभाला था। वह एकदम उन पर

बिना हथियार के आंधी-सी बनकर टूटा और इससे पहले की वह नीलकंठ को शूट करते, नीलकंठ ने अपने नुकीले दाँतों से उनकी गर्दन का मांस उधेड़ डाला।

वह दृश्य कमांडर के लिए वाकई अविस्मरणीय था।

कोई व्यक्ति गोली लगने के बाद भी इतनी जल्दी नहीं मरता, जितनी जल्दी कमांडर ने उन दोनों को मरते देखा। एकदम से उनके शरीर का रंग नीला पड़ गया था। मुँह से झाग निकलने लगे और इससे पहले कि वे दोनों रिवॉल्वर का ट्रिगर भी दबा पाते, उनके प्राण-पखेरू उड़ गए।

नीलकंठ ने अपने मुँह का खून उनके कपड़ों से ही साफ किया था और फिर वह फुर्ती के साथ कमांडर तथा होशांग की तरफ लपका।

"हरिअप!" नीलकंठ चिल्लाया था, "जल्दी भागो यहाँ से। अगर वह शैतान वान ली आ जाएगा तो और गड़बड़ हो जाएगी।"

तुरंत वह तीनों अद्वितीय फुर्ती से बाहर की तरफ दौड़े। वैन में भी वे यूँ धड़ाधड़ चढ़े थे, जैसे उनके पीछे बम के गोले बरसाए जा रहे हों।

"क... क्या बात है!" पामेला चौंकी, "अरविंद पांडे कहाँ है?"

"हमारी योजना असफल हो गई।" नीलकंठ पुनः चिल्लाया, "भगा, जल्दी वैन भगा यहां से।"

वैन पहले ही स्टार्ट थी।

पामेला ने फौरन विद्युत गति से वैन सड़क पर दौड़ा दी।

कुछ दूर पहुँचते ही वैन झटके से एक टेलीफोन पोल के नजदीक रुकी, तो बालेराम भी चीते की तरह जम्प लगाकर अंदर आ गया।

वैन पुनः सौ की स्पीड से भागी।

"अरविंद पांडे कहाँ है?" उसने भी अंदर आते ही आतंकित मुद्रा में पूछा।

"सब बता दिया जाएगा, बस। पहले इत्मीनान से बैठ।"

क़ैदी-गाड़ी अब शार्ट कट रास्ते पर यूँ भागी जा रही थी, जैसे रन-वे पर कोई जम्बोजेट विमान भागा जा रहा हो।

★★★

उस घटना से सी. एस. एस. अधिकारियों के बीच हडकंप मच चुका था।

"यह हमारे लिए डूब मरने की बात है। पूरी तरह डूब मरने की।" एक अधिकारी गला

फाड़कर चिल्ला रहा था, “अभी तक अरविंद पांडे की ज़ुबान खुलवाना ही एक समस्या बनी हुई थी, लेकिन अब तो हमारे लिए उसकी सुरक्षा का भी खतरा पैदा हो गया है।”

“सुरक्षा का भी बहुत बड़ा खतरा पैदा हुआ है।” एक दूसरा अधिकारी बोला, “क्योंकि जिस तरह दो व्यक्तियों की घातक ज़हर से हत्या हुई है, उससे साफ साबित हो गया है कि इस घटना के पीछे नीलकंठ का हाथ है और नीलकंठ आज कितनी बड़ी ताकत का नाम है, मैं समझता हूं कि यह बात आप में से किसी को समझाने की जरूरत नहीं।”

“लेकिन एक बात समझ नहीं आई।” वान ली बेहद बेचैन मुद्रा में बोला।

“कौन-सी बात?”

“नीलकंठ मूल रूप से एक अपराधी है। उसका काम हत्यायें करना है। फिर वह एकाएक भारत सरकार का मददगार कैसे बन गया?”

“मिस्टर वान ली!” सी. एस. एस. का सबसे बड़ा अधिकारी बोला, “किसी अपराधी का कोई धर्म, कोई मजहब और ईमान नहीं होता। उसका सब कुछ पैसा होता है। सिर्फ पैसा। और जरूर नीलकंठ भारत सरकार के हाथों बिक गया है। या फिर ऐसा भी हो सकता है कि भारत सरकार ने अरविंद पांडे की जगह अपना कोई नया जासूस उस डॉक्टर को आज़ाद कराने के लिए चीन भेजा हो और अब नीलकंठ उस जासूस की मदद कर रहा हो।”

“कुल मिलाकर हालात जो भी हैं, हमारे लिए बहुत खतरनाक हैं।”

“बिल्कुल ठीक।”

“अरविंद पांडे की अब क्या स्थिति है?” एक अधिकारी ने अब वान ली की तरफ देखा।

“फिलहाल तो खतरे से बाहर है।” वान ली धीमे स्वर में बोला, “और मैंने उसे माओत्सेतुंग हॉस्पिटल के इंटेंसिव केअर यूनिट में ही रखा हुआ है, जहाँ उसकी सुरक्षा का भरपूर बंदोबस्त कर दिया गया है। लेकिन इसमें कोई शक नहीं कि अरविंद पांडे एक बहुत कठोर तथा देशभक्ति आदमी है। उसे अब इस बात का भी अहसास हो गया है कि हम लोग उसे जिंदा नहीं छोड़ेंगे, इसलिए अरविंद पांडे ने टॉर्चर से तंग होकर खुद ही कल रात आत्महत्या करने का प्रयास किया।”

“मुझे तो अब एक नई चिंता और सता रही है।” सी. एस. एस. का सबसे बड़ा अधिकारी बोला।

"कैसी चिंता?"

"अगर नीलकंठ और उसके साथ मौजूद भारतीय जासूस किसी तरह हमसे पहले ही उस भारतीय डॉक्टर का नाम पता करने में सफल हो गए, जो वापस अपने वतन जाना चाहता है, तो हमारे लिए और मुश्किलें पैदा हो जाएंगी। एक बात तुम सब लोग दोबारा अच्छी तरह समझ लो। मिस्टर वान ली!" अधिकारी ने वान ली की तरफ देखा, "यह बात मैं तुमसे कुछ ज्यादा ही जोर देकर कह रहा हूँ। वह भारतीय डॉक्टर किसी भी हालत में जिंदा वापस अपने देश नहीं पहुँचना चाहिये। हमने यहीं उसकी हत्या कर देनी है। क्योंकि वह डॉक्टर वर्षों तक चीन में रहा है, इसलिए वह जरूर चीन के रक्षा संबंधी बड़े-बड़े फैसलों में भी हिस्सा लेता रहा होगा। आज की तारीख में उसे चीन की रक्षा संबंधी ऐसी कई महत्वपूर्ण बातें पता होंगी, जो अगर उसने भारत सरकार को बता दी, तो चीन को भारी नुकसान उठाना पड़ सकता है।"

"इसमें कोई शक नहीं।" एक अन्य अधिकारी बोला, "कि अब उस डॉक्टर की यहीं हत्या होनी जरूरी है।"

"इस दिशा में हमें सबसे पहले फौरन एक कदम उठाना चाहिये।" वह बहुत देर से खामोश बैठे सम्मोहनकर्ता मन्कोट की आवाज थी।

"कैसा कदम?"

"चूंकि नीलकंठ जैसा अपराधी अब इस मिशन में सक्रिय हो गया है।" मन्कोट गला खंखारकर बोला, "तो ऐसी परिस्थिति में अरविंद पांडे को माओत्सेतुंग हॉस्पिटल के इंटेंसिव केअर यूनिट में रखा जाना मुनासिब नहीं। वहाँ चाहे मिस्टर वान ली ने कितने ही सुरक्षा इंतजाम कर दिये हैं, लेकिन हमें नहीं भूलना चाहिये कि वह नीलकंठ है। वह तमाम सुरक्षा इंतजामों के बावजूद भी वहाँ पहुँच सकता है। जिस व्यक्ति के अंदर सी. एस. एस. के गुप्त केंद्र को खोजने तथा उसके अंदर घुसने की हिम्मत है, तो फिर उसके लिए एक हॉस्पिटल क्या मायने रखता है।"

"आपकी बात बिल्कुल ठीक है मिस्टर मन्कोट!" सबसे बड़े अधिकारी ने कहा।

"लेकिन खास सवाल यह है।" वान ली भी बोला, "कि अरविंद पांडे को अब कहाँ रखा जाए?"

"इस बारे में हम सभी को मिलकर गम्भीरता से सोचना चाहिये।"

फिर वाकई वह सभी अधिकारी संजीदगी से उस विषय पर सोचने लगे।

★★★

वह उनके लिए निराशा के क्षण थे। घोर निराशा के क्षण।

"सारी मेहनत पर पानी फिर गया।" नीलकंठ बुरी तरह झुंझलाता हुआ कुर्सी पर बैठा, "एक ही झटके में पूरी योजना असफल हो गई।"

सिर्फ नीलकंठ ही उस योजना की असफलता से हतोत्साहित नहीं था, बल्कि कमांडर, बालेराम, होशांग सब निराशा में डूबे हुए थे।

होशांग ने तो आते ही सबसे पहले स्मैक का धुआं खींचा था।

"इस अरविंद पांडे को भी आत्महत्या करने की अभी सूझी थी।" बालेराम झल्लाता हुआ बोला, "अगर वह थोड़ा सब्र कर लेता, तो हमारी योजना आज हर हालत में सफल हो जाती। लेकिन नहीं, उसे भी रात ही अपने हाथों की नसें काटनी थी, ताकि इतनी मेहनत से बनाई गई हमारी योजना असफल हो। बेचारा पेंटर, वह ख्वामखाह मारा गया।"

कमांडर ने भी चुपचाप एक कुर्सी पर बैठकर अब डनहिल सुलगा ली थी।

"मुझे तो एक बात का और डर है।" कमांडर शांत मुद्रा में बोला।

"कैसा डर?" नीलकंठ ने कमांडर की तरफ देखा था।

"वह खतरनाक चीनी जासूस, अरविंद पांडे को जरूर बुरी तरह टॉर्चर कर रहा है, इसलिए उसने आत्महत्या करने की कोशिश की वरना जासूस चाहे किसी भी देश का हो, आसानी से हिम्मत नहीं हारता। इसी बात का मुझे डर है कि कहीं अरविंद पांडे आत्महत्या करने की दोबारा कोशिश न कर बैठे। अगर कहीं अरविंद पांडे मर गया, तो हमारा यह पूरा मिशन बीच में ही अधूरा रह जाएगा।"

नीलकंठ के माथे पर भी चिंता की लकीरें कुछ और गहरी हो गईं।

"यानी अरविंद पांडे को छुड़ाने के लिए हमें अपना दूसरा कदम फौरन उठाना है।"

"हाँ।" कमांडर ने डनहिल का धुआँ छोड़ा, "बल्कि फौरन से भी पेश्तर उठाना है।"

★★★

होशांग नशे में था।

फुल नशे में।

पामेला रात के समय दरवाजा खोलते ही चौंकी, "तू! लगता है कि तूने आज फिर जमकर धुआँ खींच लिया है।"

"धुआँ मत बोल इसे।" होशांग ने पामेला की तरफ लाल-पीली आँखें तरेरी, "स्मैक का धुआँ बोल, जिसे मर्द लोग खींचते हैं।"

"ठीक है, लेकिन मेरे किचू-किचू!" पामेला ने हँसकर उसके चिकने गालों पर हाथ फेरा, "इस समय अपनी आंटी के पास क्या करने आया है तू?"

"आंटी! कौन आंटी?"

"अरे, मैं! तेरे जैसे प्यारे-प्यारे बच्चे की प्यारी-प्यारी सुंदर-सी लवली आंटी! पामेला आंटी!"

"तू मेरी आंटी नहीं है।" होशांग भड़का।

"अच्छा, फिर कौन हूँ मैं तेरी?" पामेला ने बड़ी अदा से मुस्कुराते हुए भारी-भरकम कई-कई किलो वजनी छातियाँ हिलाई थीं।

"आज मैं तुझे यही बताने आया हूँ कि तू कौन है मेरी!" होशांग के चेहरे पर उस समय दृढ़ निश्चय के भाव थे।

उसने अंदर आकर भड़ाक से कमरे का दरवाजा बंद किया। न सिर्फ दरवाजा बंद किया बल्कि उसमें ताला भी डाल दिया।

अब पामेला सकपकाई, "य... यह ताला क्यों डाल दिया तूने?"

"म... मैं आज साबित करके रहूँगा कि मैं मर्द हूँ। मैं बच्चा नहीं हूँ।"

"तू पागल हो गया है।"

"हाँ, मैं पागल हो गया हूँ।"

होशांग बड़े खतरनाक अंदाज में पामेला की तरफ बढ़ा।

"लेकिन मेरे किचू-किचू! अभी तेरे यह लड़कियों से उलझने के दिन नहीं हैं। इतनी कच्ची, अधपकी उम्र में लड़कियों से उलझेगा, तो तेरी सेहत का बेड़ागर्क हो जाएगा।"

"होने दे मेरी सेहत का बेड़ागर्क।" होशांग के चेहरे पर कठोर भाव फैले हुए थे।

फिर एकाएक उसने पामेला के ऊपर जम्प लगा दी। पामेला ने उससे बचने की खूब कोशिश की। इधर-उधर भागी। फड़फड़ाई। लेकिन होशांग भी आज पूरी तरह होशांग बना हुआ था। उसने आखिरकार उसे दबोच ही लिया।

"होशांग!" पामेला के चेहरे पर आतंकित भाव उभरे, "मुझे छोड़ दे होशांग!"

"नहीं, आज मैंने तुझे नहीं छोड़ना।"

"तू सचमुच पागल हो गया है। तुझे नहीं मालूम कि तू क्या करने जा रहा है।"

"मैंने आज हर हालत में यह साबित करना है कि मैं मर्द हूँ। असली मर्द। मैं लॉलीपॉप चूसने वाला तेरा किचू-किचू नहीं। तू मेरी आंटी नहीं, बल्कि मेरी होने वाली बीवी है। मेरे होने वाले बच्चों की माँ है।"

होशांग ने बेपनाह फुर्ती के साथ उसके तमाम कपड़े फाड़ डाले थे।

कपड़े फटते ही पामेला के भारी-भरकम नारंगी छातियाँ चमक उठीं। उसकी गोरी-चिट्टी मांसल जांघें चमक उठीं।

"होशांग!" पामेला के शरीर में झुरझुरी दौड़ी, "मैं चिल्ला पड़ूँगी।"

"तू आज चाहे कुछ भी कर, लेकिन आज मैंने तुझे नहीं छोड़ना।"

होशांग ने पलक झपकते ही अपने भी सारे कपड़े उतार डाले और फिर वह पामेला के ऊपर सवार हो गया। पामेला ने कुछ देर और हाथ-पैर पटके।

कुछ देर और चीखी-चिल्लाई।

मगर शीघ्र ही उसका सारा विरोध खत्म होता चला गया था।

फिर मुश्किल से पन्द्रह मिनट बाद ही होशांग की वासना का सारा ज्वार उतर गया। अब वह किसी भैंसे की तरह पामेला के शरीर पर पड़ा जोर-जोर से हांफ रहा था।

यही हाल पामेला का था।

"पामेला!" होशांग ने हांफते हुए उसके कान की लौ अपने होंठों से भींच ली तथा उसे मसलने लगा।

"हूँ।" पामेला ने धीमे से हुंकार भरी।

"क्या तू अब भी यही बोलती है कि मैं तेरा किचू-किचू हूँ?"

पामेला बड़े मदमस्त ढंग से हँसी।

"क्या तू अब भी मेरी लवली-लवली आंटी है? क्या तू अब भी मुझे लॉलीपॉप चूसने वाला बच्चा समझती है?"

पामेला पुनः बड़े चित्ताकर्षक ढंग से हँसी।

"हँस मत, मेरी बात का जवाब दे।"

"दूँ जवाब!" पामेला अपने रसीले होंठों को मोतियों के लड़ी जैसे दाँतों में भींचकर फिर हँसी।

"हाँ, दे जवाब।"

पामेला ने एकाएक अपनी बाँहों का हार होशांग की नंगी पीठ के गिर्द लपेट दिया

था और फिर उसने अपनी नारंगी छातियाँ उससे कसकर भींची।

"य... यह क्या कर रही है?"

उसी क्षण पामेला ने होशांग को झटका देकर पलट दिया तथा फिर वह उसके ऊपर सवार हो गई। अब उसने अपनी जांघें भी होशांग की जांघों में लपेट दी थीं।

"कुछ कर भी रही है।" होशांग बौखलाया।

तभी पामेला अपने रसीले गुलाबी होंठ उसके कान के पास ले गई, फिर एकाएक उसने झपट्टा मारकर इतनी जोर से उसके कान को दाँतों में भींचा कि होशांग की चीख निकल गई।

"आई लव यू!" तत्काल वह मादक ढंग से खिलखिलाकर हँसती हुई बोली, "आई लव यू!"

होशांग मानो सारा दर्द भूल गया।

पामेला के मुँह से निकले शब्द उसे सम्पूर्ण भूमंडल में प्रतिध्वनित होते महसूस होने लगे। उसे यूँ लगा, जैसे धरती स्वर्ग बन गई हो तथा आकाश उस पर फूलों की वर्षा करने लगा हो।

★★★

होशांग सोते से उठ बैठा।

वह ख्वाब देख रहा था।

यह हकीकत उजागर होते ही उसका मन खिन्न हो उठा कि उसने अभी जो कुछ देखा, वह सिर्फ एक ख्वाब था।

काश, होशांग ने गहरी सांस ली, काश उसने हकीकत में कभी इस तरह अपने आपको मर्द साबित किया होता।

काश! पामेला ने कभी उससे सचमुच आई लव यू कहा होता।

लेकिन नहीं, पामेला के सामने पहुँचते ही वह तो चूहा बन जाता था।

आखिर क्यों, होशांग अपने आप पर बुरी तरह झुंझलाया। आखिर क्यों वह पामेला से इतना डरता था?

उसने वॉल क्लॉक की तरफ देखा, उस वक़्त रात के पौने दो बज रहे थे।

होशांग ने अपनी पैंट की जेब में से धुआँ खींचने का सारा साज-सामान निकाला। मोमबत्ती जलाई। स्मैक को सिगरेट की पन्नी जैसे एक चमकीले कागज पर डाला, फिर वह धीरे-धीरे उस पन्नी को मोमबत्ती की लौ पर गरम करने लगा।

इस बीच उसने सिगरेट भी सुलगा ली थी। शीघ्र ही स्मैक पाउडर में से जो धुआँ उठा, उसने उसे सिगरेट के जरिये अंदर खींचा।

उस दिन होशांग ने तीन पुड़ियों का धुआँ खींचा। तीन पुड़ियों का धुआँ खींचते ही उसे जबरदस्त नशा हो गया और वह बुरी तरह झूमने लगा।

"अ... आज मैं पामेला को नहीं छोड़ूँगा।" वह फौरन लड़खड़ाते कदमों से खड़ा हुआ, "अ... आज मैं साबित करके रहूँगा कि मैं मर्द हूँ, असली मर्द!"

फिर वह नशे की तरंग में ही झूमता हुआ अपने कमरे से निकलकर पामेला के कमरे की तरफ बढ़ गया।

★★★

पामेला गहरी नींद सो रही थी, इसलिए उसके कमरे का दरवाजा खुलवाने में भी उसे पन्द्रह मिनट लग गए। पामेला ने उनींदी-सी अवस्था में थोड़ा झुंझलाते हुए दरवाजा खोला।

"कौन है?"

"मैं हूँ।" होशांग अपना सीना थोड़ा फैलाकर बोला, "होशांग!"

"तू!" होशांग को देखते ही पामेला का मूड और खराब हो गया, "तुझे इतनी रात को भी चैन नहीं है। आधी रात में भी धुआँ खींचता है हरामी! मरेगा, जल्दी मरेगा!"

"देख, गाली मत दे मुझे।" होशांग गुर्राया।

"नहीं तो क्या कर लेगा तू?"

"मैं तेरा भंकस भर डालूँगा।"

पामेला हँसी, "जा-जा, क्यों एक ही हाथ में अपना नशा हिरन कराना चाहता है।"

होशांग सकपकाया, लड़की फिर उस पर हावी होती जा रही थी।

"तू नहीं जानती, मैं आज यहाँ क्यों आया हूँ।" होशांग सपने की तरह ही अपनी आँखें लाल-पीली करके बोला।

"क्यों आया है?"

"पहले अंदर चल, फिर बताता हूँ।"

"चल।" पामेला तुरंत दरवाजा छोड़कर खड़ी हो गई।

"आ अंदर आजा।"

होशांग ने अंदर कदम रखा।

"अब बोल।" पामेला उसके सामने फैलकर खड़ी हुई, "क्यों आया है?"

"म... मैं।" होशांग ने अपने शुष्क होंठों पर जबान फेरी, अपने दिल की धड़कनों को काबू में किया, "म... मैं अपने आपको मर्द साबित करने आया हूँ।"

तत्काल पामेला इतनी जोर से खिलखिलाकर हँसी कि होशांग के छक्के छूट गए। वह बुरी तरह नर्वस हो उठा।

"त... तू हँस क्यों रही है?"

"क्योंकि तूने बात ही ऐसी की है, मेरे किचू-किचू!" पामेला अब पूरी तरह मनोरंजन के मूड में आ चुकी थी, "अच्छा, यह बता मेरे मुन्ने!" पामेला ने चंचल अंदाज में अपनी आँखें नचाईं, "तू अपने आपको मर्द साबित कैसे करेगा?"

"म... मैं... मैं...।" होशांग के गले में कांटे से चुभने लगे।

"बोल, कुछ तो बोल मेरे मुन्ने! आखिर कुछ तो पता चले कि अपना किचू-किचू चाहता क्या है! क्या बकरी की तरह मिमिया रहा है, जो बोलना है, धड़ाके से बोल दे।"

"म... मैं तेरे साथ रेप करूँगा।" होशांग तुरंत झटके से एक कदम आगे बढ़ा।

जबकि पामेला इस बार पहले से भी ज्यादा जोर से हँसी थी। इतनी जोर से हँसी थी, जैसे वह हँसते-हँसते पागल हो जाएगी।

"देख।" होशांग विचलित मुद्रा में बोला, "मेरी बात को मजाक मत समझ। मैं आज पक्का फैसला करके आया हूँ।"

"मुन्ने!" पामेला ने बड़ी मुश्किल से अपनी हँसी रोककर उसके चिकने गाल पर चिकोटी-सी काटी, "तुझे मालूम है कि रेप कैसे किया जाता है?"

"हाँ, मालूम है।"

"ठीक है, तो फिर पहले यही बता दे किचू-किचू, रेप कैसे किया जाता है?"

होशांग सकपका उठा।

"बता।"

होशांग अब हद से ज्यादा नर्वस हो उठा था।

तभी पामेला ने अपने वैनिटी बैग में से एक लॉलीपॉप निकाली और फिर वह उसे खींचती हुई दरवाजे से बाहर ले गई।

"ले, लॉलीपॉप चूस बेटा!" पामेला ने जबरदस्ती होशांग के हाथ में लॉलीपॉप पकड़ाई, "अभी से रेप जैसी गन्दी-गन्दी बातें करेगा, तो जो जवानी आनी है, वह भी

नहीं आएगी। और हाँ, रात के समय अपनी आंटी को यूं सोते से नहीं जगाते। आंटी को गुस्सा आ गया तो वह पिटाई भी कर डालती है।"

फिर पामेला ने होशांग के मुंह पर धड़ाक से यूँ दरवाजा बंद किया, जैसे शिकारी ने गोली दागी हो।

★★★

अगले दिन घटनाक्रम ने फिर एक नया मोड़ लिया।

"अरविंद पांडे को आज़ाद कराने का फिर हमारे हाथ एक गोल्डन चांस लगा है।" नीलकंठ बड़े उत्साह से कमांडर करण सक्सेना तथा अपनी मंडली को सम्बोधित करता हुआ बोला, "थोड़ी देर पहले ही मुझे एक ऐसी सूचना मिली है, जिसके बलबूते पर हम लोग कल ही अरविंद पांडे को आज़ाद करा सकते हैं।"

"क्या सूचना मिली है?" कमांडर अपना ओवरकोट दुरुस्त करके थोड़ा आगे को झुका।

"पहले यह सुनो कि अरविंद पांडे इस समय कहाँ है। बीजिंग में चीन के बहुत बड़े राजनेता माओत्सेतुंग के नाम पर एक बहुत बड़ा हॉस्पिटल है, जिसके इंटेंसिव केअर यूनिट में इस समय अरविंद पांडे को रखा गया है। वह पूरा इंटेंसिव केअर यूनिट फिलहाल सीक्रेट सर्विस के घेरे में है और वहाँ सिक्योरिटी की यह स्थिति है कि बिना सीक्रेट सर्विस की आज्ञा के चूहे का बच्चा भी वहाँ दाखिल नहीं हो सकता।"

"यानी अगर हम हॉस्पिटल से ही अरविंद पांडे को आज़ाद कराना चाहें।" कमांडर बोला, "तो यह एक असम्भव कार्य है।"

"बिल्कुल असम्भव कार्य है। अब आगे सुनो।"

"क्या?"

"अरविंद पांडे को कल ही हॉस्पिटल से शाओलिन जेल में शिफ्ट किया जाएगा।"

"शाओलिन जेल!"

बालेराम, होशांग, पामेला, तीनों के मुँह से एक साथ सिसकारी छूटी थी।

"हाँ, शाओलिन जेल।" नीलकंठ बोला, "कमांडर, शाओलिन जेल चीन की सबसे सुरक्षित जेलों में से एक है। और उस जेल का रिकॉर्ड है कि वहाँ से आज तक कभी कोई अपराधी फरार नहीं हो सका। अगर एक बार अरविंद पांडे शाओलिन जेल के अंदर चला गया, तो वह भी हमारी पहुँच से बाहर हो जाएगा। कल सुबह पाँच बजे

ही अरविंद पांडे को एक खास किस्म की बख्तरबंद गाड़ी में बंद करके हॉस्पिटल से शाओलिन जेल ले जाया जाएगा। वह बख्तरबंद गाड़ी खास तौर पर ऐसे ही कामों के लिए बनाई गई है। कुल मिलाकर मौजूदा स्थिति यह है कि अगर हम अरविंद पांडे को आज़ाद करा सकते हैं, तो एक ही जगह आज़ाद करा सकते हैं।"

"माओत्सेतुंग हॉस्पिटल तथा शाओलिन जेल के बीच मौजूद रास्ते में।" कमांडर बोला।

"बिल्कुल ठीक।" नीलकंठ की आँखें चमक उठी थीं, "मगर जिस बख्तरबंद गाड़ी में अरविंद पांडे बंद होगा, उस बख्तरबंद गाड़ी से भी उसे आज़ाद कराना कोई हँसी-खेल नहीं है।"

"क्यों?" कमांडर चौंका, "ऐसी क्या खास बात है उस बख्तरबंद गाड़ी में?"

"मैंने पहले ही कहा कि वह बख्तरबंद गाड़ी खासतौर से इसी काम के लिए बनाई गई है। शाओलिन जेल में ज्यादातर क़ैदी उसी गाड़ी में ले जाए जाते हैं। बालेराम को उस बख्तरबंद गाड़ी का काफी तजुरबा है। यह दो बार सरकारी तिजोरी तोड़ने के चक्कर में पकड़ा जा चुका है, और तभी दो बार इसने उस बख्तरबंद गाड़ी में सफर किया। बालेराम!" नीलकंठ ने बालेराम की तरफ देखा, "पहले तुम उस बख्तरबंद गाड़ी की फुल डिटेल बताओ, जिसमें कल सुबह पाँच बजे अरविंद पांडे शाओलिन जेल ले जाया जाने वाला है।"

बालेराम थोड़ा तनकर बैठा और फिर उसने अपना गला खंखार कर साफ किया।

"सबसे पहले तो आप लोग यह समझ लें कि वह बख्तरबंद गाड़ी बहुत मजबूत स्टील की बनी हुई है। गाड़ी के दोनों साइड में दो रोशनदान हैं, जिस पर बहुत मोटी-मोटी लोहे की छड़ें फिट हैं। इसके अलावा उस बख्तरबंद गाड़ी के दरवाजे पर एक टाइम लॉक लगा हुआ है। उस टाइम लॉक में ताला खुलने का एक बार जो समय सेट कर दिया जाता है, फिर उससे पहले बख्तरबंद गाड़ी बनाने वाला खुद भी उस ताले को नहीं खोल सकता। शाओलिन जेल, माओत्सेतुंग हॉस्पिटल से एक सौ बीस किलोमीटर दूर है। यानी उस बख्तरबंद गाड़ी को हॉस्पिटल से जेल तक का सफर तय करने में तीन घंटे का समय लगेगा, क्योंकि वह गाड़ी चालीस किलोमीटर प्रति घंटा की रफ्तार से चलती है। लेकिन फिर भी सीक्रेट सर्विस के अधिकारी उसके टाइम लॉक में चार घंटे का समय सेट करेंगे।"

"चार घंटे का क्यों?"

"क्योंकि सड़क पर कहीं बख्तरबंद गाड़ी को ट्रैफिक प्रॉब्लम की वजह से खड़ा रहना पड़ सकता है। किसी और प्रॉब्लम से रुकना पड़ सकता है। इसीलिए उस गाड़ी में हमेशा एक घंटा फालतू टाइम सेट किया जाता है। बहरहाल हॉस्पिटल से रवाना होने के ठीक चार घंटे बाद गाड़ी का दरवाजा अपने आप खुल जाएगा और फिर अरविंद पांडे को गाड़ी में से निकालकर वह लोग शाओलिन जेल की किसी कोठरी में बंद कर देंगे।"

"ओह!"

कमांडर ने डनहिल सुलगा ली।

"अच्छा, मान लो, कोई उस बख्तरबंद गाड़ी को बीच रास्ते में ही रोक लेता है।" कमांडर बोला।

"ठीक है, आगे।"

"फिर वह चार घंटे की अवधि पूरी होने तथा टाइम लॉक के खुद ब खुद खुलने का इंतजार करता है, तो ऐसी परिस्थिति में क्या होगा?"

"कुछ नहीं होगा।" बालेराम बोला, "टाइम लॉक खुलेगा ही नहीं।"

"क्यों?" कमांडर चिहुँका।

"दरअसल गाड़ी के डैशबोर्ड पर एक छोटा-सा सफेद बटन लगा होता है। गाड़ी के रुकते ही उसका ड्राइवर फौरन उस सफेद बटन को दबा देगा और बटन के दबते ही वह टाइम लॉक अपने आप कैंसिल हो जाएगा। फिर वह चार घंटे बाद अपने निर्धारित समय पर भी किसी हालत में नहीं खुलना। उस बख्तरबंद गाड़ी के ड्राइवर को सख्त निर्देश है कि जरा-सी गड़बड़ देखते ही वह फौरन उस सफेद बटन को दबा दे।"

"फिर वह टाइम लॉक कैसे खुलेगा?" कमांडर ने पूछा।

"दरअसल दुनिया में दो आदमी ही ऐसे हैं, जो उस कोड नंबर को जानते हैं, जिसे टाइम लॉक के डायल पर घुमाने से वह दरवाजा खुलेगा। पहला आदमी है चायनीज़ सीक्रेट सर्विस का सबसे बड़ा अधिकारी। और दूसरा आदमी वान ली। वही वान ली, जिसके हाथ में इन दिनों अरविंद पांडे का केस है। इन दोनों के अलावा एक तीसरा आदमी और भी उस कोड नंबर को जानता था, लेकिन अब उसका जिक्र बेकार है। क्योंकि वह तीसरा आदमी मर चुका है। वह व्यक्ति वही था जिसने उस बख्तरबंद गाड़ी को बनाया।"

"यानी आज की तारीख में अगर वह टाइम लॉक कैंसिल हो जाए, तो उसे सिर्फ वान ली तथा सीक्रेट सर्विस का सबसे बड़ा अधिकारी ही खोल सकता है।"

"बिल्कुल।" बालेराम ने स्वीकृति में गर्दन हिलाई, फिर वह थोड़ा रुककर बोला, "इसके अलावा उस बख्तरबंद गाड़ी के ड्राइविंग केबिन में एक शॉर्ट वेव ट्रांसमीटर भी लगा हुआ है, जिसके जरिये उस गाड़ी के ड्राइवर का हमेशा चायनीज़ सीक्रेट सर्विस के हेडक्वार्टर से सम्पर्क बना रहता है। मान लो, अगर कोई रास्ते में उस गाड़ी को रोकने की चेष्टा करता है, तो ड्राइवर डैशबोर्ड पर लगा एक दूसरा लाल बटन दबा देगा। फौरन शॉर्ट वेव ट्रांसमीटर पर खतरे का सिग्नल प्रसारित होने लगेगा और पलक झपकते ही दर्जनों की तादाद में सीक्रेट सर्विस तथा पुलिस की गाड़ियां घटनास्थल की तरफ दौड़ेंगी। इसके अलावा उस बख्तरबंद गाड़ी के डैशबोर्ड पर ही एक नीला बटन भी लगा होता है, जिसके दबाते ही गाड़ी के दायें-बायें की खिड़कियाँ और विंड स्क्रीन पर धड़ाधड़ इस्पात के मजबूत शटर आ गिरते हैं और फिर वह गाड़ी एक मजबूत बॉक्स में बदल जाती है। जिसे फिर खोलना एकदम नामुमकिन है।"

"क्या ड्राइवर उस बख्तरबंद गाड़ी में अकेला होता है?"

"नहीं।" बालेराम बोला, "उसके साथ एक हथियारबंद गार्ड भी होता है। लेकिन सच्चाई यह है कमांडर, हथियारबंद गार्ड की उस गाड़ी में बिल्कुल आवश्यकता नहीं होती। आखिर ड्राइवर को डैशबोर्ड पर लगे बटन दबाने में समय ही कितना लगेगा। मात्र कुछ सैकंड! लेकिन उन कुछ सैकंडों में ही वह गाड़ी स्टील का एक अभेद्य बक्सा बन जाएगी तथा शॉर्ट वेव ट्रांसमीटर पर खतरे का सिग्नल प्रसारित होने की वजह से पुलिस और सीक्रेट सर्विस की दर्जनों गाड़ियां जोर-जोर से सायरन बजाती हुई घटनास्थल पर आ पहुँचेगी।"

★★★

उस बख्तरबंद गाड़ी की सुरक्षा व्यवस्था के बारे में सुनकर कमांडर करण सक्सेना के हैरानी से नेत्र फैल गए थे।

"एक मिनट!" कमांडर बोला, "एक मिनट रुको। पहले मैं सारी स्थिति जरा अच्छी तरह समझ लूँ। बालेराम, तुम यह कहना चाहते हो कि उस बख्तरबंद गाड़ी के डैशबोर्ड पर तीन बटन लगे होते हैं। सफेद बटन दबाते ही दरवाजे का टाइम लॉक कैंसिल हो जाएगा। नीला बटन दबाते ही विंड स्क्रीन तथा गाड़ी के दायें-दायें मौजूद खिड़कियों पर धड़ाधड़ स्टील के शटर गिर जायेंगे और वह पूरी गाड़ी एक मजबूत बक्से में बदल जाएगी। तीसरा लाल बटन दबाते ही शॉर्ट वेव ट्रांसमीटर पर खतरे का

सिग्नल प्रसारित होने लगेगा और पलक झपकते ही घटनास्थल पर पुलिस और सीक्रेट सर्विस की गाड़ियां पहुँच जाएंगी।"

"बिल्कुल ठीक।" बालेराम की गर्दन स्वीकृति में हिली।

"और तुम नीलकंठ!" कमांडर ने घोर आश्चर्य से नीलकंठ की तरफ देखा, "ऐसी मजबूत, ऐसी अभेद्य बख्तरबंद गाड़ी में से अरविंद पांडे को फरार कराने की योजना बना रहे हो।"

"हाँ।" नीलकंठ के होंठों पर प्यारी-सी मुस्कान दौड़ी थी।

"लेकिन कैसे सम्भव होगा ये?"

"योजना मैं तुम्हें बताता हूँ।" नीलकंठ बोला, "सबसे पहले उस रास्ते के बारे में सुनो, जो माओत्सेतुंग हॉस्पिटल से शाओलिन जेल तक जाता है। शुरुआत में तीस किलोमीटर लंबा रास्ता बीजिंग तथा उसके आसपास फैली आबादी के बीच से ही गुजरता है, इसलिए वहाँ उस बख्तरबंद गाड़ी को रोकना असम्भव ही नहीं, बल्कि पागलपन है। उससे आगे पचास किलोमीटर में वह बख्तरबंद गाड़ी हाईवे नंबर बीस से गुजरती है। हाईवे नंबर बीस के बारे में कुछ बताने की जरूरत ही नहीं। कमांडर, यह आप भी जानते हैं कि वहां रात-दिन भारी ट्रैफिक रहता है। इसलिए उस पचास किलोमीटर के दायरे में भी उस बख्तरबंद गाड़ी को वहाँ रोकने का कोई प्रश्न नहीं। अब बीच में सिर्फ तीस किलोमीटर लंबा एक रास्ता पड़ता है।"

"वहाँ क्या है?"

"वहाँ दो सड़कें हैं। एक हाईवे नंबर बीस से गुजरकर जाती है, इसलिए थोड़ी लंबी है। जबकि दूसरा रास्ता छोटा है, परंतु ऊबड़-खाबड़ है। लेकिन शाओलिन जेल की तरफ जाने वाली ज्यादातर गाड़ियां उसी छोटे और ऊबड़-खाबड़ रास्ते से होकर जाती हैं। वह बख्तरबंद गाड़ी भी उसी रास्ते से होकर शाओलिन जेल के प्राइवेट सड़क तक पहुँचेगी। उस रास्ते पर एक जगह सड़क बहुत जबरदस्त मोड़ काटती है। वह मोड़ इतना खतरनाक है कि वहाँ अभी तक कई दुर्घटनाएं हो चुकी हैं। फिर उस मोड़ के करीब ही कुछ बड़ी चट्टानें भी हैं, जिनकी वजह से और भी दुर्घटना का डर बना रहता है।"

"उस सड़क का फायदा क्या है?"

"कमांडर!" नीलकंठ बोला, "जरा कल्पना कीजिये कि उस सड़क पर बख्तरबंद गाड़ी अपनी रफ्तार से दौड़ी आ रही है। वह गाड़ी जैसे ही उस खतरनाक मोड़ पर टर्न

होकर घूमती है, तभी उसमें बैठे ड्राइवर और गार्ड को बीच सड़क पर कार उल्टी हुई नजर आती है। कार के नजदीक ही सड़क के बीचोबीच एक खून से लथपथ लड़की भी पड़ी है, जिसका यही पता नहीं कि वह जिंदा है या मर गई। अब तुम सोचकर बताओ कि ऐसी परिस्थिति में उस बख्तरबंद गाड़ी का ड्राइवर क्या करेगा? क्या वह बख्तरबंद गाड़ी के पहियों से लड़की को कुचलता हुआ गुजर जाएगा या फिर वह रुककर यह देखेगा कि लड़की जिंदा है या मर गई?"

कमांडर ने डनहिल के दो-तीन लंबे-लंबे कश लगाए, "मेरे ख्याल से तो वह गाड़ी रोकेगा, क्योंकि लड़की को कुचलते हुए गुजर जाने की तो कोई तुक ही नहीं।"

"उसके बाद क्या करेगा?"

"फिर बख्तरबंद गाड़ी में से गार्ड या ड्राइवर नीचे उतरेगा। लड़की को देखेगा कि वह जिंदा है या चल बसी। बहरहाल, लड़की की जो भी पोजीशन होगी, वह अपनी सूचना ट्रांसमीटर पर अपने अधिकारियों को देंगे और उसके बाद लड़की के शरीर को सड़क के किनारे करके वह अपनी मंजिल की तरफ बढ़ जाएंगे। फिर थोड़ी देर बाद सूचना के आधार पर मदद वहाँ पहुँचेगी तथा फिर लड़की के लिए जो भी मुमकिन होगा, कर दिया जाएगा।"

"बिल्कुल सही।" नीलकंठ अपनी कुर्सी पर तनकर बैठा, "मेरा भी यही विचार है कि ऐसा ही होगा। अब एक दूसरी बात बताओ।"

"क्या?"

"मान लो कि बख्तरबंद गाड़ी रुक गई है। गाड़ी के अंदर मौजूद दो में से एक आदमी बाहर है। ऐसी हालत में क्या गाड़ी के अंदर मौजूद आदमी सफेद और नीला बटन दबा देगा, जिससे दरवाजे का टाइम लॉक कैंसिल हो जाए तथा खिड़की और विंड स्क्रीन पर धड़ाधड़ शटर आ गिरे?"

"नहीं।" कमांडर की गर्दन इनकार में हिली, "वह बटन नहीं दबाएगा।"

"क्यों?"

"क्योंकि अगर एक बार दरवाजे का टाइम लॉक कैंसिल हो गया, तो फिर अरविंद पांडे को निकालना उन लोगों के लिए काफी मुश्किल हो जाएगा। फिर तो दरवाजे को खुलवाने के वास्ते उन्हें सीक्रेट सर्विस के सबसे बड़े अधिकारी को या फिर वान ली को शाओलिन जेल बुलाना पड़ेगा। जो कि ख्वामखाह की दुश्वारी का काम है। सबसे बड़ी बात यह है कि उस समय ऐसी सिचुएशन ही नहीं होगी, जो उन्हें सफेद या नीला

बटन दबाना पड़े। आखिर उनके सामने एक एक्सीडेंट ही तो बीच सड़क पर हुआ पड़ा है। फिर इसमें चौंकने की बात इसलिए भी नहीं, क्योंकि वह मोड़ ही ऐसा है कि वहाँ एक्सीडेंट हो जाना कोई हैरान होने वाली बात नहीं।"

"करेक्ट!"

कमांडर ने डनहिल का एक कश और लगाया, "जहाँ तक नीले बटन का सवाल है, गाड़ी के अंदर मौजूद आदमी नीला बटन इसलिए नहीं दबाएगा, क्योंकि फिर गाड़ी से बाहर गया हुआ आदमी अंदर नहीं आ सकता।"

"करेक्ट अगेन!" नीलकंठ की आँखों में चमक फिर कौंधी, "कुल मिलाकर उस समय वहाँ सिचुएशन ऐसी होगी कि डैशबोर्ड पर लगे किसी बटन के दबाए जाने का प्रश्न ही नहीं है। अब स्थिति यह है कमांडर, बख्तरबंद गाड़ी रुक चुकी है, खून से लथपथ गाड़ी बीच सड़क पर पड़ी है। डैशबोर्ड पर लगे तीनों में से किसी बटन को दबाया नहीं गया है। बख्तरबंद गाड़ी में से एक आदमी नीचे उतरकर लड़की की तरफ बढ़ता है। मान लो, वह हथियार बंद गार्ड है। अगर वह ड्राइवर भी हो, तब भी हमारी योजना पर कोई फर्क नहीं पड़ता।"

"आगे?"

"जहाँ इस समय वह बख्तरबंद गाड़ी खड़ी है।" नीलकंठ उसे पूरी सिचुएशन समझाता हुआ बोला, "उसके दोनों तरफ लंबी-लंबी झाड़ियां हैं, जिनमें तीन-चार आदमी बड़ी आसानी से छिप सकते हैं। जैसे ही हथियारबंद गार्ड उस किले जैसी मजबूत गाड़ी से उतरकर लड़की की तरफ बढ़ेगा, ठीक उसी पल झाड़ियों में से एक आदमी निकलकर छिपता हुआ गाड़ी में बैठे ड्राइवर की तरफ बढ़ेगा। गाड़ी के पास पहुँचते ही उसने ड्राइवर के ऊपर रिवॉल्वर तान देनी है। उधर गार्ड जैसे ही खून से लथपथ लड़की के नजदीक पहुँचेगा, तुरंत वह लड़की भी उछलकर खड़ी होगी और उस गार्ड के ऊपर रिवॉल्वर तान देगी। अब वह दोनों ही रिवॉल्वरों से कवर हैं। अब बताइये क्या होगा? ऐसी परिस्थिति में वह दोनों आदमी हमला करेंगे या फिर हथियार डाल देंगे?"

"हथियार डाल देंगे।" कमांडर करण सक्सेना ने सिगरेट की राख झाड़ी, "क्योंकि अगर वह हमला करेंगे तो उनकी मौत लाजिमी है।"

"एब्सॉल्यूटली राइट!" नीलकंठ के चेहरे की चमक कुछ और बढ़ गई थी, "कमांडर, अब शायद यह बात तुम्हें बताने की जरूरत नहीं कि उन दोनों के हथियार

डालते ही वह किले जैसी मजबूत बख्तरबंद गाड़ी हमारे कब्जे में होगी। हम फौरन उस बख्तरबंद गाड़ी को एक बहुत बड़े चारों तरफ से बंद ट्रक में लादकर यहां ले आएंगे, और फिर उसके निर्धारित समय पर टाइम लॉक के खुलने का इंतजार करेंगे। टाइम लॉक के खुलते ही अरविंद पांडे हमारे सामने होगा। वेरी सिंपल, पूरी योजना बहुत आसानी से अपने अंजाम तक पहुँच जाएगी।"

"लेकिन एक बात समझ नहीं आई।" कमांडर विचारणीय मुद्रा में बोला।

"क्या?"

"उस बख्तरबंद गाड़ी को एक बहुत बड़े ट्रक में लादकर यहां लाने की क्या जरूरत है? हम लोग घटनास्थल पर भी तो टाइम लॉक के खुलने का इंतजार कर सकते हैं?"

"नहीं, हम वहाँ टाइम लॉक के खुलने का इंतजार नहीं कर सकते।"

"क्यों?"

"क्योंकि शॉर्ट वेव ट्रांसमीटर पर जैसे ही गाड़ी का सीक्रेट सर्विस के हेडक्वार्टर से सम्पर्क टूटेगा, हेडक्वार्टर में हलचल मच जाएगी। वह समझ जाएंगे कि गाड़ी के साथ जरूर कोई अनहोनी घटना घट गई है। बस फौरन पुलिस तथा चायनीज़ सीक्रेट सर्विस की गाड़ियां जोर-जोर से सायरन बजाती हुई, कुछ ही देर में घटनास्थल पर पहुँच जाएंगी। अब तुम खुद ही सोचो कमांडर, ऐसी परिस्थिति में हम लोग वहीं रुककर टाइम लॉक खुलने का इंतजार कैसे कर सकते हैं?"

नीलकंठ की बात बिल्कुल सही थी।

कमांडर करण सक्सेना ने डनहिल ऐश-ट्रे में रगड़कर बुझाई।

★★★

इसमें कोई शक नहीं कि नीलकंठ ने अरविंद पांडे को उस किले जैसी गाड़ी से बाहर निकालने की एक फुल प्रूफ स्कीम बना ली थी।

"मैं भी एक बात कहूँ?" तभी बहुत देर से शांत बैठी पामेला बोली।

"कहो।"

"अगर एक परसेंट मान लो कि टाइम लॉक में कोई अड़चन पैदा हो जाती है, और वह अपने निर्धारित समय पर नहीं खुलता, तो ऐसी परिस्थिति में हम लोग क्या करेंगे? अरविंद पांडे फिर गाड़ी से बाहर कैसे आएगा?"

"सबसे पहले तो ऐसी कोई मुश्किल पैदा होनी ही असम्भव है।" नीलकंठ ने कहा, "लेकिन फिर भी मैं तुम्हारी बात मान लेता हूँ कि किसी वजह से वह टाइम लॉक नहीं खुलता। तब भी क्या चिंता है। हमारे पास बालेराम नाम की एक ऐसी चाबी है, जिसकी उंगलियों को देखते ही बड़े-से-बड़े ताले अपने आप खुल जाते हैं। बालेराम का दावा है कि वह उस टाइम लॉक को भी खोल सकता है। क्यों बालेराम?" नीलकंठ ने बालेराम की तरफ देखा।

"बिल्कुल।" बालेराम की गर्दन सहजता से हिली थी, "अगर मुझे इत्मीनान से भरपूर वक़्त हासिल हो, तो मैं उस टाइम लॉक को भी खोल सकता हूँ।"

"बख्तरबंद गाड़ी के एक बार यहां आने के बाद भला वक़्त और इत्मीनान की क्या कमी होगी!" नीलकंठ हँसा, "कोई और बात?"

पामेला चुप बैठी रही।

"इसमें कोई शक नहीं।" कमांडर बोला, "कि योजना अच्छी है। बशर्ते घटनास्थल पर एकाएक कोई अड़चन पैदा न हो जाए तो।"

"कैसी अड़चन?"

"जैसे बालेराम ने बताया कि उस सड़क पर वाहन आते-जाते रहते हैं। अगर मान लो कि हमारी योजना को कार्यान्वित करने से पहले ही वहाँ कोई वाहन आ गया, तो गड़बड़ हो जाएगी।"

"कोई गड़बड़ नहीं होगी। यह मामूली अड़चन है।"

"क्यों?"

"हम बख्तरबंद गाड़ी के उस ऊबड़-खाबड़ सड़क पर दाखिल होते ही वहाँ एक बोर्ड ठोंक देंगे। जिस पर लिखा होगा, यह रास्ता बंद है, काम चल रहा है। कृपया दूसरे रास्ते का प्रयोग करें। वेरी सिंपल! उस बोर्ड के लगाने के बाद कोई भी वाहन वहाँ नहीं आएगा।"

"इस अड़चन का तो हल निकल गया।" कमांडर बोला, "लेकिन ऐसी ही कोई नई अड़चन वहाँ एकाएक बिल्कुल अकस्मात पैदा हो सकती है, जिसकी फिलहाल हमारे वास्ते कल्पना भी मुश्किल है।"

"इसमें कोई शक नहीं।" नीलकंठ बोला, "कि इस तरह की योजनाओं में बिल्कुल ऐन मौके पर कई अड़चनें निकल आती हैं। मगर जिस तरह वे अड़चनें निकलती हैं, उसी तरह उन अड़चनों का फौरन कोई-न-कोई समाधान भी सोच लिया

जाता है। उन एकाएक पैदा होने वाली अड़चनों के खौफ से ऐसा तो नहीं हो सकता कि हम योजना पर ही काम न करें।"

"बिल्कुल ठीक।" कमांडर की गर्दन भी स्वीकृति में हिली, "उन अड़चनों का भी कोई-न-कोई हल सोचा जाएगा।"

★★★

"कुल मिलाकर योजना की पूरी रूपरेखा हमने बना ली है।" नीलकंठ बोला, "अब मैं तुम लोगों को यह बताता हूँ कि किसने क्या-क्या रोल अदा करना है, और इस योजना के दौरान हमें किस-किस चीज की जरूरत पड़ेगी। होशांग, मैं तुम्हें बोलता हूँ, तुम चीजों की एक लिस्ट तैयार करो।"

होशांग ने फौरन कागज-पेंसिल सम्भाल ली।

"पामेला वह लड़की होगी जिसकी कार का एक्सीडेंट होगा और जो सड़क के बीचोबीच खून से लथपथ हालत में लेटेगी।"

पामेला शांत बैठी रही।

कमांडर ने देखा वह जरा भी विचलित नहीं हुई थी।

"हमें एक बहुत शानदार कंडीशन वाली स्पोर्ट्स कार की जरूरत पड़ेगी, जिसे पामेला बहुत तूफानी रफ्तार से चलाती हुई उस किले जैसी मजबूत गाड़ी के बराबर में से गुजरेगी। इसके अलावा हमें चार लंबी-लंबी लोहे की छड़ों की भी आवश्यकता पड़ेगी, जिनकी सहायता से हम लोग मिलकर उस स्पोर्ट्स कार को पलटेंगे। स्पोर्ट्स कार वैसे भी कोई ज्यादा भारी नहीं होती, इसलिए उसे पलटना भी कोई दुश्वारी का काम नहीं। लेकिन उन लोहे की छड़ों की लंबाई कम-से-कम दस-दस फुट होनी चाहिये। होशांग, नोट करो! एक शानदार कंडीशन वाली स्पोर्ट्स कार, जो हमें वानालोना बाजार से मिल जाएगी। इसके अलावा लोहे की चार दस-दस फुट लंबी छड़ें।"

होशांग ने फौरन उन दोनों चीजों को कागज पर नोट किया।

"अब मैं पूरी योजना तुम लोगों के सामने रख रहा हूँ।" नीलकंठ बोला, "अगर उसमें तुममें से किसी को कहीं कोई नुक्स या कोई खराबी दिखाई दे, तो मुझे तुरंत टोकना। एक बात का ध्यान रहे, इस बार हमें हर हालत में कामयाब होना है। अगर हम इस बार भी असफल हो गए, तो फिर हमारे वास्ते आगे कहीं कोई चांस नहीं। फिर

तो यह भी मुमकिन है कि अरविंद पांडे हमें जिंदा ही न मिले। मैं कुछ गलत तो नहीं कह रहा?"

सबकी गर्दनें स्वीकृति में हिलीं।

खुद कमांडर को भी यही अहसास हो रहा था कि वह उनके वास्ते फर्स्ट एंड लास्ट चांस है।

"एनी वे, अब आगे सुनो। पामेला अपनी स्पोर्ट्स कार लेकर कल सुबह साढ़े चार बजे ही माओत्सेतुंग हॉस्पिटल के बाहर पहुँच जाएगी और फिर बख्तरबंद गाड़ी के रवाना होते ही उसका पीछा करेगी। दूसरी तरफ हम चारों, मैं, कमांडर, बालेराम और होशांग लोहे की छड़ें लेकर उस खतरनाक मोड़ के पास झाड़ियों में छुप जायेंगे, जहाँ हमने इस घटनाक्रम को अंजाम देना है। मिस्टर करण के पास अपनी कोल्ट रिवॉल्वर होगी, जबकि हम तीनों के पास ऑटोमैटिक राइफलें होंगी। होशांग, नोट करो, तीनों ऑटोलोडर राइफलें!"

होशांग ने उस लिस्ट में ऑटोमैटिक राइफलें भी नोट कीं।

"बालेराम चारों तरफ से बंद ट्रक को ड्राइव करेगा, जिसके अंदर बाद में वह बख्तरबंद गाड़ी लादी जाएगी। बख्तरबंद गाड़ी ट्रक में लादने के बाद उस ट्रक को पामेला ड्राइव करेगी। ऐसा ट्रक हमें बीजिंग के गोश्त मंडी से सहूलियत के साथ किराये पर हासिल हो जाएगा। ज्यादातर कसाई लोग अपने जानवरों को इधर-उधर ले जाने के लिए ऐसे ही बड़े-बड़े ट्रकों का इस्तेमाल करते हैं। सबसे बड़ी बात यह है कि उन ट्रकों में ट्रक से फिसलकर जमीन पर आ लगने वाली मजबूत पटरियां भी होती हैं, जिन पर चढ़कर जानवर अंदर ट्रक में जाते हैं। बहरहाल उन्हीं पटरियों पर चढ़कर वह बख्तरबंद गाड़ी ट्रक के अंदर पहुँचेगी। होशांग, नोट करो, चारों तरफ से बंद एक बहुत बड़ा ट्रक, जो गोश्त मंडी से किराये पर लिया जाएगा।।"

"ओके!" होशांग ने ट्रक भी नोट किया।

"इसके अलावा वह साइन बोर्ड भी नोट करो, जिस पर लिखा होगा - यह रास्ता बंद है, काम चल रहा है। कृपया दूसरे रास्ते का प्रयोग करें। ऐसा साइन बोर्ड किसी भी पेंटर की दुकान पर जाकर लिखवा लेना, कोई मुश्किल काम नहीं। किसी को खास शक भी नहीं होगा। वह साइन बोर्ड स्पोर्ट्स कार में बख्तरबंद गाड़ी के पीछे-पीछे आ रही पामेला सड़क के किनारे ठोकेगी और फिर उस गाड़ी को ओवरटेक करके उससे आगे निकलेगी। बोर्ड सड़क के किनारे ठोंकने के वास्ते एक भारी हथौड़े की भी जरूरत

पड़ेगी। होशांग, नोट करो, एक साइन बोर्ड जिस पर सड़क बंद का मैटर लिखा है। इसके अलावा बोर्ड ठोंकने के लिए एक भारी हथौड़ा।"

होशांग ने वह दोनों चीजें भी नोट कीं।

"पामेला!" नीलकंठ ने पामेला की तरफ देखा, "अब तुम्हारे लिए खास ध्यान देने योग्य बात है। तुम उस बख्तरबंद गाड़ी का माओत्सेतुंग हॉस्पिटल से ही पीछा करना शुरू करोगी लेकिन तुम्हें अपनी स्पोर्ट्स कार, बख्तरबंद गाड़ी से काफी पीछे रखनी है, जिससे उन्हें शक न हो कि उनका पीछा किया जा रहा है। लेकिन ऊबड़-खाबड़ सड़क के दहाने पर बोर्ड ठोकने के बाद तुम अपनी स्पोर्ट्स कार की रफ्तार एकाएक सौ के आसपास कर दोगी और फिर उस बख्तरबंद गाड़ी के बराबर में से ऊबड़-खाबड़ सड़क पर यूँ सर्राटे के साथ गुजरोगी कि गाड़ी में बैठे गार्ड और ड्राइवर का तुम्हारी तरफ ध्यान आकर्षित हो ही हो। साथ ही उनके दिमाग में तुम्हारे लिए यह विचार भी पैदा हो कि जरूर तुम मरना चाहती हो। उनके दिमाग में ऐसा विचार पैदा होने से यह फायदा है कि आगे जाकर जब वह तुम्हारा एक्सीडेंट हुआ देखेंगे, तो उन्हें कुछ भी अप्रत्याशित नहीं लगेगा। क्योंकि वह अंदाजा तो पहले ही तुम्हारी कार की रफ्तार देखकर हो गया था। जबकि तुम एक दक्ष ड्राइवर हो और तुम्हारे लिए उस ऊबड़-खाबड़ सड़क पर भी सौ की स्पीड से स्पोर्ट्स कार भगा ले जाना कोई अनोखी बात नहीं। मैं कुछ गलत तो नहीं कह रहा पामेला?"

"नहीं।" पामेला धीमें से मुस्कुराई, "मैं इस काम को बड़ी सहूलियत से कर लूँगी।"

"वेरी गुड!"

"इसके अलावा हमें कुछ खून की भी जरूरत पड़ेगी, जिसे पामेला अपने कपड़ों पर छिड़केगी और जिसकी बदौलत वह जख्मी नजर आएगी। होशांग, नोट करो, तीन-चार बोतल बकरे का ताजा खून।"

"ओके, नोटिड!"

"पामेला!" नीलकंठ ने फिर पामेला की तरफ देखा, "तुम अपने साथ अपने एक जोड़ी कपड़े भी लेकर जाओगी, क्योंकि खून से रंगने के बाद तो तुम्हारे पहले वाले कपड़े बिल्कुल बेकार ही हो जायेंगे। फिर हम जब बख्तरबंद गाड़ी को ट्रक में लादकर वहाँ से भागेंगे, तो उस ट्रक को तुमने ही चलाना है। ऐसी परिस्थिति में तुम्हारे कपड़ों

पर खून का एक धब्बा भी होना खतरनाक है। तुम आनन-फानन घटनास्थल पर ही कपड़े बदलोगी तथा फिर हम वहाँ से भागेंगे।"

"ठीक है।" पामेला बोली, "मैं अपने एक जोड़ी कपड़े रख लूँगी।"

"होशांग!" नीलकंठ, होशांग की तरफ घूमा, "फिर भी तुम नोट करो। पामेला के एक जोड़ी कपड़े। कहीं यह ऐन मौके पर भूल न जाए।"

होशांग ने कपड़े भी नोट किये।

फिर कुछ क्षण के लिए शांति छा गई।

नीलकंठ थोड़ा रुककर बोला, "अब मैंने पूरी योजना और किसने क्या-क्या करना है, यह सब तुम लोगों को समझा दिया है। इस योजना में किसी को कोई शक? किसी को कोई ऐतराज?"

सब चुप बैठे रहे।

"कमांडर!" नीलकंठ ने विशेषरूप से करण सक्सेना की तरफ देखा, "तुम्हें कुछ कहना है?"

"नहीं। यहाँ तक कि योजना अच्छी है, वाकई तुमने एक-एक पहलू पर गम्भीरता से विचार किया है।" करण सक्सेना बोला।

"गुड, मुझे खुशी हुई कि तुम्हें भी योजना पसन्द आई। एक बात मैं तुम लोगों से फिर कहना चाहूंगा कि इस बार हमने हर हालत में कामयाब होकर दिखाना है। हमारा एक तीर खाली जा चुका है, लेकिन यह तीर किसी भी हालत में, किसी भी कीमत पर खाली नहीं जाना चाहिये। अभी मंजिल हम लोगों से बहुत दूर है। उस भारतीय डॉक्टर तक पहुँचना या उसका नाम पता करना तो बहुत बड़ी बात है। अभी तो हम लोग इस मिशन की पहली सीढ़ी अरविंद पांडे तक ही पहुँचने में सफल नहीं हो सके हैं। लेकिन अगर हम इसी तरह दिलोजान से लगे रहे, तो बिना शक एक दिन कामयाबी हमारे कदम चूमेगी।" बोलते-बोलते नीलकंठ मुस्कुराया, "अब इसी बात पर एक-एक पैग शैंपेन हो जाए।"

"क्यों नहीं!" कमांडर भी मुस्कुराया, "जरूर।"

पामेला फौरन नीलकंठ के प्राइवेट बार में से शैंपेन की एक बोतल निकाल लाई।

फिर उसने गिलासों में पलट-पलटकर सबको शैंपेन सर्व की।

उसके बाद शैंपेन का जो दौर चला, तो फिर वह सिर्फ एक पैग पर ही नहीं रुका, बल्कि फिर तो वह तब तक चलता रहा, जब तक शैंपेन की पूरी बोतल खाली नहीं हो गई।

★★★

शाम तक उन सभी ने मिलकर बेहद आनन-फानन उस सारे सामान का बंदोबस्त भी कर लिया था, जिसकी लिस्ट नीलकंठ ने तैयार कराई थी।

सबसे पहले चारों तरफ से बंद उस बहुत बड़े ट्रक का बंदोबस्त किया गया, जिसमें बख्तरबंद गाड़ी को लादकर वहाँ तक लाना था। गोश्त मंडी में पहुँचते ही उस ट्रक का बंदोबस्त हो गया।

इसी तरह साइन बोर्ड, भारी हथौड़ा, तीन बोतल बकरे का खून तथा ऑटोलोडर राइफलों का बंदोबस्त भी बड़े आनन-फानन में हुआ।

अलबत्ता स्पोर्ट्स कार का बंदोबस्त करने में उन्हें कुछ मुश्किल जरूर आई। उन्हें उम्मीद थी कि वानालोना बाजार में ऐसी स्पोर्ट्स कार आसानी से मिल जाएगी, मगर उनकी उम्मीद के विपरीत कोई अच्छी कंडीशन की स्पोर्टस कार उन्हें वहाँ नहीं मिली।

बाद में एक गैराज से सैकेंड हैंड स्पोर्ट्स कार खरीदी गई। लेकिन स्पोर्टस कार खरीदने की इस सारी भागा-दौड़ी में चार घंटे लग गए।

लोहे के दस-दस फुट लंबी छड़ों का बंदोबस्त होशांग ने कर दिया था।

पामेला ने भी अपने एक जोड़ी कपड़े एडवांस में ही सामान के पास निकालकर रख दिये कि कहीं कोई भूल-चूक न हो जाए।

कुल मिलाकर सारा बंदोबस्त हो गया।

बिना किसी बड़े अड़चन के हो गया।

★★★

रात के उस समय ग्यारह बीस हो रहे थे, जब कमांडर करण सक्सेना के ट्रांसमीटर में से ब्लिप-ब्लिप की आवाज निकली।

कमांडर करण सक्सेना तुरंत बिस्तर से उछलकर खड़ा हो गया तथा फिर उसने अद्वितीय फुर्ती के साथ अपने ओवरकोट की गुप्त जेब में से ट्रांसमीटर सेट निकाला।

"यस, कमांडर स्पीकिंग!" करण सक्सेना ने हेडफोन सिर पर लगाया था और वह ट्रांसमीटर ऑन करके तेजी से उसके माइक पर बोला।

"कैसे हो करण?"

"आई एम फाइन चीफ!"

"अरविंद पांडे को सीक्रेट सर्विस के शिकन्जे से निकालने का क्या रहा?" गंगाधर महन्त की आवाज पुनः ट्रांसमीटर के माइक पर उभरी।

कमांडर ने सबसे पहले योजना की असफलता के बारे में बताया।

"ओह!" गंगाधर महन्त को धक्का पहुँचा।

"लेकिन चिंता की कोई बात नहीं है चीफ!" कमांडर की आवाज उत्साह से भरी हुई थी, "मैं और नीलकंठ, अरविंद पांडे को छुड़ाने की पूरी-पूरी कोशिश कर रहे हैं। खासतौर पर नीलकंठ इस मिशन में मेरी भरपूर मदद कर रहा है। हम लोग ने अरविंद पांडे को सी. एस. एस. के शिकन्जे से छुड़ाने की फिर एक योजना बनाई है। और हमें उम्मीद है कि कल सुबह अरविंद पांडे हर हालत में हमारे कब्जे में होगा न सिर्फ कब्जे में होगा, बल्कि हमें उस भारतीय डॉक्टर का नाम भी पता चल चुका होगा, जो चीन से वापस हिंदुस्तान जाना चाहता है।"

ट्रांसमीटर पर खामोशी छा गई।

"क्या सोच रहे हैं चीफ?"

"मैं उस भारतीय डॉक्टर के बारे में सोच रहा हूँ।" गंगाधर महन्त की विचारपूर्ण आवाज ट्रांसमीटर के माइक पर उभरी, "जिसका हमें अभी तक नाम भी मालूम नहीं है। मुझे डर है कि कहीं तुम उस तक पहुँचो, उससे पहले ही चायनीज़ सीक्रेट सर्विस के आदमी उसे गोली न मार दें और उसका अपने वतन, अपने हिंदुस्तान आने का सपना सिर्फ सपना ही बनकर न रह जाए।"

"सच्चाई तो यह है चीफ!" कमांडर की आवाज भी संजीदा हो उठी, "कि मुझे भी यही डर है। लेकिन इन तमाम उलझनों, तमाम असमंजस के बीच एक बात ऐसी है, जो हमारे फ़ेवर में जाती है।"

"कौन-सी बात?"

"जिस तरह हमें अभी तक उस भारतीय डॉक्टर का नाम मालूम नहीं है, बिल्कुल उसी तरह सी. एस. एस. के अधिकारियों को भी उसका नाम पता नहीं है। हाँ, अगर अरविंद पांडे टॉर्चर के दौरान टूट गया होता, तो जरूर उस भारतीय डॉक्टर की जान को खतरा पैदा हो सकता था।"

"अब क्या कर रहे हो?"

"थोड़ी देर पहले ही सबने मिलकर योजना में काम आने वाले सामान का बंदोबस्त किया था और मैं अभी-अभी आकर लेटा था।"

"ठीक है, तुम आराम करो। कल सुबह की योजना इस मिशन के लिए काफी महत्वपूर्ण है।"

"यह बात तो है चीफ!" कमांडर की आवाज और संजीदा हो गई, "कल की सफलता-असफलता इस पूरे मिशन को प्रभावित करेगी। क्योंकि अगर अरविंद पांडे एक बार शाओलिन जेल पहुँच गया, तो फिर हमें कभी भी उस भारतीय डॉक्टर का नाम मालूम नहीं हो सकेगा।"

"चिंता मत करो, कल तुम्हें सफलता जरूर मिलेगी। विश यू ऑल द बेस्ट माई बॉय!"

"थैंक्यू चीफ!"

"कोई और खास बात?"

"नहीं।"

"कल घटनास्थल से लौटते ही मुझे फौरन रिपोर्ट देना।"

"अवश्य चीफ!"

फिर गंगाधर महन्त ने संबंध विच्छेद कर दिया।

★★★

सुबह के छह बजे ही वह सब ऊबड़-खाबड़ सड़क के किनारे उगी झाड़ियों में जाकर छिप गए।

आज ठंड बहुत थी और ठंडी हवा उन चारों के शरीर में यूँ चुभ रही थीं, जैसे सुईया चुभ रही हों।

बालेराम गोश्त की मंडी से किराये पर लिया गया भीमकाय ट्रक थोड़ा फासले पर खड़ा कर आया था, ताकि बख्तरबंद गाड़ी के गार्ड और ड्राइवर की नजर एकाएक उस ट्रक पर न पड़ सके।

पामेला सुबह चार बजे ही स्पोर्ट्स कार लेकर माओत्सेतुंग हॉस्पिटल की तरफ अपनी ड्यूटी निभाने चली गई थी। जाने से पहले वह स्पोर्ट्स कार में सड़क के किनारे ठोंकने वाला बोर्ड, हथौड़ा और अपने एक जोड़ी कपड़े रखना नहीं भूली।

सब अपनी-अपनी ड्यूटी पर थे।

अनुमान के मुताबिक अगर ठीक पांच बजे बख्तरबंद गाड़ी ने हॉस्पिटल से रवाना हो जाना था, तो उस ऊबड़-खाबड़ सड़क तक पहुँचने में उसे पूरे दो घंटे का वक़्त लगता।

यानी सात बजे तक गाड़ी वहाँ होती।

ट्रैफिक प्रॉब्लम इसलिए नजर नहीं आ रही थी, क्योंकि एकदम भोर का समय था और फिर ठंड भी कुछ ज्यादा थी।

"ध्यान रहे।" नीलकंठ झाड़ियों में लेटा-लेटा बोला। ऑटो लोडर राइफल उसके हाथ में थी, "हमने बहुत सावधानी से गाड़ी के पास पहुँचकर ड्राइवर को कब्जे में करना है। उसे डैशबोर्ड पर लगा कोई बटन दबाने का मौका नहीं मिलना चाहिये।"

"बेफिक्र रहो।" कमांडर बोला, "यह काम मेरे ऊपर छोड़ दो। उसे मैंने सम्भाल लेना है।"

"बकरे का खून तो ले आए?" नीलकंठ ने बालेराम की तरफ देखा।

"हाँ, वह है मेरे पास।"

लोहे की लंबी-लंबी छड़ें भी उनके नजदीक ही झाड़ियों में रखी थीं।

यह पौने सात का वक़्त था।

ठंड की वजह से उन चारों में होशांग की सबसे बुरी हालत थी। उसके दाँत बज रहे थे और वह झाड़ियों में लेटा-लेटा गठरी-सी बन रहा था। उसके हाथ, पैर, कान सब सुन्न थे।

"इस कमबख्त ठंड को भी आज ही पड़ना था।" वह झाड़ियों में लेटा-लेटा भुनभुनाया।

"क्यों?" बालेराम हँसा, "इस बूढ़े से भी गया गुजरा है तू?"

"बकवास न कर।" होशांग की भवें तनीं, "कहीं ऐसा न हो कि इस ऑटो लोडर राइफल का फर्स्ट प्रैक्टिस फायर मैं तेरे ऊपर ही कर दूँ।"

बालेराम सिर्फ हँसकर ही रह गया।

उस वक़्त बात को कोई संजीदा मोड़ नहीं देना चाहता था।

तभी हवा मामूली से थोड़ी और तेज हुई, तो होशांग के और ज्यादा दाँत बजने लगे और वह और ज्यादा सिकुड़ने लगा।

"मैं अभी आया।" उसी पल होशांग राइफल छोड़कर झाड़ियों में से उठ खड़ा हुआ था।

"लेकिन कहाँ जा रहा है?" बालेराम सहित सब चौंके।

"बस अभी आया, एक मिनट में।"

"मगर जा कहाँ रहा है, यह तो बता दे?"

"बालेराम!"नीलकंठ ने बालेराम को पुकारा।

"हाँ, नीलकंठ!"

"जाने दे इसे।"

"ल... लेकिन...।"

"जब कह रहा हूँ, जाने दे, तो जाने दे।"

बालेराम ने फौरन अपने मुँह पर ताला लगा लिया।

उसी पल होशांग बड़ी-सी चट्टान की तरफ भागता चला गया था। शीघ्र ही वह उस चट्टान के पीछे कहीं जाकर लोप हो गया।

अब कमांडर भी चौंका।

"यह कहाँ गया?" उसने विस्मय से नीलकंठ की तरफ देखा।

"कहीं नहीं गया। चट्टान के ही किसी ओट में बैठा होगा हरामजादा! वह स्मैकिया है, ऊपर से उसे ठंड लग रही है। उसकी ठंड स्मैक का धुआँ खींचे बिना नहीं मिटने वाली।

"ओह!" बालेराम की आँखों में चमक दौड़ी, "यह बात है।"

"लेकिन स्मैक का धुआं खींचने के बाद होशांग कहीं कोई हंगामा न कर दे।" करण सक्सेना बोला।

"चिंता मत करो।" नीलकंठ हँसा, "वह अगर स्मैक का धुआं न खींचता, तो कोई हंगामा कर सकता था। लेकिन धुआँ खींचने के बाद वह एकदम फर्स्ट क्लास कंडीशन में आ जाएगा। एकदम चाक-चौबंद। एकदम अलर्ट। स्मैक का धुआं उसकी खुराक है। उसका हेल्थ टॉनिक है। वह उसके जिस्म में दाखिल हुआ और तत्काल उसके हाथ-पैरों में फुर्ती आई।"

कमांडर तत्काल उस चट्टान को निहारने लगा, जिसके पीछे होशांग जाकर लोप हुआ था।

अभी उसे उस चट्टान को निहारते हुए कुछ ही पल हुए होंगे कि तभी होशांग उसके पीछे से बाहर निकला।

उस समय उसकी आँखों में चमक थी। ठंडी हवा के बावजूद सीना तना हुआ था और वह बड़ी मर्दानी चाल चलता हुआ झाड़ियों की तरफ आ रहा था।

"देखो।" नीलकंठ हँसा, "धुआँ खींच लिया पट्ठे ने। अब इसे तीन-चार घंटे तक ठंड नहीं लगनी।"

परंतु कमांडर फिर भी आतंकित था।

उसे यही बात डरा रही थी कि होशांग ने अब धुआँ खींच लिया है।

★★★

सवा सात बज गए।

उन चारों की बेचैन निगाहें सड़क पर लगी थीं, लेकिन अभी तक उन्हें बख्तरबंद गाड़ी या पामेला के स्पोर्ट्स कार के कहीं दर्शन नहीं हुए थे। सड़क पूरी तरह सुनसान थी, अलबत्ता ठंड की वजह से सड़क पर छाया कोहरा अब छँट चुका था।

"काफी देर हो चुकी है।" कमांडर ने कौतूहलता पूर्वक अपनी निगाह रिस्टवाच पर डाली, "अब तक तो आ जाना चाहिये था उन लोगों को।"

"हाँ।" नीलकंठ के चेहरे पर भी बेचैनी झलकी, "वाकई काफी देर हो चुकी है।"

"हो सकता है कि वह किसी ट्रैफिक जाम वगैरा में फँस गए हैं।" कमांडर पुनः बोला।

"इस वक़्त बीजिंग की सड़कों पर ऐसा ट्रैफिक होता तो नहीं, जो कहीं जाम लग जाए। फिर भी अगर कहीं एकाएक मुश्किल पैदा हो गई हो, तो क्या कहा जा सकता है।"

कमांडर करण सक्सेना ने झाड़ियों में लेटे-लेटे डनहिल सुलगा ली और फिर वह उसके छोटे-छोटे कश लगाने लगा।

"मुझे तो एक बात का और डर है।" बालेराम ऑटोलोडर राइफल की नाल चेक करता हुआ बोला।

"किस बात का डर?"

"कहीं पामेला की स्पोर्ट्स कार का सचमुच एक्सीडेंट न हो गया हो।"

"पागल हो रहा है।" नीलकंठ कुपित मुद्रा में बोला, "क्या जानता नहीं कि पामेला कितनी दक्ष ड्राइवर है। आज तक बड़ी-बड़ी कार रेसिंग प्रतियोगिताओं में उसकी कार का एक्सीडेंट नहीं हुआ, फिर भला सड़क पर क्या एक्सीडेंट होगा।"

"अगर एक्सीडेंट भी नहीं हुआ।" बालेराम बोला, "तो पामेला अभी तक आई क्यों नहीं?"

"क्या पता, क्यों नहीं आई?"

"ऐसा भी तो हो सकता है।" चुपचाप खड़ा होशांग बोला था, "कि बख्तरबंद गाड़ी का ड्राइवर पामेला की स्पोर्ट्स कार को ओवरटेक करके आगे ही न निकलने दे रहा हो।"

कमांडर के साथ-साथ नीलकंठ ने भी चौंककर होशांग की तरफ देखा।

"हाँ।" नीलकंठ की गर्दन स्वीकृति में हिली थी, "यह बात हो सकती है।"

"अ... अगर पामेला बख्तरबंद गाड़ी को ओवरटेक करने में कामयाब न हुई, तो क्या होगा?" करण सक्सेना के होंठों पर पपड़ी जमने लगी।

"कुछ नहीं होगा, बस योजना फ्लॉप!"

यह सोचते ही कमांडर करण सक्सेना का गला सूखने लगा कि वह योजना फ्लॉप भी हो सकती है।

★★★

वह चारों अभी गहरी कशमकश में डूबे हुए थे कि तभी उन्हें दूर से वाहन के आने की आवाज सुनाई दी।

"लगता है, कोई वाहन आ रहा है।" सबसे पहले बालेराम बोला।

"वह स्पोर्ट्स कार है।" फिर होशांग खुशी से चिल्लाया, "पामेला की स्पोर्ट्स कार।"

स्पोर्ट्स कार को देखते ही वह चारों अलर्ट हो गए थे। कमांडर ने तो विशेष रूप से राहत की सांस ली। अलबत्ता स्पोर्ट्स कार बहुत तूफानी गति से उसी दिशा में दौड़ी चली आ रही थी। उसकी स्पीड सौ से भी ज्यादा थी।

"हे भगवान!" नीलकंठ के मुंह से सिसकारी छूटी, "यह लड़की तो सचमुच एक्सीडेंट करने के मूड में है।"

"जहाँ तक मेरा विचार है।" कमांडर ने डनहिल जल्दी से सड़क पर फेंक दी, "वह बख्तरबंद गाड़ी, स्पोर्ट्स कार से ज्यादा दूर नहीं है। इसलिए पामेला इतनी फ़ास्ट ड्राइविंग कर रही है। हमें फौरन लोहे की छड़ें सम्भाल लेनी चाहिये।"

कमांडर के मुंह से वह शब्द निकलने की देरी थी कि तुरंत वह सभी लोहे मजबूत छड़ों की तरफ झपटे।

यही वह क्षण था, जब स्पोर्ट्स कार बंदूक से छूटी गोली की तरह उनके नजदीक पहुँची। ब्रेकों की चरमराहट से सारा वातावरण गूंज उठा और फिर स्पोर्ट्स कार के पहिये उनके बिल्कुल सामने चीखते हुए यूँ रुके मानो वह फट पड़ेंगे।

पामेला तुरंत कूदकर बाहर निकल आई। उसके एक हाथ में कपड़ों का पैकेट भी था।

"हरीअप! हरीअप!!" वह बुरी तरह बौखलाकर बोली, "बख्तरबंद गाड़ी ज्यादा दूर नहीं है, जो करना है, जल्दी करो। बड़ी मुश्किल से ओवरटेक करके यहां तक आई हूँ।"

"तुमने सड़क के किनारे बोर्ड तो ठोंक दिया है न?" करण सक्सेना ने जल्दी से पूछा।

"हाँ, बोर्ड ठोंक दिया है। बकरे का खून कहाँ है, जल्दी दो। जल्दी।"

होशांग फौरन झाड़ियों की तरफ दौड़ा और उसने बकरे के खून की तीनों बोतलें लाकर पामेला को दे दीं। इस बीच पामेला अपने कपड़े झाड़ियों में छिपा चुकी थी।

"बताओ, कहाँ खून में लथपथ होकर लेटूं मैं?" पामेला ने नीलकंठ की तरफ देखा।

"एकदम बीच सड़क में लेट जाओ, वहाँ।" नीलकंठ ने एक खास स्पॉट की तरफ इशारा किया। पामेला खून की बोतलें लेकर तेजी से उसी तरफ बढ़ गई।

इस दरम्यान वह चारों लोहे की लंबी-लंबी छड़ें लेकर स्पोर्ट्स कार की तरफ बढ़ गए थे।

उन्होंने छड़ें स्पोर्ट्स कार की एक ही साइड के नीचे घुसा दीं और फिर कार को तेज झटका दिया।

कार हल्की थी।

उन चारों के एक झटका देते ही वह पहले थोड़ी टेढ़ी हुई, फिर उन चारों ने दूसरा झटका दिया, तो एक एकदम से पलट गई। कमांडर ने फौरन लपककर कार का पेट्रोल टैंक खोला, फिर उसमें से थोड़ा पेट्रोल निकालकर कार के ऊपर छिड़क दिया।

तब तक पामेला अपने पूरे शरीर पर बकरे का खून छिड़ककर सड़क के बीचोबीच लेट गई थी। उसके दायें हाथ में एक लोडेड रिवॉल्वर थी। रिवॉल्वर वाला हाथ पामेला ने अपने शरीर के नीचे छिपा लिया, जिससे रिवॉल्वर दिखाई देनी बंद हो गई।

कमांडर ने एक नजर पामेला पर डाली और फिर जलती हुई तीली कार के ऊपर उछालकर वापस झाड़ियों की तरफ भागा। तुरंत कार की टंकी तेज धमाके के साथ फटी और कार धूं-धूं करके जलने लगी।

होशांग सड़क पर पड़ी खून की खाली बोतलें लेकर झाड़ियों में चला गया।

यही वह पल था जब उन्हें किसी दूसरे वाहन की आवाज भी सुनाई दी।

"जरूर बख्तरबंद गाड़ी आ रही है।" नीलकंठ चिल्लाया, "जल्दी से सब झाड़ियों में छिप जाओ। जल्दी।"

पलक झपकते ही झाड़ियों में ऐसा सन्नाटा छा गया, जैसे वहाँ कोई था ही नहीं।

★★★

झाड़ियों में छलांग लगाने से पहले होशांग ने आग की तपिश अपने जिस्म पर बड़ी शिद्दत से महसूस की थी।

"पामेला जलती कार के बहुत नजदीक है।" होशांग झाड़ियों में छिपते हुए बोला, "अगर यह वहीं पड़ी रही, तो झुलस जाएगी।"

"लेकिन अब किया भी क्या जा सकता है!" नीलकंठ थोड़ी विचलित मुद्रा में बोला, "हमारे पास समय बिल्कुल नहीं है। पामेला को उठाकर अगर हम कहीं और शिफ्ट करने लगे, तब तक बख्तरबंद गाड़ी यहां आ जाएगी।"

कमांडर ने अब अपने ओवरकोट की जेब से कोल्ट रिवॉल्वर निकाल ली थी। रिवॉल्वर हाथ में आते ही हमेशा की तरह उसकी उंगलियों के गिर्द फिरकनी की भांति घूमी।

स्पोर्ट्स कार पहले की तरह धूं-धूं करके जल रही थी।

अलबत्ता पामेला अभी भी सड़क पर निश्चेष्ट पड़ी थी।

पूरा माहौल देखकर हंड्रेड परसेंट ऐसा लगता था, जैसे वहां कोई दुर्घटना घट गई हो।

आग की तपिश झाड़ियों में छिपे कमांडर को भी अपने चेहरे पर महसूस हो रही थी। जबकि पामेला तो उनके मुकाबले जलती कार के बहुत नजदीक थी। वह जरूर आग से झुलसी जा रही थी, लेकिन वह प्रकट नहीं होने दे रही थी कि उसे कोई पीड़ा सहनी पड़ रही है।

तभी बख्तरबंद गाड़ी सड़क पर नमूदार हुई।

कमांडर की उंगलियाँ कोल्ट रिवाल्वर पर कस गईं। जबड़े सख्ती से भिंच गए।

अब क्या होगा?

उसी पल वातावरण में बख्तरबंद गाड़ी के ब्रेक चरमरा उठे थे।

फिर वह गाड़ी पामेला से थोड़े फासले पर चीखती हुई रुकी। अब कमांडर को बख्तरबंद गाड़ी के स्टेयरिंग व्हील पर बैठा ड्राइवर और उसके बराबर में बैठा गार्ड

साफ नजर आ रहा था। चारों का दिल जोर-जोर से धड़कने लगा। मिशन की सारी कामयाबी अब गार्ड और ड्राइवर के अगले एक्शन पर थी।

तभी गार्ड ने अपनी तरफ वाली खिड़की खोली तथा फिर सिर निकालकर सामने सड़क की तरफ देखा।

इस बीच ड्राइवर ने भी गाड़ी का इंजन बंद कर दिया था। उसके बाद उसने भी अपनी साइड का शीशा नीचे करके बाहर की तरफ झांका।

लेकिन दोनों में से किसी ने भी गाड़ी से बाहर निकलने की कोशिश नहीं की थी।

कमांडर के गले में कांटे चुभने लगे।

उसने नीलकंठ की तरफ देखा। नीलकंठ भी बिना पलक झपकाए एकटक गाड़ी को ही देख रहा था। वह सस्पेन्स के क्षण थे।

जबरदस्त सस्पेन्स के क्षण।

कमांडर की निगाहें पुनः बख्तरबंद गाड़ी की तरफ उठ गईं।

गार्ड, ड्राइवर से कुछ बातें कर रहा था।

गार्ड की बातें सुनकर ड्राइवर ने स्वीकृति में गर्दन हिलाई।

उसके बाद कमांडर ने देखा कि गार्ड के हाथ में एक माइक्रोफोन नमूदार हुआ था।

सत्यानाश।

कमांडर ने अपना माथा पकड़ लिया।

वह हरामजादा जरूर अपने हेडक्वार्टर को उस घटना की सूचना दे रहा था और उनसे यह पूछ रहा था कि ऐसी परिस्थिति में वे दोनों क्या करें। उधर सड़क पर पड़ी पामेला का आग की तपिश के कारण बुरा हाल था।

चारों के दिल की रफ्तार और तेज हो गई।

उस पोजीशन में गार्ड या ड्राइवर को अपने कब्जे में करना भी नामुमकिन था। झाड़ियों से निकलकर एक कदम भी गाड़ी की तरफ बढ़ाना उनकी बेवकूफी होती। क्योंकि पलक झपकते ही वह गाड़ी न सिर्फ लोहे का बक्सा बन जानी थी, बल्कि दरवाजे के टाइम लॉक भी कैंसिल हो जाना था। अब गार्ड माइक्रोफोन पर कुछ बातें कर रहा था। कमांडर दिल थामे प्रतीक्षा करता रहा। तभी गार्ड ने माइक्रोफोन रख दिया। फिर उसने ड्राइवर से कुछ कहा तथा फिर वह दरवाजा खोलकर बाहर निकला।

कमांडर के चेहरे पर चमक आ गई। ड्राइवर अभी भी स्टेयरिंग व्हील के पीछे जमा बैठा था। जरूर गार्ड को अपने हेडक्वार्टर से यही आदेश मिला था कि वह नीचे उतरकर देखे, लड़की जिंदा है अथवा मर गई।

गार्ड अब बेहिचक पामेला की तरफ बढ़ा। उधर कमांडर भी फौरन ही एक्शन में आ गया था। रिवॉल्वर हाथ में लिए-लिए वह बड़ी सतर्कता के साथ झाड़ियों में रेंगता हुआ गाड़ी के ड्राइविंग पोर्शन की तरफ बढ़ा।

गाड़ी के पीछे से होता हुआ वह बिल्कुल ड्राइवर के सिर पर जा सवार हुआ था और उसने सड़क पर खड़े-खड़े ड्राइवर की तरफ रिवॉल्वर तान दी।

ड्राइवर हकबकाया।

उसके आतंक से नेत्र फटे।

तभी एक घटना और घटी। गार्ड जो अब पामेला के बिल्कुल नजदीक पहुँच चुका था, उसे न जाने क्या सुझा कि उसने अपनी गर्दन वापस गाड़ी की तरफ घुमाई।

गाड़ी के पास किसी हथियारबंद अजनबी को देखते ही गार्ड के छक्के छूट गए। उसने फौरन गोली चलाई।

गोली कमांडर को हवा देती हुई गुजरी।

लेकिन उसी पल बिना कोई सैकंड गंवाये कमांडर ने भी गोली चला दी थी।

गोली सीधे ड्राइवर के सीने में जाकर लगी। वह चीखा और फिर स्टेयरिंग व्हील पर ही ढेर हो गया।

उधर गार्ड, कमांडर को निशाना बनाकर दूसरी गोली चलाता, उससे पहले ही सड़क पर पड़ी पामेला एकदम जम्प लगाकर खड़ी हुई तथा फिर उसने गार्ड की खोपड़ी में गोली मार दी।

तुरंत गार्ड की खोपड़ी की धज्जियाँ बिखर गई थीं। उसी एक पल के लिए कमांडर करण सक्सेना का ध्यान ड्राइवर की तरफ से भंग हुआ और तभी स्टेयरिंग व्हील पर खून से लथलथ पड़े ड्राइवर ने डैशबोर्ड पर लगा नीला बटन दबा दिया।

कमांडर उसे रोकने की कैसी भी कोई कोशिश कर पाता, उससे पहले ही सैकंड के सौवें हिस्से में ही बख्तरबंद गाड़ी की विंड स्क्रीन तथा खिड़कियों पर धड़ाधड़ शटर आ गिरे थे।

पूरी गाड़ी पलक झपकते ही एक मजबूत बक्सा बन गई।

★★★

सन्नाटा छा गया। गहरा सन्नाटा।

आक्रोश में कमांडर ने धायं-धायं दो गोलियाँ शटर पर चलाईं।

लेकिन बेकार। उन फौलादी शटर पर गोलियों का कोई असर न हुआ।

अंदर से कुछ देर तक ड्राइवर की कराहने की आवाज आती रही थी। फिर आवाज आनी बंद हो गई तथा जोर से धम्म की एक आखरी आवाज हुई।

ड्राइवर जरूर स्टेयरिंग व्हील से लुढ़ककर नीचे जा गिरा था।

दो संभावनाएं थीं। वह या तो मर गया था या फिर अभी बेहोश ही हुआ था।

ड्राइवर अगर अभी बेहोश ही हुआ था, तो यह एक खतरनाक सम्भावना थी। क्योंकि होश में आने के बाद वह बाकी के दोनों बटन भी दबा सकता था।

तब तक नीलकंठ, बालेराम और होशांग भी दौड़ते हुए उसके नजदीक आ पहुँचे।

"जल्दी से ट्रक मंगाओ।" कमांडर बोला।

"अब ट्रक का क्या फायदा है!" नीलकंठ ने हताश स्वर में कहा, "पूरी गाड़ी एक मजबूत बक्सा बन गई है। इसे इस हालत में ट्रक के अंदर चढ़ाना बिल्कुल नामुमकिन है। फिर हमारे पास समय भी ज्यादा नहीं है। सी. एस. एस. हेडक्वार्टर में अधिकारी इनकी रिपोर्ट की प्रतीक्षा कर रहे होंगे। जब उन्हें रिपोर्ट नहीं मिलेगी तो खतरा भाँप जाएंगे और तुरंत अपनी गाड़ियां चेकिंग के वास्ते यहां भेजेंगे।"

"स्थिति मैं भी समझ रहा हूँ नीलकंठ!" कमांडर की मांसपेशियां तन गई थीं, "लेकिन इस बार मैं किसी भी हालत में हताशा का मुंह देखने वाला नहीं हूँ। तुम फौरन ट्रक मंगाओ।"

"मगर सवाल तो यह कमांडर, तुम अब बख्तरबंद गाड़ी ट्रक के अंदर चढ़ाओगे कैसे?"

"हम पांच व्यक्ति हैं नीलकंठ! मुझे उम्मीद है कि हम किसी-न-किसी तरह इसे ट्रक में चढ़ाने में जरूर सफल हो जायेंगे।"

"कमांडर ठीक कह रहे हैं नीलकंठ!" बालेराम भी जल्दी से बोला, "हमें कोशिश करके देखना चाहिये। शायद हमें कामयाबी मिल जाए।"

"ठीक है, तो फिर तुम फौरन ट्रक लेकर आओ।"

बालेराम तत्काल आंधी की तरह सड़क पर उस दिशा में दौड़ पड़ा, जहाँ ट्रक खड़ा था।

★★★

नीलकंठ का अनुमान बिल्कुल सही था, सी. एस. एस. के हेडक्वार्टर में भी हडकंप मच चुका था।

वान ली उस समय हेडक्वार्टर में ही था और बख्तरबंद गाड़ी के गार्ड तथा ड्राइवर से निरंतर सम्पर्क रखे था।

"सर!" तभी एक चीनी जवान आतंकित मुद्रा में वान ली से बोला, "हमारा उन दोनों से सम्पर्क टूट गया है। वह अब हमारे किसी भी सवाल का जवाब नहीं दे रहे हैं।"

"क्या बकवास कर रहे हो तुम!" वान ली चीखा, "ऐसा कैसे हो सकता है?"

"आप खुद देख लें सर! माइक्रोफोन एकदम ओके है, लेकिन वह दोनों ही उस पर उपलब्ध नहीं हैं।"

वान ली ने लगभग चील की तरह झपट्टा मारकर उस चीनी जवान के हाथ से माइक्रोफोन छीन लिया और फिर उस पर बुरी तरह चिल्लाने लगा।

लेकिन कोई रिजल्ट नहीं।

"माई गॉड!" वान ली के चेहरे पर ढेर सारे पसीने चुहचुहा आए, "जरूर कोई गड़बड़ हो गई है। जरूर रास्ते में कुछ हुआ है।"

"मुझे भी ऐसा ही लगता है सर!" चीनी जवान बोला।

"हमें तुरंत कुछ करना चाहिये।"

वान ली अद्वितीय फुर्ती से उस कक्ष की तरफ दौड़ा, जो सी. एस. एस. के सबसे बड़े अधिकारी का कक्ष था।

★★★

उधर जल्द ही बालेराम ट्रक ले आया।

उसने ट्रक को बख्तरबंद गाड़ी में काफी नजदीक खड़ा किया

कमांडर ने दौड़कर ट्रक का पिछला भाग खोल दिया था। तत्काल उसमें से लोहे की मजबूत पटरियां निकलकर सड़क पर आ लगीं।

फिर वह सब बख्तरबंद गाड़ी के पीछे पहुँचे।

एक साथ सभी ने मिलकर उसे धकेला, परंतु गाड़ी अपनी जगह से एक इंच भी न खिसकी।

"असम्भव!" बालेराम ने हाथ झाड़े, "इस ट्रक को अंदर पहुँचाना बिल्कुल नामुमकिन है।"

"हमें थोड़ी कोशिश और करनी चाहिये।" कमांडर बोला।

"ठीक है, कर लो कोशिश। लेकिन यह गाड़ी ट्रक के अंदर नहीं पहुँच पाएगी।"

सब पुनः बख्तरबंद गाड़ी के पीछे लग गए और उन्होंने पहले से भी ज्यादा जोर लगाकर उसे धकेला।

इस बार गाड़ी कोई दो इंच आगे सरकी।

सबके चेहरे खिल उठे।

"और कोशिश करो, और कोशिश!" इस मर्तबा नीलकंठ भी चिल्लाया था, "हम कामयाब हो सकते हैं।"

सबने फिर जोर लगाया।

अब बख्तरबंद गाड़ी के पहिये और लोहे की पटरियों के नजदीक पहुँच गए थे और उन पर धीरे-धीरे चढ़ने लगे थे।

बख्तरबंद गाड़ी को पटरियों पर चढ़ाने में उन सबकी तौबा बुल गई।

फिर उन्हें सीक्रेट सर्विस और पुलिस की पेट्रोलिंग कारों के भी वहाँ पहुँचने का डर था। इसीलिए वह बार-बार पलटकर सड़क को भी देखने लगते थे।

लेकिन अंततः भारी जद्दोजहद और कठिन परिश्रम के बल पर वह सब उसे ट्रक में चढ़ाने में कामयाब हो ही गए। यह बात अलग है कि उस कोशिश में ठंड के बावजूद भी उनके शरीर पसीनों से तर-ब-तर हो गए थे।

गाड़ी के ट्रक में पहुँचते ही वह सब खुशी से चिल्लाये। पामेला ने फौरन झाड़ियों के पीछे जाकर अपनी खून से लथपथ ड्रेस बदली थी और फिर वह दौड़कर ट्रक के ड्राइविंग सीट पर जा बैठी।

बालेराम और होशांग ने वहाँ मौजूद बाकी सामान भी ट्रक में भरा था।

अगले ही पल ट्रक वापस बीजिंग की शहरी आबादी की तरफ तूफानी गति से उड़ चला।

ऊबड़-खाबड़ सड़क के दहाने पर पहुँचकर पामेला ने ट्रक रोका।

वहाँ अभी भी सड़क बंद का बोर्ड लगा था।

उसने आनन-फानन गति से बोर्ड उखाड़कर ट्रक के पिछले भाग में रखा।

फिर उसने ट्रक को हाईवे नंबर बीस पर दौड़ा दिया।

इस बीच उन्हें सीक्रेट सर्विस या पुलिस की गाड़ियों के कहीं दर्शन नहीं हुए थे।

★★★

पामेला को छोड़कर बाकी सब ट्रक के पिछले भाग में थे।

उनकी मुश्किलें अभी समाप्त नहीं हो गई हैं, यह बात वे सब जानते थे।

बख्तरबंद गाड़ी ने ट्रक का पिछला पूरा हिस्सा घेर लिया था। सिर्फ डेढ़-डेढ़ फुट चौड़ी उसके दोनों तरफ गैलरी-सी छूटी हुई थी। उसी दायीं तरफ वाली गली में कमांडर करण सक्सेना अपने उन सहयोगियों के साथ ट्रक की दीवार से चिपका खड़ा था, जिनकी मदद से वह इतनी बड़ी योजना को अंजाम दे सका। ट्रक जरा भी मोड़ काटता था या किसी गड्ढे के ऊपर से गुजरता था, तो बख्तरबंद गाड़ी बुरी तरह हिलती और ऐसा लगता, जैसे वह अभी उन पर आ पड़ेगी।

पामेला बहुत सावधानी से ट्रक चला रही थी। इसीलिए वह हर मोड़ बहुत सावधानी से काटती।

"मुझे अरविंद पांडे से भी ज्यादा इस समय गाड़ी में बंद ड्राइवर की चिंता है।" कमांडर डनहिल सुलगाता हुआ बोला।

उसने अपना ओवरकोट भी थोड़ा दुरुस्त किया।

"क्यों?" सबकी निगाहें करण सक्सेना की तरफ उठी थीं।

"अगर वह अंदर जिंदा हुआ, तो हमारे लिए बहुत बड़ी परेशानी का वायस बन सकता है।"

"सबसे पहली बात तो यह है।" बालेराम बोला, "कि वह जिंदा ही नहीं होगा। तुम क्या समझते हो, तुम्हारी रिवॉल्वर से निकली अड़तीस कैलीबर की गोली सीने पर खाने के बाद भी वह जिंदा रहेगा। हरगिज नहीं। वह कब का परलोक सिधार चुका होगा कमांडर!"

"लेकिन अगर मान लो कि वह एक प्रतिशत भी जिंदा हुआ, तो जानते हो क्या होगा?"

"जानता हूँ।" बालेराम के चेहरे पर एकाएक खौफ के भाव उभर आए थे, "अगर वह जिंदा हुआ तो सचमुच हमारा बेड़ागर्क हो जाएगा। क्योंकि होश में आते ही उसने सबसे पहले डैशबोर्ड पर लगे बाकी दोनों बटन भी दबा देने हैं। तुरंत दरवाजे का टाइम लॉक कैंसिल हो जाएगा और फिर वह चार घंटे के बाद अपने निर्धारित नौ

बजे के टाइम पर किसी भी हालत में नहीं खुलेगा। सिर्फ इतना ही नहीं, लाल बटन के दबते ही शॉर्ट वेव ट्रांसमीटर वार्निंग सिग्नल प्रसारित करने लगेगा। वार्निंग सिग्नल का सबसे बड़ा नुकसान हमें यह होगा कि हम बख्तरबंद गाड़ी लेकर चाहे कहीं भी छिप जायें, लेकिन चायनीज़ सीक्रेट सर्विस के आदमी हमें सिग्नल की मदद से कुछ ही घंटों में खोज निकालेंगे।"

"एब्सॉल्यूटली राइट!" कमांडर ने बहुत चिंताग्रस्त अवस्था में डनहिल का कश लगाया, "और फिलहाल हमारे सामने स्थिति यह है कि अगर ड्राइवर जिंदा हुआ, तो हम उसे बटन दबाने से रोक भी नहीं सकते।"

"वाकई बड़ी जटिल समस्या है।" नीलकंठ के माथे पर भी परेशानी के लक्षण पैदा हुए थे, "मेरी पूरी आपराधिक जिंदगी में आज से पहले कभी ऐसी स्थिति पैदा नहीं हुई।"

"मैं इस समस्या का एक हल बताता हूँ।" होशांग ने चुटकी बजाई थी।

"कैसा हल?"

"शॉर्ट वेव ट्रांसमीटर का सिग्नल तो गाड़ी में लगी बैटरी की मदद से ही प्रसारित होगा। और जब सिग्नल बिना बैटरी की मदद से प्रसारित नहीं हो सकता, तो उस नीले बटन का भी कोई-न-कोई संबंध बैटरी से जरूर होना चाहिये।"

"क्या मतलब?" सब चौंके।

"बहुत मामूली-सी बात है।" होशांग ने कहा, "अगर हम बैटरी की तार काट दें, तो डैशबोर्ड पर लगा वह नीला बटन काम नहीं करेगा।"

"बाई गॉड!" कमांडर का हैरत से मुंह खुला-का-खुला रह गया, "क्या दूर की कौड़ी सोची है तुमने!"

"वाकई!" बालेराम के चेहरे पर विस्मय की झलक थी, "यह तो मुझे सही मायने में आज ही पता चला कि इस बच्चे में अक्ल नाम की भी कोई चिड़िया है।"

"चुप बे, मरियल बूढ़े!" होशांग ने उसे जोर से घुड़का, "साला, डर्टी रास्कल!"

बालेराम खीं-खीं करके हँसने लगा।

यही वह पल था, जब सारा वातावरण सायरन की आवाज से गूंज उठा।

कमांडर ने ट्रक की एक झिर्री में से बाहर झांककर देखा। वह सी. एस. एस. की पेट्रोलिंग गाड़ियां थीं।

"ओह! इसका मतलब सीक्रेट सर्विस को इस घटना के विषय में पता चल गया है।"

तभी आसमान में गड़-गड़ करके उड़ते एक हेलीकॉप्टर की भी आवाज हुई।

"कमांडर!" हेलीकॉप्टर की आवाज सुनकर नीलकंठ भी हड़बड़ाया, "जो करना है, जल्दी करो।"

"क्या यहां एक प्लायर मिल सकता है?"

"उधर एक टूल बॉक्स बना हुआ है।" नीलकंठ बोला, "शायद उसमें प्लायर हो।"

बालेराम फौरन टूल बॉक्स की तरफ झपट पड़ा। उसने टूल बॉक्स खोलकर देखा, तो उसे प्लायर नजर आ गया।

बालेराम ने प्लायर निकालकर कमांडर करण सक्सेना को दिया।

कमांडर तत्काल पीठ के बल फर्श पर लेट गया था, फिर वह रेंगता हुआ बख्तरबंद गाड़ी के नीचे घुस गया।

गाड़ी के नीचे एकदम घुप्प अंधेरा था।

ऐसा काजली अंधेरा कि उसमें कुछ भी दिखाई पड़ना नामुमकिन था।

कमांडर ने आँखें फाड़-फाड़कर बख्तरबंद गाड़ी के तले को देखना शुरू किया। लेकिन अपनी भरपूर कोशिशों के बावजूद भी उसे बैटरी की तारें कहीं नजर न आईं।

"यहां घुप्प अंधेरा है।" कमांडर ने अपनी गर्दन गाड़ी से थोड़ी बाहर निकाली, "रोशनी की थोड़ी व्यवस्था करो।"

तुरंत नीलकंठ के हाथ में दो सेलों वाली एक टॉर्च नमूदार हुई। फिर खुद नीलकंठ घुटने के बल नीचे बैठ गया और थोड़ा झुककर टॉर्च का प्रकाश बख्तरबंद गाड़ी के तल पर डालने लगा।

तभी कोई तरल पदार्थ टप से कमांडर करण सक्सेना के गाल पर आकर गिरा।

कमांडर ने उसे उंगली से छुटाकर देखा, वह कोई गीली और गाढ़ी-सी चीज थी।

नीलकंठ ने टॉर्च का प्रकाश कमांडर के हाथ पर डाला।

हे भगवान!

कमांडर के शरीर में उस तरल पदार्थ को देखकर सिहरन-सी दौड़ी। वह खून था। ताजा और गरम खून। वह खून ड्राइविंग पोर्शन के तल में से उसके चेहरे पर टपका था।

उसी पल कमांडर को कराहने की आवाज भी सुनाई दी।

कमांडर अलर्ट हो गया।

इसका मतलब ड्राइवर जिंदा था और बाकायदा होश में भी था। फिर तो यह भी मुमकिन था कि उसने डैशबोर्ड पर लगे बटन दबा दिए हों। अगर नहीं दबाए थे, तो वह दबा सकता था।

कमांडर बड़ी तेजी से साथ टॉर्च की रोशनी में बैटरी के तारों को ढूंढ़ने लगा।

ट्रक अब बेहद खतरनाक ढंग से सड़क पर हिलता हुआ भाग रहा था।

तभी कमांडर को तार नजर आ गए।

उसने फौरन उन्हें प्लायर से काट डाला।

यही वह क्षण था जब खून की एक और बूँद बख्तरबंद गाड़ी के तल में से टपककर उसके चेहरे पर गिरी।

✱✱✱

कमांडर करण सक्सेना तुरंत गाड़ी के नीचे से बाहर निकल आया। निकलते ही उसने सबसे पहले अपने चेहरे से खून साफ किया।

"वह जिंदा है।" कमांडर थोड़े आतंकित स्वर में बोला।

"फिर तो यह भी मुमकिन है कि उस ड्राइवर ने पहले ही डैशबोर्ड के बटन दबा दिए हों।" नीलकंठ की आवाज भी खौफ से भर गई, "अगर बटन दबा दिए होंगे, तब तो टाइम लॉक कैंसिल हो चुका होगा तथा शॉर्ट वेव ट्रांसमीटर से पहले ही वार्निंग सिग्नल प्रसारित हो रहे होंगे।"

"हाँ, यह भी मुमकिन है।"

"ऐसी परिस्थिति में बख्तरबंद गाड़ी लेकर हमारा ठिकाने पर जाना खतरे से खाली नहीं।" इस मर्तबा बालेराम बोला, "क्योंकि वहाँ पहुँचते ही न सिर्फ हमारे गुप्त स्थान का भेद खुल सकता है, बल्कि हम भी पुलिस के घेरे में आ सकते हैं।"

कमांडर करण सक्सेना चुप रहा।

"बालेराम ठीक कह रहा है।" नीलकंठ ने भी बालेराम की बात का अनुमोदन किया था, "ऐसी परिस्थिति में वाकई हमारा सीधे ठिकाने पर जाना उचित नहीं है। वहाँ जाने से पहले हमें किसी तरह यह देखना होगा कि ड्राइवर ने कहीं पहले ही तो शॉर्ट वेव ट्रांसमीटर वाला बटन नहीं दबा दिया था।"

"लेकिन कैसे? हम कैसे उस बटन को देखेंगे? गाड़ी तो पहले ही मजबूत बक्सा बन चुकी है।"

“हमें किसी न किसी तरह कोई शटर उठाना ही पड़ेगा।” नीलकंठ बख्तरबंद गाड़ी के ड्राइविंग पोर्शन के आसपास घूमने लगा, “यह देखो!” अकस्मात नीलकंठ की आंखों में चमक कौंधी, “खिड़की का यह शटर अपने नीचे के फ्रेम में पूरी तरह फिट नहीं हो पाया है। यह शटर जरूर खुल सकता है।”

तुरंत कमांडर, बालेराम और होशांग उस शटर के नजदीक पहुँचे।

तत्काल उनकी आंखें चमक उठीं।

वाकई वह शटर खुल सकता था।

बालेराम ने शटर की मामूली-सी झिर्री में अपना हाथ फँसाया तथा फिर उसे झटके से ऊपर उठा देना चाहा।

लेकिन शटर टस से मस न हुआ।

“एक तरफ हटो।” कमांडर बोला, “मैं कोशिश करके देखता हूँ।”

बालेराम फौरन एक तरफ खड़ा हो गया।

अब कमांडर ने उसी की भांति अपनी उंगलियां शटर की झिर्री में फँसा दी थीं। फिर उसने अपने शरीर की सम्पूर्ण शक्ति एक ही बिंदु पर केंद्रित की तथा जोर से शटर को झटका मारा। शटर कोई दो इंच ऊपर हुआ। उसी पल कमांडर ने शटर को एक और तेज झटका दिया। वह फौरन गड़गड़ाता हुआ ऊपर चला गया।

नीलकंठ ने टॉर्च का प्रकाश ड्राइविंग पोर्शन में डाला।

ड्राइवर उस समय औंधे मुँह गाड़ी के फर्श पर पड़ा था। उसके जिस्म में कैसी भी कोई हरकत नहीं थी। ड्राइवर के शरीर से इतना खून निकल चुका था कि उसके आसपास खून का तालाब-सा बन गया।

“क्या हुआ?”

कमांडर करण सक्सेना के साथ-साथ बालेराम और होशांग ने भी अंदर झांकने की कोशिश की।

“शायद मर गया है।” कमांडर बोला।

फिर उसने आगे बढ़कर गाड़ी का दरवाजा सावधानी के साथ खोला।

तभी करिश्मा हुआ। जिस ड्राइवर को वह सब मरा हुआ समझ रहे थे। वही ड्राइवर एकाएक लहराता-सा खड़ा हुआ। उसके हाथ में मानो जादू के जोर से रिवॉल्वर प्रकट हुआ। खून से लथपथ चेहरा और उस खून आलूदा चेहरे के बीच में उसकी आँखें यूँ खतरनाक ढंग से चमक रही थीं, जैसे वह भूत की आँखें हों।

सीधे होते ही उसने गोली चलाई।

तुरंत एक गोली और चली।

उस दरम्यान कमांडर के हाथों में अभी भी कोल्ट रिवॉल्वर पहुँच न पाई थी कि उससे पहले ही ड्राइवर हकलाये कुत्ते की तरह डकरा उठा।

दूसरी गोली ड्राइवर के माथे में ऐन उस जगह जा घुसी थी, जहाँ औरतें बिंदी लगाया करती हैं।

उसकी खोपड़ी भक्क से उड़ गई और वह पुनः चीखता हुआ नीचे गिरा।

अब वह शत-प्रतिशत मर चुका था।

ड्राइवर के रिवॉल्वर से निकली गोली गाड़ी की छत में कहीं जा घुसी थी।

कमांडर ने पलटकर देखा।

उससे पहले ही उस कारनामे को अंजाम देने वाला होशांग था। इस समय ऑटोलोडर राइफल होशांग के हाथों में थी और उसकी नाल में से धुआं उठ रहा था।

कमांडर ने कोल्ट रिवॉल्वर अपनी उंगलियों के गिर्द फिरकनी की तरह घुमाई तथा फिर होशांग को प्रशंसापूर्ण निगाहों से देखा।

"बटनों की अब क्या स्थिति है?" नीलकंठ के स्वर में कौतूहलता थी।

कमांडर ने नीलकंठ के हाथ में से टॉर्च लेकर उसका प्रकाश डैशबोर्ड पर डाला।

"वह सफेद बटन दबा चुका है।" तुरंत कमांडर के मुँह से विचलित स्वर निकला।

"अ... ओह!" नीलकंठ के चेहरे पर हवाईयाँ उड़ीं, "यानी दरवाजे का टाइम लॉक कैंसिल हो गया है तथा अब वह अपने निर्धारित समय पर नहीं खुलेगा।"

"बिल्कुल।"

"और सिग्नल वाला लाल बटन?"

"उसे ड्राइवर ने नहीं दबाया है। शायद थोड़ी देर पहले ही उसे होश आया था। अगर हमें शटर उठाने में कुछ देर और हो जाती, तो वह जरूर लाल बटन दबाने की कोशिश करता।"

"लेकिन अब हम दरवाजा खोलकर अरविंद पांडे को बाहर कैसे निकालेंगे?" होशांग सकपकाये स्वर में बोला।

"उसकी भी कोई तरकीब सोची जाएगी। पहले ठिकाने पर चलते हैं।"

★★★

तभी एक घटना और घटी।

20 नंबर हाईवे पर विद्युतगति से दौड़ता विशाल ट्रक झटके से रुक गया।

कमांडर करण सक्सेना और नीलकंठ ने झिर्री में से झाँककर देखा, तो तत्काल उनके सीने में घूँसा-सा पड़ा।

वह पुलिस की एक गाड़ी थी, जिसने ट्रक रुकवाया था और अब उसमें से तीन पुलिसकर्मी उतरकर पामेला की तरफ बढ़ रहे थे।

"कहाँ से आ रही हो?" पुलिस कैप्टन ने पामेला से थोड़ा गरजकर पूछा था।

"शाओलिन की तरफ से साहब!"

"क्या शॉर्टकट से?"

"नहीं, लंबे रास्ते से।" पामेला ने सफेद झूठ बोला, "मगर बात क्या है साहब? क्या कोई बखेड़ा हो गया?"

"कोई बखेड़ा नहीं हुआ।" कैप्टन ने जल्दी से खुद को संभाला, "तुमने किसी बख्तरबंद गाड़ी को तो नहीं देखा था?"

"नहीं, ऐसा तो किसी गाड़ी को नहीं देखा।"

"ट्रक में क्या है?"

फौरन चारों को सांप सूंघ गया।

कमांडर का हाथ तो अद्वितीय फुर्ती से अपनी कोल्ट रिवॉल्वर की तरफ रेंगा था। बाकी तीनों की निगाहें भी तेजी से ऑटोलोडर राइफलों की तरफ उठीं।

"कुछ नहीं। यूँ ही खाली पेटियाँ हैं साहब!" पामेला ने बिना विचलित हुए जवाब दिया, "शाओलिन के पीछे वाले गाँव से लादकर ला रही थी।"

"कोई खास सामान तो नहीं है?"

"नहीं साहब!"

"ठीक है।"

चारों के मुँह से इत्मीनान की साँस छूटी।

ट्रक पुनः बीस नंबर हाईवे पर दौड़ पड़ा। थोड़ा फासला तय करते ही नीलकंठ ने पिछले भाग से ड्राइविंग पोर्शन में खुलने वाली छोटी-सी खिड़की खोली और फिर पामेला को देखा।

"वेरी गुड! काफी अच्छी तरह ट्रीट किया तुमने पुलिस को।"

पामेला हँसी, "इन भगौड़े कबूतरों को कैसे काबू किया जाता है, यह मैं खूब अच्छी तरह जानती हूँ नीलकंठ! अब कहाँ जाना है?"

"सीधे ठिकाने पर चलो।"

"ओके।"

तभी सामने से पुलिस की सायरन बजाती दो गाड़ियां और आते देख नीलकंठ ने खिड़की बंद कर दी।

★★★

सी. एस. एस. हेडक्वार्टर में हडकंप मचा था।

वहाँ पुलिस और सीक्रेट सर्विस के जवानों की रिपोर्ट पर रिपोर्ट आ रही थीं।

"हर जगह से एक ही समाचार है।" सबसे बड़े अधिकारी के सामने बैठा वान ली झल्ला उठा, "बख्तरबंद गाड़ी का कुछ पता नहीं चल रहा। उसका कहीं नामोनिशान नहीं है। शाओलिन जेल तक हमारे आदमी हर जगह फैल चुके हैं।"

"गार्ड ने सबसे लास्ट मैसेज जो भेजा था।" अधिकारी थोड़ा सुसंयत लहजे में बोला, "कि शॉर्ट कट रास्ते पर एक लड़की की स्पोर्ट्स कार का एक्सीडेंट हुआ पड़ा है। उस विषय पर हमारे जवानों का क्या कहना है?"

"थोड़ी देर पहले ही इस संबंध में भी रिपोर्ट आई है। उन्हें वहाँ एक स्पोर्ट्स कार तो जलती हुई मिली, मगर लड़की का दूर-दूर तक कहीं कुछ पता नहीं है।"

"ओह!"

"मुझे तो अब साफ लगता है सर!" वान ली आंदोलित हो उठा, "कि जरूर पूरी-की-पूरी बख्तरबंद गाड़ी को अगवा कर लिया गया है।"

"ल... लेकिन इतनी बड़ी बख्तरबंद गाड़ी को कोई कैसे गायब कर सकता है?" अधिकारी के नेत्र फैले।

"सवाल यह नहीं है सर, कोई उस बख्तरबंद गाड़ी को कैसे गायब कर सकता है, बल्कि अब तो सवाल यह है कि किसी ने उसे सचमुच गायब कर दिखाया है। अरविंद पांडे अब हमारे हाथ से निकल गया है सर!"

इस अहसास से ही सी. एस. एस. अधिकारी के होश उड़ गए कि अरविंद पांडे उनके हाथ से निकल गया है।

★★★

ट्रक सुरक्षित रूप से फर्नीचर शॉप के नीचे बने तहखाने में पहुँच चुका था।

वहाँ पहुँचते ही सबसे पहले बख्तरबंद गाड़ी को ट्रक से नीचे उतारा गया। तथा फिर ड्राइवर की लाश ठिकाने लगाई गई।

"इस बख्तरबंद गाड़ी से अरविंद पांडे को बाहर निकालने का अब सिर्फ एक ही तरीका है बालेराम!" नीलकंठ ने बालेराम की तरफ देखा।

"क्या?"

"किसी तरह पिछले दरवाजे पर लगे टाइम लॉक को खोला जाए और इस काम को सिर्फ तुम ही अंजाम दे सकते हो।"

बालेराम ने एकाएक कोई उत्तर नहीं दिया।

वह शांत मुद्रा में बख्तरबंद गाड़ी के पिछले दरवाजे पर पहुँचा और फिर बड़े मनोयोग से उस पर लगे टाइम लॉक को देखने लगा।

फिर वह अंदर जाकर डॉक्टरों द्वारा प्रयोग किया जाने वाला स्टेथोस्कोप ले आया था।

उसने स्टेथोस्कोप कानों से लगाया। फिर उसका अगला गोल सिरा हाथ में लेकर वह उसमें टाइम लॉक का डायल आहिस्ता-आहिस्ता घुमाने लगा। वह एक नंबर डायल घुमाता और फिर अंदर मशीनरी में उत्पन्न होने वाली गड़गड़ की आवाज उस स्टेथोस्कोप के माध्यम से सुनता।

वह काफी देर तक टाइम लॉक का डायल घुमाता रहा और ध्यानपूर्वक उसकी आवाजें सुनता रहा।

फिर वह गहरी साँस लेकर बख्तरबंद गाड़ी से पीछे हट गया था।

स्टेथोस्कोप के दोनों सिरे भी उसने कानों से निकालकर अपने गले में डाल लिए।

सबकी निगाहें अब उसी पर टिकी थीं।

"क्या कहते हो?" कमांडर ने व्यग्रतापूर्वक पूछा, "क्या यह टाइम लॉक खुल जाएगा?"

"हाँ।" बालेराम की गर्दन स्वीकृति में हिली, "लॉक खुल जाएगा। मगर मैं इस लॉक को जल्दी खुल जाने की गारंटी नहीं दे सकता। क्योंकि इस लॉक को खोलने में मुझे दो घंटे भी लग सकते हैं और दो महीने भी।"

"दो महीने।" कमांडर के मुँह से तेज सिसकारी छूटी।

“हाँ। दो महीने।”

“लेकिन गाड़ी के अंदर बंद अरविंद पांडे इतने लंबे समय तक कैसे जिंदा रह सकता है? वह तो भूख से ही मर जाएगा। कोई भी आदमी दो दिन से ज्यादा भूखा नहीं रह सकता। फिर उसे बुरी तरह टॉर्चर भी किया गया है तथा अंदर हवा जाने का भी कोई रास्ता नजर नहीं आ रहा।”

“ऐसी परिस्थिति में तो यह भी सम्भव है कि वह अभी भी अंदर मरा पड़ा हो।” बालेराम बोला।

कमांडर सकपकाया।

इस अहसास से ही उसका गला सूखने लगा था कि अरविंद पांडे जीवित उसके हाथ नहीं लगेगा।

वह उसके मिशन की पहली और आखिरी उम्मीद था।

“अरविंद पांडे को बाहर निकालने के लिए एक काम और भी हो सकता है।” पामेला बोली।

“क्या?”

“जिस तरह गाड़ी के ड्राइविंग पोर्शन वाले शटर को झटके से खोला गया, उसी तरह पिछले पोर्शन के एक शटर को भी झटके से खोल दिया जाए।”

“वह दुकानों का शटर नहीं है।” नीलकंठ बोला, “वह स्टील की दो इंच मोटी ठोस चादरें हैं। फिर खिड़कियों और वेंटिलेटरों पर उन्हें अंदर की तरफ से फिट किया गया है। ड्राइविंग पोर्शन का शटर भी इसलिए उठ गया था क्योंकि वह अपने खांचे में पूरी तरह फिट नहीं हो पाया था। वरना वह एक सूत भी इधर-उधर नहीं हिलता।”

“यानी इस तरह शटर खोलने की बाबत सोचना भी बेकार है।”

“बेकार ही नहीं, बल्कि बेवकूफी है।”

“मैं तो एक बात सोच रहा हूँ।” कमांडर बेहद निराश मुद्रा में बोला।

“क्या?”

“अगर इतनी मेहनत के बाद, इतनी परफेक्ट प्लानिंग में कामयाब होने के बाद भी हम अरविंद पांडे को जिंदा नहीं बचा पाये, उससे उस भारतीय डॉक्टर का नाम नहीं पूछ पाये, तो सचमुच यह हम लोगों की किस्मत का बहुत बड़ा दोष होगा।”

सबके चेहरों पर पीड़ा और अवसाद से भरी गहरी निराशा छा गई।

“किसी तरह इस दरवाजे को काटा नहीं जा सकता?” होशांग बोला।

"नहीं।" नीलकंठ की गर्दन फिर इनकार की सूरत में हिली थी।

"क्यों?"

"दरअसल बख्तरबंद गाड़ी की दीवारें, उसके दरवाजे आधा फुट मोटी स्टील की चादर से बने हैं। अगर हम आरी लेकर इसे काटने बैठेंगे, तो एक सप्ताह आरी घिस-घिस करने के बाद भी उसमें मुश्किल से एक मामूली छेद होगा।"

"आरी के अलावा भी तो एक तरीका है।" कमांडर बोला।

"क्या?"

"अगर हम वेल्डिंग में प्रयोग होने वाली एसिटिलीन फ्लेम प्रयोग करें, तो शायद यह मुमकिन हो जाए।"

"नहीं, तब भी मुमकिन नहीं होगा।"

"क्यों?"

"एसिटिलीन फ्लेम की आग से जो भीषण गर्मी पैदा होगी, उससे पता नहीं यह आधा फुट मोटा स्टील पिघलेगा या नहीं पिघलेगा। हां, एक बात जरूर निश्चित है। उस भीषण गर्मी में अरविंद पांडे जरूर कोयले की तरह भून जाएगा।"

"ओह!" कमांडर सकपकाया, "सही कहा तुमने।"

"देखो दोस्तों!" नीलकंठ उन सबसे सम्बोधित हुआ, "फिलहाल पोजीशन ऐसी नहीं है, जो हम लोग कुछ कर सकें। बख्तरबंद गाड़ी को अपनी हिम्मत और हौसले से हम उठाकर यहां तक ले तो आए हैं, लेकिन अभी भी हमारे अधिकार में कुछ नहीं है। अरविंद पांडे इस समय भी हमसे उतना ही दूर है, जितना पहले था। इस पोजीशन में अगर कोई आदमी कुछ कर सकता है, तो सिर्फ बालेराम कर सकता है। इसीलिए हमें उसे अपना हाथ आजमाने का मौका देना चाहिये। शायद बालेराम अपनी इस कोशिश में जल्दी कामयाब हो जाए। शायद उसे टाइम लॉक खोलने में उतना वक़्त न लगे, जितना खुद उसने बयान किया है।"

"और अगर बालेराम अपनी कोशिश में कामयाब न हुआ तो?"

"तो हम लोगों की किस्मत। अरविंद पांडे की किस्मत।"

कमांडर खामोश खड़ा रहा।

"ओके बालेराम!" नीलकंठ बोला, "तुम अपना काम शुरू कर दो।"

बालेराम तुरंत बड़ी लगन से टाइम लॉक खोलने की कोशिश में जुट गया।

एक-एक करके वहाँ से तमाम लोग चले गए।

मगर कमांडर करण सक्सेना अभी भी वहीं था। वह बेहद बेचैनीपूर्वक ट्रक के हुड से पीठ लगाकर खड़ा हो गया और डनहिल के लंबे-लंबे कश खींचने लगा।

★★★

बालेराम ने उस टाइम लॉक की बाबत जो पहली जानकारी हासिल की, वह यह थी कि उस लॉक का कोड छह अंकों में था।

कोई डेढ़-पौने दो घंटे के बाद बालेराम उस कोड का पहला अंक जानने में सफल हो गया।

तुरंत कमांडर के चेहरे पर चमक आ गई।

उसे एकाएक स्थिति उत्साहजनक लगने लगी थी।

मगर उसका यह उत्साह अधिक देर कायम न रहा।

टाइम लॉक का दूसरा अंक तलाशने में बालेराम ने शाम के पाँच बजा दिये। ऊपर से उसका कहना यह था कि लॉक के पहले तीन अंक तलाशने आसान हैं, बल्कि अंतिम तीन अंक तलाशने में तो कितना भी समय लग सकता है।

कमांडर का धैर्य टूटने लगा।

उसे अरविंद पांडे की फिक्र हो रही थी। वह नहीं चाहता था कि कामयाबी के इतना नजदीक पहुँचने के बावजूद भी कामयाबी उसके हाथ से निकल जाए।

"मैं अब और ज्यादा देर तक इंतजार नहीं कर सकता।"

शाम के उस समय सात बज रहे थे, जब कमांडर करण सक्सेना डनहिल फेंककर तेजी से आगे बढ़ा।

उसके चेहरे पर जबरदस्त कौतूहलता के भाव थे।

बालेराम ने टाइम लॉक से नजर हटाकर थोड़े आश्चर्य से कमांडर की तरफ देखा।

"क्या करोगे तुम?"

"इस बख्तरबंद गाड़ी में हवा अंदर जाने के वास्ते आखिर कोई-न-कोई छेद तो जरूर होगा।"

"उसे क्या बात बनेगी?" बालेराम ने पूछा।

कमांडर ने कोई जवाब नहीं दिया।

हाँ, उसने फौरन ही बड़ी लगन से उस छेद को तलाशना जरूर शुरू कर दिया।

जब गाड़ी के चारों तरफ उसे कहीं कोई ऐसा छेद न मिला, तो कमांडर ने टॉर्च

उठाई तथा फिर वह बख्तरबंद गाड़ी के नीचे घुस गया।

उसके बाद वह गाड़ी के तल में छेद तलाशने लगा।

जल्द ही उसे छह-छह इंच के फासले पर बने छोटे-छोटे छेदों की एक लंबी लाइन नजर आ गई थी।

"यहां है।" तुरंत कमांडर खुशी से चिल्लाया, "यहां है हवा अंदर जाने के लिए छेद।"

तब तक नीलकंठ, होशांग और पामेला भी वहाँ आ गए थे तथा सस्पेंसफुल मुद्रा में कमांडर की हरकतें देखने लगे थे।

"मुझे बिजली की एक ड्रिल मिल सकती है?" कमांडर नीचे से ही चिल्लाया।

"क्या करोगे?" वह आवाज नीलकंठ की थी।

"मुझे ड्रिल चालू करके दो।"

नीलकंठ ने होशांग को इशारा किया, तो यह फौरन अंदर से दौड़कर ड्रिल ले आया तथा फिर उसे चालू करके कमांडर को दी।

कमांडर ने बिजली की उस ड्रिल को तल में बने एक छेद के साथ सटा दिया।

जल्द ही ड्रिल की नोक घूमती हुई आहिस्ता-आहिस्ता छेद के अंदर दाखिल होने लगी।

दो घंटे की बेपनाह मेहनत के बाद आखिरकार कमांडर उस एक छेद का व्यास कोई सवा इंच चौड़ा करने में सफल हो गया।

फिर कमांडर ने ड्रिल बंद कर दी।

अब नीलकंठ, बालेराम होशांग, पामेला सब घुटनों के बल बैठकर बख्तरबंद गाड़ी के अंदर झांक रहे थे।

छेद का व्यास बढ़ाने के बाद कमांडर ने फिर अपना अगला कदम उठाया।

उसने टॉर्च जलाकर छेद के जरिये से उसकी रोशनी अंदर डाली।

साथ ही वह जोर से चिल्लाया, "अरविंद पांडे! तुम मेरी आवाज सुन रहे हो? अरविंद पांडे!"

अंदर से कोई प्रतिक्रिया नहीं हुई।

शांति।

गहरी शांति।

"अरविंद पांडे!" कमांडर ने फिर गला फाड़ा, "मैं रॉ एजेंट कमांडर करण सक्सेना

बोल रहा हूँ। तुमने मेरा नाम जरूर सुना होगा। मैं खास तौर पर तुम्हारे वास्ते भारत से यहां आया हूँ। अगर तुम मेरी आवाज सुन रहे हो तो उस छेद के करीब आओ, जिसमें से रोशनी अंदर पहुँच रही है।"

फिर शांति।

"मुझे तो लगता है।" नीलकंठ ने गहरी साँस ली, "उसका काम तमाम हो गया, इसलिए वह नहीं बोल रहा।"

कमांडर के माथे पर पसीने की बूंदें चुहचुहा आईं।

"अरविंद पांडे!" कमांडर फिर से चिल्लाया।

इस बार प्रतिक्रिया हुई। ऐसा लगा, जैसे कोई फर्श पर घिसटा हो।

"व... वह जिंदा है।" कमांडर के चेहरे पर रौनक आई, "वह जिंदा है।"

बख्तरबंद गाड़ी के नीचे झाँकते उन चारों के चेहरे भी खिल उठे।

तुरंत वह सब गाड़ी के नीचे घुस आए थे।

"रोशनी के करीब आओ अरविंद पांडे!" कमांडर उत्साहित मुद्रा में और बुरी तरह चिल्लाया, "मैं तुमसे बात करना चाहता हूं।"

गाड़ी के अंदर से किसी के धीरे-धीरे घिसटने की आवाज आती रही। शायद उस दमघोंटू माहौल में लगातार कई घंटों तक बंद रहने की वजह से अरविंद पांडे की हालत बहुत बिगड़ गई थी और इस समय वह अपने जिस्म को बड़ी कोशिशों के साथ फर्श पर घसीट रहा था।

फिर छेद के ऊपर कमांडर को एक आँख चमकी।

"अरविंद पांडे!" कमांडर प्रफुल्लित हो उठा, "तुम मेरी आवाज सुन रहे हो दोस्त?"

"क... कौन हो तुम?" अंदर से एक बहुत धीमी तथा फँसी-फँसी-सी आवाज बाहर आई।

"मैं कमांडर करण सक्सेना! तुम्हारा हमवतन। जिस मिशन पर तुम्हें भेजा गया था पांडे, अब भारत सरकार ने उसी मिशन पर मुझे भेजा है।"

"तुम्हारे रिवॉल्वर में गोलियां कितनी हैं?"

कमांडर सन्न रह गया।

वह इंडियन इंटेलीजेंस का बहुत प्राइवेट किस्म का कोड था भारत के बहुत चंद तथा बेहद खास जासूसों को उस कोड के बारे में बताया जाता है। उस कोड की यह

विशेषता है कि अगर भारतीय जासूस कहीं विदेश में फंस जाए, तो वह अजनबी होते हुए भी उस कोड के माध्यम से एक-दूसरे पर यकीन कर सकते हैं।

और अरविंद पांडे उससे उस कोड का जवाब पूछ रहा था, ताकि उस पर यकीन कर सके।

कमांडर मुस्कुराये बिना न रहा। गर्व हुआ उसे अरविंद पांडे पर। जिसने इतनी पीड़ा सहने के बावजूद भी दिमागी तवाजुन नहीं खोया था।

"दोस्त!" कमांडर सीना फुलाकर बोला, "जिनके इरादे बुलन्द हों, उन्हें इस बात की कभी परवाह नहीं हुआ करती कि उनके रिवॉल्वर में गोलियां कितनी हैं।"

"ग... गुड!" अंदर से पहले जैसी ही धीमी आवाज निकली, "त... तुमने कोड का... बिल्कुल सही ज... जवाब दिया।"

"मुझे उस डॉक्टर का नाम बताओ पांडे, जो चीन से वापस अपने देश जाना चाहता है।"

"म... मुझे यहां से निकालो।" अरविंद पांडे की टूटी हुई-सी आवाज।

"बेफिक्र रहो अरविंद पांडे! हम तुम्हें इस बख्तरबंद गाड़ी से जरूर बाहर निकालेंगे। इस समय तुम सी. एस. एस. की क़ैद में नहीं हो, बल्कि हमारे पास एक सुरक्षित जगह हो। टाइम लॉक कैंसिल हो गया है, मगर उसे खोलने की हरचन्द कोशिशें की जा रही हैं। बहुत जल्द तुम आज़ाद हो जाओगे अरविंद पांडे! मैं तुम्हें खुद अपने साथ हिंदुस्तान वापस लेकर जाऊँगा। लेकिन तुम मुझे उस भारतीय डॉक्टर का नाम बताओ, उसका नाम मालूम होना हद से ज्यादा जरूरी है।"

खामोशी।

"तुम मेरी बात सुन रहे हो न अरविंद पांडे! तुम मुझे उस डॉक्टर का नाम बताओ। जल्दी। हमारे इस मिशन की कामयाबी के लिए यह बहुत जरूरी है।"

"ड... डॉक्टर... म... मा... मा...।"

ऐसा लगा जैसे बोलते-बोलते अरविंद पांडे की आवाज बिखर गई हो।

ठहर गई हो।

"अरविंद पांडे!" कमांडर चिल्ला पड़ा।

"बोलो, उस डॉक्टर का नाम बोलो मेरे दोस्त!"

फिर ऐसा लगा जैसे अरविंद पांडे का जिस्म हिला हो।

"ड... डॉक्टर मानिक शाह!" बेहद धीमी आवाज आई।

मानिक शाह।

बिजली-सी गड़गड़ाकर गिरी थी कमांडर के दिमाग पर।

और सिर्फ कमांडर के ही क्यों, वहाँ मौजूद चारों का यही हाल हुआ था।

मानिक शाह आज की तारीख में चीन का बहुत बड़ा डॉक्टर था। उसके कई सफल प्रयोगों में चीन में तो क्या पूरी दुनिया में सनसनी फैला दी थी। मानिक शाह कितनी बड़ी हस्ती था, इसका अंदाजा इसी बात से लगाया जा सकता है कि चीन का प्रधानमंत्री तक उसका दोस्त था।

और अब वही डॉक्टर मानिक शाह वापस अपने हिंदुस्तान जाना चाहता था।

वापस अपने देश जाना चाहता था।

★★★

वह सब बेहद सनसनीखेज अवस्था में बख्तरबंद गाड़ी के नीचे से बाहर निकल आए।

"अब क्या करना है?" नीलकंठ बोला।

"बालेराम टाइम लॉक खोलने की अपनी कोशिशें जारी रखेगा।" कमांडर बोला, "अब सबसे पहले हमें अरविंद पांडे को गाड़ी में से बाहर निकालना है।"

"मैं तो समझती हूं।" तभी पामेला बोली, "कि अब इस दिशा में कोई कोशिश करनी बेकार है। अरविंद पांडे की हालत तुम लोग देख ही चुके हो। वह चंद मिनट या फिर हद से हद चंद घंटों का मेहमान है। जबकि इस बीच बालेराम किसी भी हालत में टाइम लॉक खोलने में सफल नहीं हो पायेगा।"

"हमें फिर भी कोशिश करनी है।"

"लेकिन कोशिश का फायदा?"

"क्या पता हम अरविंद पांडे को बचाने में सफल ही हो जाएं।"

"कमांडर ठीक कह रहे हैं।" बालेराम ने भी कमांडर की हिमायत की, "हमें कोशिश जरूर करके देखनी चाहिये। आखिर यह एक इंसान की जिंदगी का सवाल है। मैं टाइम लॉक खोलने की कोशिश करता हूँ।"

बालेराम बिना किसी को देखे तेजी से बख्तरबंद गाड़ी के दरवाजे की तरफ बढ़ गया।

अगले ही पल वह बड़े मनोयोग से दोबारा टाइम लॉक खोलने की अपनी कोशिश में जुट गया।

"बालेराम ने अपना काम सम्भाल कर किया है।" कमांडर बोला, "अब हमें एक कदम और उठाना चाहिये।"

"क्या?"

"हमें कुछ करना चाहिये, जो अरविंद पांडे ज्यादा से ज्यादा देर तक जिंदा रह सके।"

"लेकिन हम लोग ऐसा क्या कर सकते हैं?" नीलकंठ के चेहरे पर आश्चर्य के भाव तैरे।

"जैसे वह सुबह से उस गाड़ी में बंद है और अब रात होने जा रही है। वह भूखा होगा, ऐसे में हम उसकी भूख मिटाने की कोशिश कर सकते हैं। उसकी भूख मिटेगी तो उसकी चेतना भी वापस आएगी।"

"लेकिन हम उसकी भूख मिटा कैसे सकते हैं कमांडर!" नीलकंठ झुंझलाए स्वर में बोला, "तुम देख ही रहे हो कि वह स्टील जैसे उस बक्से में बिल्कुल बंद है।"

"तुम उसके लिए जूस मंगाओ।"

"जूस! लेकिन वह जूस भी कैसे पीयेगा?"

"पिलाने का काम मेरा है। तुम मंगाओ।"

नीलकंठ ने होशांग को इशारा किया। होशांग फौरन जूस लेने चला गया था।

शीघ्र ही वह काँच के एक गिलास में फलों का जूस लेकर लौटा।

"यह लो जूस। अब कैसे पिलाओगे?"

कमांडर ने होशांग के हाथ से जूस का गिलास ले लिया। फिर वहीं रखी एक लंबी नलकी भी उठा ली।

उसके बाद वह वापस बख्तरबंद गाड़ी के नीचे घुस गया था।

कमांडर ने टॉर्च की रोशनी छेद में डाली, तो उसे अरविंद पांडे की आँख तब भी छेद पर ही दिखाई दी।

"अरविंद पांडे!" कमांडर थोड़े उच्च स्वर में बोला, "यह लो दोस्त! मैं तुम्हारे लिए जूस लाया हूँ। इसे पी लो।"

कमांडर ने लंबी नलकी का एक सिरा गिलास में डाला तथा दूसरा सिरा छेद के अंदर घुसाया।

लेकिन अंदर कोई प्रतिक्रिया नहीं हुई।

"अरविंद पांडे!" कमांडर फिर चीखा तथा उस नलकी का सिरा पांडे की आँख के पास थोड़ा चुभाया।

उसी पल छेद में से कोई तरल पदार्थ निकलता हुआ टप-टप की आवाज करता जूस के गिलास में गिरा।

कमांडर ने टॉर्च की रोशनी गिलास में डाली, तुरंत वह सन्न रह गया।

वह गाढ़ा खून था।

"अरविंद पांडे!" कमांडर के हलक से मर्मस्पर्शी चीख निकल गई।

उसने नलकी से उसकी आँखों को बुरी तरह कुरेदा।

इस बार खून और ज्यादा तादाद में उस छेद में से निकलकर नीचे गिरा।

कमांडर की मर्मस्पर्शी चीख सुनकर सब दोबारा नीचे झांकने लगे थे।

"क्या हुआ कमांडर?" नीलकंठ ने पूछा।

कमांडर ने अब गिलास को तहखाने के फर्श पर रख दिया था।

फिर वह बेहद हताश मुद्रा में गाड़ी के नीचे से निकला।

"आखिर बात क्या है कमांडर?"

"कुछ नहीं।" कमांडर ने अपना हाथ बालेराम के कंधे पर रखा, "अब तुम्हारी टाइम लॉक पर मेहनत करनी बेकार है। अरविंद पांडे मर चुका है।"

बालेराम के हाथ से स्टेथोस्कोप छूटकर फौरन धड़ाक से नीचे गिर पड़ा।

सब सन्न रह गए।

★★★

बालेराम ने टाइम लॉक खोलने की फिर भी कोशिश जारी रखी थी।

यह भी एक आश्चर्यजनक घटना ही रही कि जो टाइम लॉक पहले कई दिन तक खुलना असम्भव लग रहा था, वही टाइम लॉक अब बालेराम की मुश्किल से दो घंटे की मेहनत के बाद ही खुल गया।

बहरहाल अरविंद पांडे की लाश बख्तरबंद गाड़ी से बाहर निकाली गई तथा फिर रात के अंधेरे में ही चुपचाप उसका दाह-संस्कार कर दिया गया।

अर्धरात्रि का समय। वह सब सिर से सिर जोड़े बैठे थे।

"मुझे तो अभी भी यकीन नहीं हो रहा।" नीलकंठ बोला, "कि उस भारतीय डॉक्टर का नाम मानिक शाह है, जो वापस अपने वतन जाना चाहता है।"

"यकीन क्यों नहीं हो रहा?" कमांडर ने पूछा।

"दरअसल मानिक शाह आज की तारीख में चीन की बहुत बड़ी हस्ती है।

उसकी यहां क्या पोजीशन है, इसका सही अंदाजा कोई चीनी ही लगा सकता है। मानिक शाह ने मेडिकल साइंस के क्षेत्र में दो ऐसे कारनामे किये हैं, जिनकी कोई कल्पना भी नहीं कर सकता था। और अपने उन्हीं कारनामों की बदौलत आज मानिक शाह न सिर्फ चीन में पूजा जाता है, बल्कि पूरी दुनिया में उसका जबरदस्त सम्मान है। मानिक शाह का पहला धमाकेदार कारनामा, उसने बंदर के खून से आर.एच. फैक्टर दूर करके उसे इस योग्य बनाया, जो वह इंसानों के जिस्म में चढ़ाया जा सके। जो वह क्रॉस मैचिंग के दौरान इंसानी खून से मैच करता हो। दूसरा धमाकेदार कारनामा, जिसने मानिक शाह को रातोरात आसमान की बुलंदियों तक पहुँचा दिया। मानिक शाह ने चंद्रमा यात्रियों के लिए एक ऐसी ऑक्सीजन टेबलेट बनाई, जिसे खाने के बाद चंद्रमा में यात्रियों को चौबीस घंटे तक ऑक्सीजन की जरूरत नहीं होती। सब जानते हैं, चंद्रमा पर जीवन नहीं है। वहाँ ऑक्सीजन नहीं है। इसीलिए अमेरिका का आज तक यह सपना पूरा नहीं हो सका कि चांद पर इंसानों के रहने के लिए एक छोटा-सा शहर बसाया जाए। लेकिन मानिक शाह द्वारा ऑक्सीजन टेबलेट बनाये जाने के बाद अब दुनिया को यह सपना भी साकार होता नजर आ रहा है। डॉक्टर मानिक शाह एक आश्चर्यजनक प्रतिभा का नाम है। और यह सनसनीखेज बात नहीं तो और क्या है कमांडर कि अब वही मानिक शाह वापस हिंदुस्तान जाना चाहता है! जबकि उसने अपनी जिंदगी का सारा सरमाया चीन की धरती पर ही लुटा दिया।"

"क्या इसी से साबित नहीं हो जाता नीलकंठ!" कमांडर मुस्कुराया, "कि इंसान चाहे कोई भी हो, लेकिन एक न एक दिन उसे अपने देश की याद जरूर आती है। अपने लोगों की याद जरूर आती है। यह अहसास उसकी अंतरात्मा को कचोटता है कि उसने दौलत के लालच में अपने वतन को छोड़कर बहुत भारी गलती की।"

"ठीक कह रहे हो तुम।" नीलकंठ ने गहरी साँस ली, "वाकई इंसान कभी अपनी मिट्टी को और उससे जुड़ी यादों को नहीं भूल सकता।"

"लेकिन मैं इस सिलसिले में एक बात और भी कहूँगा।" बालेराम बोला।

"क्या?"

"डॉक्टर मानिक शाह के अकस्मात इस तरह चीन छोड़कर जाने के पीछे जरूर कोई लंबी कहानी भी है।"

"कैसी कहानी?"

"आज जब डॉक्टर मानिक शाह के नाम के ऊपर से पर्दा हटा है।" बालेराम मुस्कुराया, "तो बहुत जल्द ही उस कहानी के पीछे से भी पर्दा हट जाएगा। वैसे भी रात काफी हो चुकी है, अब हमें चलकर सोना चाहिये।"

"ठीक कह रहा है बालेराम!" नीलकंठ ने भी उबासी-सी ली, "सारा दिन की भागा-दौड़ी से हम लोग वाकई काफी थक चुके हैं। अब हमें आराम करना चाहिये। मेरे शरीर की नसें भी ज़हर का इंजेक्शन लेने के लिए बेकरार हो रही हैं।"

फिर उन्होंने कुर्सियां छोड़ दीं और अपने-अपने कमरे की तरफ बढ़ गए।

कमांडर ने भी गंगाधर महन्त को रिपोर्ट देनी थी।

★★★

वह बीजिंग के वी.आई.पी. क्षेत्र में बनी एक बेहद आलीशान कोठी थी, जिसके शानदार बेडरूम में लेटा एक व्यक्ति इस समय बेचैनीपूर्वक करवटें बदल रहा था।

उम्र, लगभग पचास साल।

गोरा-चिट्टा रंग। सामान्य कद। फ्रेंच कट दाढ़ी। सिर के आधे से ज्यादा बाल उड़े हुए और चेहरे से चिंता झलकती हुई।

वह डॉक्टर मानिक शाह था।

वही मानिक शाह, जिसकी वजह से आज चायनीज़ सीक्रेट सर्विस में जबरदस्त खलबली मची थी।

लेटे-लेटे मानिक शाह ने अपनी आँखें बंद कर लीं और फिर सोने की कोशिश करने लगा।

लेकिन जल्द ही उसकी आँखें दोबारा खुल गईं और वह पहले से भी ज्यादा बेचैन हो उठा।

पिछले तीन-चार दिन से उसे लगातार ऐसा लग रहा था, जैसे कोई बंद कमरे में भी उस पर नजर रख रहा हो।

जब डॉक्टर मानिक शाह से बर्दाश्त न हुआ, तो वह झटके से बिस्तर छोड़कर खड़ा हो गया।

फिर वह तेजी से खिड़की की तरफ लपका और उसने एक ही झटके में खिड़की खोल डाली।

लेकिन खिड़की के पीछे कोई न था।

उसके बाद मानिक शाह के जिस्म में मानो फुर्ती-सी समा गई थी। वह दौड़-दौड़कर प्रत्येक ऐसी जगह को चेक करने लगा, जहाँ से उस पर नजर रखी जा सकती थी।

उसने दरवाजे की झिर्री देखी। वार्डरॉब देखा। बेड के नीचे झांककर देखा। यहाँ तक कि सभी अलमारियां खोल-खोलकर देखीं।

मगर कहीं कोई न था।

डॉक्टर मानिक शाह अभी कमरे में इधर-से-उधर भागा-भागा ही फिर रहा था कि तभी किसी ने जोर-जोर से दरवाजा खटखटाया।

सन्न रह गया मानिक शाह।

उसकी गर्दन एकदम झटके के साथ यूँ दरवाजे की तरफ घूमी, जैसे उधर से गोली चली हो।

"क... कौन हो सकता है इस समय?" मानिक शाह बौखलाया।

"दरवाजा खोलिए सर!" बाहर से चिल्लाती आवाज उभरी तथा दरवाजा पुनः खटखटाया गया, "दरवाजा खोलिए।"

मानिक शाह ने दरवाजा खोल दिया।

फौरन सी. एस. एस. के जवान धड़धड़ाते हुए अंदर घुस आए थे। वह सब डॉक्टर मानिक शाह के बॉडीगार्ड थे।

★★★

बेडरूम में आते ही सी. एस. एस. के जवान यूँ एकदम से चारों तरफ फैल गए, जैसे मधुमक्खियां फैली हो।

"क्या बात है सर?" सी. एस. एस. का एक अधिकारी बेपनाह फुर्ती से डॉक्टर मानिक शाह की तरफ बढ़ा, "आप अपने बेडरूम में क्या देख रहे थे?"

बम-सा फटा मानिक शाह के दिमाग में।

वह भौचक्की नजरों से सी. एस. एस. अधिकारी को यूं देखता रह गया, जैसे वह कोई अजूबा था।

"व... वह मुझे पिछले कई दिन से एक बड़ी अजीब बात महसूस हो रही थी।" मानिक शाह अपनी चोरी पकड़े जाते देख थोड़े हकबकाये स्वर में बोला।

"कैसी अजीब बात?" अधिकारी ने गोली की तरह सवाल दागा।

"म... मैं जब भी रात के समय लेटता हूँ।" मानिक शाह बोला, "तो न जाने मुझे ऐसा लगता है कि जैसे कोई इस बिल्कुल बंद कमरे में भी मुझे देख रहा है। जैसे कोई

हर पल, एक-एक सैकंड मेरे ऊपर नजर रखे हैं, इसलिए मैं कभी-कभी तो कई-कई घंटे तक सो नहीं पाता।"

मानिक शाह की बात सुनकर अधिकारी जोर से खिलखिलाकर हँस पड़ा।

"क... क्या बात है!" मानिक शाह बुरी तरह बौखलाया, "त... तुम इस तरह हँस क्यों रहे हो?"

"आपकी बात सुनकर आज मुझे एक बात का पूरी तरह यकीन हो गया है सर!"

"क... किस बात का यकीन?"

"यही कि हर इंसान के दिमाग में एक छठी इंद्री होती है। वह छठी इंद्री, जिसके द्वारा वह उन चीजों को भी भाँप लेता हैं, जो उसे दिखाई नहीं दे रहीं। दरअसल इसमें कोई शक नहीं कि रात के समय इस बंद बेडरूम में भी आप पर नजर रखी जाती है। लेकिन वह किसी दुश्मन की नजर नहीं है सर! बल्कि वह आपके उन बेहद चौकस रहने वाले बॉडीगार्डों की नजर है, जो आपके जिस्म पर एक खरोंच तक नहीं आने देना चाहते। उन्होंने आपकी हिफाजत को ही अपनी जिंदगी का मकसद बना लिया है।"

"मगर वह नजर मुझे कहाँ से देखती हैं?" डॉक्टर मानिक शाह की गर्दन बड़ी हैरत के साथ पुनः चारों तरफ घूमी थी।

"यह तो आपको मालूम ही है सर!" सी. एस. एस. के अधिकारी ने रहस्य खोला, "कि आपकी इस कोठी के चप्पे-चप्पे पर सी. एस. एस. ने आपकी हिफाजत के लिए कैमरे फिट कर रखे हैं। तमाम गलियारों में, लॉन में और यहां तक कि कोठी की छत पर भी। उन सभी गुप्त कैमरों के संबंध कोठी में ही बने एक कंट्रोल रूम से है, जहाँ बैठे हमारे जवान टीवी स्क्रीन पर उन कैमरों की मदद से एक साथ पूरी कोठी के हर हिस्से पर नजर रखते हैं।"

"वह सब मैं जानता हूँ।" मानिक शाह सनसनीखेज लहजे में बोला, "मगर उन गुप्त कैमरों के मेरे बेडरूम से क्या संबंध?"

"गहरा संबंध है सर!" अधिकारी बोला, "शायद गुप्त कैमरा फिट करने वाला इंजीनियर आपको बताना भूल गया कि ऐसा एक कैमरा सुरक्षा की दृष्टि से आपके बेडरूम में भी लगाया गया है।"

"म... मेरे बेडरूम में! अ... और गुप्त कैमरा!" मानिक शाह के दिमाग में आतिशबाजी-सी छूटती चली गई, "लेकिन कहाँ, किस जगह? मुझे तो वह गुप्त कैमरा कहीं नजर नहीं आ रहा।"

"अगर वह कैमरा नजर आ जाए, तो फिर गुप्त ही क्या रहा? खैर, मैं आपको बताता हूँ। आप अपने दायीं तरफ दीवार में लगी बच्चे की उस प्रतिमा को देखिये, जो तीन फुट लंबी है और कांसे की बनी हुई है।"

मानिक शाह की गर्दन तेजी से बच्चे की उस प्रतिमा की तरफ उठी, जो कांसे की थी और जिस पर काले रंग का पेंट किया गया था।

हँसते हुए बच्चे की वह काली प्रतिमा बहुत सजीव नजर आती थी। खास तौर पर उस बच्चे की दोनों चमकदार आँखें तो कमाल की थीं।

"दरअसल, उस बच्चे की दोनों आँखों में ही दो कैमरे फिट हैं।" अधिकारी बोला, "जो हर पल इस बेडरूम के अंदर होने वाली गतिविधियों पर नजर रखते हैं।"

"ओह!" मानिक शाह भौचक्की-सी मुद्रा में एकटक बच्चे की आँखों को देखता रह गया, "क्या ऐसे ही गुप्त कैमरे मेरे बाथरूम और टॉयलेट में भी फिट हैं?"

"कैसी बातें करते हैं सर!" अधिकारी हँसा, "भला वहाँ कैमरे कैसे फिट किये जा सकते हैं!"

"तुम लोगों का कुछ पता नहीं है।" मानिक शाह संजीदगी के साथ बोला, "सुरक्षा का नाम लेकर किसी भी जगह कैमरे फिट कर सकते हो।"

बात हँसने की नहीं थी लेकिन फिर भी सी. एस. एस. का वह अधिकारी ख्वामखाह दोबारा हँस पड़ा।

★★★

तमाम बॉडीगार्ड जा चुके थे।

डॉक्टर मानिक शाह दरवाजा अंदर से बंद करके अब पुनः बिस्तर पर आकर लेट गया।

आंखों में नींद का अभी भी दूर-दूर तक नामोनिशान नहीं। उसकी नजरें बार-बार हँसते हुए बच्चे की आँखों पर जा टिकती थीं। मानिक शाह को ऐसा लगा, जैसे वह बच्चा उनकी स्थिति का मजाक उड़ा रहा हो।

झुंझलाकर मानिक शाह ने उसकी तरफ से पीठ कर ली।

कैसी अजीब मुश्किल थी!

सुरक्षा व्यवस्था के नाम पर वह क़ैद में फँस चुका था, जिसमें से निकलना अब मुश्किल था।

उस कोठी में आठ गलियारे थे।

और उन सभी आठ गलियारों में सी. एस. एस. के जवान फैले हुए थे। इसके अलावा कोठी के छत पर, लॉन में, मेन गेट पर हर जगह बॉडीगार्डों का जमघट था।

डॉक्टर मानिक शाह के बेडरूम के सामने वाला जो गलियारे था, वहाँ तो कुछ ज्यादा ही सिक्योरिटी थी।

दो जवान तो हर समय दरवाजे पर ही डटे रहते।

इसके अलावा गलियारे के दोनों कोनों पर चार-चार जवान तैनात थे।

रात के समय वह एक घंटे बैठकर ड्यूटी देते तथा फिर एक घंटे खड़े होकर।

उनके बैठने के लिए गलियारे में लोहे की सिर्फ एक चौड़ी-सी बेंच थी, जिसमें पहिये लगे हुए थे। जब गलियारे के दायीं तरफ वाले गार्डों को बैठकर ड्यूटी देनी होती, तो लोहे की वह बेंच पहियों पर चलती हुई दायीं तरफ पहुँच जाती। जब बायीं तरफ वाले गार्डों को बैठकर ड्यूटी देनी होती, तो लोहे की वह बेंच बायीं तरफ जा पहुँचती।

गलियारे के दोनों कोनों पर एक ही बेंच का बंदोबस्त इसलिए था कि कहीं सी. एस. एस. के जवान एक घंटे से ज्यादा देर तक बेंच पर न बैठे रहें।

कोठी के बाकी गलियारों में भी सुरक्षा का वही इंतजाम था। बस वहाँ चार-चार जवानों की जगह तीन-तीन जवान तैनात थे।

जबकि मानिक शाह के बेडरूम के बाहर जो जवान तैनात थे, वह दोनों जवान सारी रात खड़े होकर पहरा देते।

इसके अलावा गुप्त कैमरों की सिक्योरिटी अलग थी।

कुल मिलाकर उस कोठी में ऐसी सुरक्षा व्यवस्था थी कि अगर कोई चूहे का बच्चा भी उस कोठी से बाहर निकलना चाहे, तो वह भी चीनी जवानों की दृष्टि में आए बिना वहाँ से बाहर नहीं जा सकता था।

★★★

उस तमाम सुरक्षा व्यवस्था के बारे में सोचते-सोचते ही मानिक शाह की आँख लग गई।

सुबह जब वह उठा, तो रात वाली घटना एक बार फिर उसके दिमाग में ताजा हो गई थी। लेकिन तब तक मानिक शाह एक कठोर फैसला कर चुका था। उस खतरनाक क़ैद से भाग निकलने का फैसला। उठते ही वह टॉयलेट में गया।

जितनी देर मानिक शाह टॉयलेट में रहा, उतनी ही देर उसकी आँखें टॉयलेट के दीवार-कोनों को बारीकी से देखती रहीं कि कहीं वहाँ भी तो कोई गुप्त कैमरा लगा हुआ नहीं है।

फिर वह बाथरूम में गया। बाथरूम में भी उसने इसी तरह सावधानी से एक-एक चीज को देखा, परंतु गुप्त कैमरा वहाँ भी नहीं था।

अब मानिक शाह सन्तुष्ट हो गया।

उस बाथरूम की एक खासियत और थी। वह दो कमरों से अटैच्ड था। उसका एक कमरा तो मानिक शाह के बेडरूम में ही खुलता था, जबकि दूसरा दरवाजा उसी साइज के एक अन्य कमरे में खुलता था, जो फिलहाल बंद पड़ा था।

बाथरूम की अच्छी तरह तलाशी लेने के बाद मानिक शाह ने बाथरूम का वह दूसरा दरवाजा भी खोला और बिल्कुल दबे पांव बंद पड़े उस कमरे में पहुँचा।

इस समय मानिक शाह की एक-एक हरकत चोरों जैसी थी।

दूसरे कमरे में पहुँचकर मानिक शाह एक ही स्थान पर ठिठककर खड़ा हो गया तथा फिर उसकी आँखें पेन होती हुई कमरे में हर तरफ घूमने लगीं।

कोई गुप्त कैमरा उसे वहाँ भी नजर न आया।

मानिक शाह के चेहरे पर अब काफी हद तक संतोष की रेखायें नजर आने लगीं थीं।

★★★

ठीक दो घंटे बाद डॉक्टर मानिक शाह अपनी लैब पहुँचा। उसकी लैब कोठी से छह किलोमीटर दूर थी। वहाँ तक का सफर वह पाँच गाड़ियों में तय करता था। वह बीच वाली गाड़ी में होता, जबकि उसकी आगे-पीछे वाली गाड़ियों में हथियारबंद बॉडीगार्ड भरे रहते। सुरक्षा का वैसा ही इंतजाम उस लैब में भी था, जहाँ डॉक्टर मानिक शाह काम करता था।

चप्पे-चप्पे पर सी. एस. एस. के जवान तैनात रहते।

कुल मिलाकर कहीं भी ऐसी सुरक्षा नहीं थी, जिसे हल्का कहा जा सके। लेकिन फिर भी डॉक्टर मानिक शाह उस अनोखी क़ैद से न सिर्फ भागने का फैसला कर चुका था, बल्कि उसी रात कोठी से फरार होने का एक प्लान भी उसके दिमाग में तैयार हो गया था।

उस दिन लैब में पहुँचते ही मानिक शाह ने एक बड़ी अजीबोगरीब चीज बनानी शुरू कर दी।

"डॉक्टर साहब!" मानिक शाह का एक सहयोगी उसे बेल्ट जैसी वस्तु बनाते देख चिहुँका, "यह क्या बना रहे हैं?"

"यह एक बेल्ट है।" मानिक शाह ने मुस्कुराकर जवाब दिया, "चुम्बक बेल्ट।"

"च... चुम्बक बेल्ट!" उछल पड़ा था वह चीनी डॉक्टर, "ल... लेकिन इस तरह का बेल्ट के विषय में तो पहले कभी नहीं सुना गया।"

"मत भूलो डॉक्टर, हम लोगों का काम ही नए-नए प्रयोग करना है। उसी तरह यह भी मेरी जिंदगी का एक नया प्रयोग है।"

"लेकिन इस प्रयोग से फायदा क्या है?" उस चीनी डॉक्टर की आँखों में अब उत्सुकता के भाव नजर आने लगे थे।

"खास फायदा तो कुछ भी नहीं।" मानिक शाह बोला, "दरअसल दो दिन बाद मेरे एक दोस्त का जन्मदिन है, जो शहर का बहुत बड़ा बिल्डर है। मुझे उसके जन्मदिन पर कोई-न-कोई उपहार तो देना ही था। इस बार मैंने सोचा कि क्यों न अपने हाथ से बनाकर उसे कोई ऐसा उपहार दिया जाए, जो उसके कारोबार में भी काम आ सके।"

"यह चुम्बक बेल्ट उसके कारोबार में किस तरह काम आएगी?" उस डॉक्टर की बेल्ट के प्रति उत्सुकता बढ़ती ही जा रही थी।

"मैं तुम्हें सब कुछ बताता हूँ।" मानिक शाह बेल्ट लेकर डॉक्टर की तरफ घूमा, "यह बेल्ट किसी भी इंसान के कमर पर बांधने के लिए है। अलबत्ता इसकी चौड़ाई कुछ ज्यादा है। बेल्ट के कमर वाले पूरे हिस्से पर तुम चुम्बक लगी देख रहे हो। इस चुम्बक को मैंने एक तांबे की ट्यूब में बंद करके पाँच सौ डिग्री सेंटीग्रेट तापमान पर तीन बार हीट दी है, जिससे इस चुम्बक की शक्ति आश्चर्यजनक ढंग से बढ़ गई है। तुम्हें सुनकर हैरानी होगी कि अब यह चुम्बक दो सौ किलो तक वजन को बड़ी आसानी से उठा सकती है। सिर्फ इतना ही नहीं, तुम जानते ही हो कि आजकल बिल्डिंगों में लोहे का इस्तेमाल बड़ी तादाद में होता है। जैसे लेंटर में लोहे के मजबूत सरिये पड़ते हैं। इसी तरह बिल्डिंग की मजबूती के लिए दीवारों में भी जगह-जगह लोहे के सरियों वाले कालम खड़े किये जाते हैं। अब तुम इस चुम्बक बेल्ट का कमाल सुनो, अगर कोई व्यक्ति इस चुम्बक बेल्ट को कमर से बांधकर दीवार के उस हिस्से से लग जाए, जिसके पीछे कालम है, तो वह तुरंत लेंटर से भी चिपक जाएगा।"

"ऐसा कैसे हो सकता है।" डॉक्टर चौंक पड़ा, "लोहे के सरिये तो दीवार या लेंटर में काफी अंदर होते हैं।"

"ठीक कहा तुमने।" मानिक शाह मुस्कुराकर बोला, "परंतु मैं पहले ही बता चुका हूँ कि चुम्बक को तांबे की ट्यूब में बंद करके पाँच सौ डिग्री सेंटीग्रेट तापमान पर हीट देने की वजह से उसकी शक्ति बहुत ज्यादा बढ़ चुकी है और यह उसी शक्ति का कमाल है, जो इस चुम्बक से निकलने वाली अदृश्य किरणें दीवार के अंदर मौजूद सरियों से भी चिपक जाती हैं। लो, इस चुम्बक बेल्ट को अपनी कमर से बांधकर तुम खुद इसका कमाल देख सकते हो।"

चीनी डॉक्टर ने बेहद सनसनी-सी अनुभव करते हुए मानिक शाह के हाथ से वह चुम्बक बेल्ट ले ली और उसे कमर पर बांध लिया। फिर वह डॉक्टर दीवार के उस हिस्से से लगता हुआ हिचकिचाया, जिसके पीछे कालम था।

"डरो मत डॉक्टर!" मानिक शाह निरंतर मुस्कुरा रहा था, "बेहिचक दीवार से लग जाओ।"

चीनी डॉक्टर हिम्मत करके दीवार की तरफ बढ़ा। अभी वह दीवार से छह इंच दूर था कि तभी दीवार ने उसे अपनी तरफ खींच लिया और वह धड़ाक से दीवार के साथ जा चिपका।

चीनी डॉक्टर के मुँह से सिसकारी छूट गई।

"देखा।" मानिक शाह हँस पड़ा, "देखा इस चुम्बक का कमाल डॉक्टर! अब तुम दीवार से यूँ ही चिपके-चिपके छिपकली के भांति रेंगते हुए छत की तरफ भी बढ़ सकते हो। बढ़ो, कुछ नहीं होगा।"

चीनी डॉक्टर के चेहरे पर भी अब रोमांच पैदा हो गाया था। उसने फिर हिम्मत जुटाई और दीवार से यूँ ही चिपका-चिपका ऊपर की तरफ भी बढ़ने लगा।

फिर वह खुद ही उत्साहित होकर छिपकली की तरह चलता हुआ लेंटर पर भी पहुँच गया था।

उसने एक चक्कर लेंटर का भी लगाया और कोई पन्द्रह मिनट बाद वह वापस नीचे आ गया। उस समय वह बुरी तरह रोमांच से भरा हुआ था और उसे ऐसा लग रहा था, जैसे वह किसी अनोखी दुनिया की सैर करके आया हो।

"वाकई!" चीनी डॉक्टर हैरतअंगेज लहजे में बोला, "वाकई आपने हैरतअंगेज चीज बना डाली है डॉक्टर साहब!"

"यानी तुम कबूल करते हो।" मानिक शाह गर्व से बोला, "कि मेरे उस बिल्डर दोस्त के लिए यह एक बेहतरीन तोहफा है।"

"बिल्कुल कबूल करता हूँ। लेकिन एक बात और भी कहूँगा।"

"क्या?"

"अगर यह चुम्बक बेल्ट किन्हीं अपराधियों के हाथ लग जाए, तो इसका बहुत गलत इस्तेमाल भी हो सकता है। जैसे वह इस चुम्बक बेल्ट की सहायता से किसी क़ैद से भी भाग सकता है।"

मानिक शाह खिलखिलाकर हँस पड़ा।

उस चीनी डॉक्टर ने अनजाने में ही सही, लेकिन एक बहुत सच्ची बात अपनी ज़ुबान से निकाल दी थी।

✱✱✱

उसी दिन मानिक शाह ने उस अनोखी क़ैद से भाग निकलने की दिशा में दूसरा कदम भी उठाया।

उसने एक नया डबल बेड खरीदा।

शाम के उस समय छह बज रहे थे, जब फर्नीचर शॉप के मजदूर डबल-बेड लेकर कोठी पर आए।

उन मजदूरों से डबल बेड लेकर सी. एस. एस. के जवानों ने उन्हें कोठी से ही वापस भेज दिया। फिर डबल बेड के एक-एक कोने-खुदरे को बड़ी बारीकी से चेक किया गया कि कहीं उसमें कोई बम तो नहीं छुपाया गया है या कोई और घातक वस्तु तो नहीं है। लेकिन डबल बेड में से कोई चीज बरामद न हुई। फिर उसे मानिक शाह के बेडरूम में ले जाया गया।

"डबल बेड तो आपके पास पहले ही था सर!" सी. एस. एस. का अधिकारी डबल बेड के आगे-आगे बेडरूम में दाखिल होता हुआ बोला, "फिर यह एक और क्यों खरीद लिया?"

"दरअसल उस पुराने बेड का साइज थोड़ा छोटा है।" मानिक शाह ने ख्वामखाह की वजह बयान की, "उस पर आरामदायक नींद नहीं आती, इसलिए मैंने सोचा कि आज नया ही बेड खरीद डालूँ। और वैसे भी सच बात तो यह है ऑफिसर, जिंदगी में हमेशा कुछ-न-कुछ नया करते रहना चाहिये, इससे ताजगी बनी रहती है।"

मानिक शाह की बातें सुनकर अधिकारी हँसे बिना न रह सका।

"यह बात आपने खूब कही सर!" अधिकारी बोला।

"अब इसे बिछाये कहाँ?" सी. एस. एस. के पाँच जवान इस बीच डबल बेड को पूरी तरह सेट कर चुके थे।

"जहाँ तक मैं समझता हूं।" अधिकारी उस बहुत बड़े बेडरूम में अपनी निगाह दौड़ाता हुआ बोला, "इस दूसरे बेड के लिए वह कोना सबसे ज्यादा ठीक रहेगा।"

"नहीं-नहीं, वह कोना नहीं।" मानिक शाह ने जल्दी से कहा, "वहाँ तो नाईट बल्ब का प्रकाश बहुत ज्यादा पहुँचता है। तुम यह बेड उस तरफ बिछा दो।" मानिक शाह ने दीवार के बिल्कुल उस हिस्से की तरफ इशारा किया, जहाँ हँसते हुए बच्चे की काली प्रतिमा लगी थी।

तुरंत ही डबल बेड को उस प्रतिमा के बिल्कुल नीचे बिछा दिया गया।

अब उस बच्चे की आँखों में जो कैमरे लगे थे, वह उस डबल बेड की गतिविधियों पर नजर नहीं रख सकते थे।

सी. एस. एस. के जवान डबल बेड बिछाकर बेडरूम से चले गए। उनके जाते ही मानिक शाह को अहसास हुआ कि वह चीनी हद से ज्यादा चालाक थे। दरअसल उन्होंने डबल बेड के सामने वाली दीवार से सटाकर पहले ही एक ड्रेसिंग टेबल खड़ी कर रखी थी, जिसमें अब डबल बेड का दृश्य बिल्कुल साफ नजर आ रहा था। और उसी ड्रेसिंग टेबल की बदौलत प्रतिमा की आंखों में फिट कैमरे भी उस डबल बेड के एक-एक हिस्से को देख रहे थे।

पूरी सेटिंग सचमुच कमाल की थी।

उस ड्रेसिंग टेबल के दर्पण में न सिर्फ डबल बेड नजर आ रहा था बल्कि बच्चे की वह प्रतिमा तक नजर आ रही थी, जिसमें कैमरे फिट थे।

यानी वह कैमरे उस दीवार तक पर भी नजर रखे हुए थे, जिस दीवार पर उन्हें लगाया गया था।

★★★

लेकिन वह मानिक शाह था, मानिक शाह।

रोजाना रात को उसे सोने से पहले बाल संवारने की आदत थी। उस दिन भी वह सोने से पहले आदत के मुताबिक ड्रेसिंग टेबल के सामने आकर खड़ा हुआ तथा फिर उसने कंधा उठाकर अपने बाल सँवारे।

बाल संवारने के बाद जब वह कंघा रख रहा था, तभी उसने बड़े नेचुरल अंदाज में वह कंघा ड्रेसिंग टेबल के पीछे गिरा दिया।

फिर उसने कंघा निकालने के लिए ड्रेसिंग टेबल थोड़ी टेढ़ी की, कंघा उठाकर ऊपर रखा। परंतु उसके बाद उसने ड्रेसिंग टेबल को वापस दीवार के साथ नहीं सटाया।

अब ड्रेसिंग टेबल के दर्पण में न तो वह नया बेड ही नजर आ रहा था और न काली प्रतिमा ही नजर आ रही थी।

इस तरह वह मुश्किल भी हल हो गई।

★★★

मानिक शाह के फरार होने की योजना अब अपने बिल्कुल अंतिम चरणों में पहुँच चुकी थी।

रात के डेढ़ बजे मानिक शाह सक्रिय हो गया।

उस समय उसके बेडरूम में नीले रंग का एक नाईट बल्ब जल रहा था और वह उस नए डबल बेड पर आराम से लेटा था।

दरअसल मानिक शाह ने वह नया डबल बेड खरीदा ही इसलिए था, ताकि उन गुप्त कैमरों से बच सके। अगर वह पुराने बेड की जगह चेंज करता, तो सी. एस. एस. के जवानों को उसकी नीयत पर शक हो सकता था। डेढ़ बजते ही मानिक शाह बड़े योजनाबद्ध अंदाज में एकदम से उठ बैठा।

चुम्बक बेल्ट उसके पास थी। उसने सबसे पहले चुम्बक बेल्ट अपनी कमर पर कसी।

उसके बाद रबड़ का एक मुखौटा निकालकर अपने चेहरे पर पहन लिया। अब मानिक शाह का चेहरा बिल्कुल बदल चुका था।

मुखौटा पहनते ही मानिक शाह हँसते हुए बच्चे की प्रतिमा के बिल्कुल नीचे खड़ा हो गया।

वहीं एक चौड़ा कालम था, जिसकी जानकारी मानिक शाह को पहले से थी।

परिणामस्वरूप वह तुरंत दीवार से चिपक गया।

फिर उसने धीरे-धीरे छिपकली की तरह रेंगते हुए बेडरूम की छत की तरफ बढ़ना शुरू किया।

वह काली प्रतिमा की बगल से गुजरता हुआ बिल्कुल इस तरह छत तक पहुँचा कि उसकी परछाई भी गुप्त कैमरे में न आए।

फिर वह छत से चिपक गया।

सचमुच वह एक विहंगमकारी दृश्य था। मानिक शाह का चेहरा फर्श की तरफ

था और उसकी कमर छत से चिपकी हुई थी। उसके बाद मानिक शाह उसी दीवार के सहारे-सहारे छत पर रेंगता हुआ बाथरूम की तरफ बढ़ा।

यह भी शुक्र था कि बाथरूम का दरवाजा उसी दीवार से लगभग सटा हुआ था।

मानिक शाह बाथरूम के ऊपर पहुँचकर ठिठका। वहीं दूसरा कालम था।

वह तुरंत उस कालम के सहारे उतरता चला गया।

अगले ही पल वह आहिस्ता से दरवाजा खोलकर बाथरूम के अंदर दाखिल हो चुका था।

★★★

मानिक शाह बाथरूम के फर्श पर खड़ा कितनी ही देर हाँफता रहा। उसे ऐसा लगा, जैसे उसने एक बहुत बड़ा मोर्चा फतह कर लिया हो। कोई पाँच मिनट बाद वह बाथरूम का सेकेंड दरवाजा खोलकर उस दूसरे कमरे में पहुँचा, जो कमरा खाली पड़ा था और जिसे उसने सुबह भी चेक किया था।

वह बेहिचक फर्श पर चलता हुआ उस कमरे के दरवाजे के नजदीक पहुँचा।

उसने निःशब्द ढंग से दरवाजे की सिटकनी खोली तथा फिर उसमें झिर्री पैदा करके गलियारे का दृश्य देखा।

नजदीक ही चार चीनी जवान बड़ी अलर्ट मुद्रा में खड़े थे।

मानिक शाह ने तुरंत दरवाजा वापस बंद कर दिया।

उसने अंधेरे में ही आँखें फाड़कर अपनी रिस्टवॉच देखी।

एक बजकर पचास मिनट हो चुके थे। अब से ठीक दस मिनट बाद उन जवानों की बैठकर ड्यूटी थी। तब गलियारे के दूसरे कोने में मौजूद लोहे की पहियेदार बेंच उन्हें मिल जानी थी, जिस पर फिलहाल दूसरे चार जवान बैठे हुए थे।

मानिक शाह दरवाजे से चिपका खामोश खड़ा रहा।

ठीक दस मिनट बाद उसे गलियारे में लोहे के पहियों के घूमने की आवाज आई। जरूर कोई चीनी जवान लोहे की उस बेंच को चलाता हुआ उसी तरफ ला रहा था।

बेंच दरवाजे के नजदीक आकर रुक गई।

फिर मानिक शाह ने जवानों के बेंच पर बैठने की आवाजें भी सुनी।

वह तब भी काफी देर तक यूँ ही दरवाजे से चिपका खड़ा रहा और बाहर की एक-एक आहट सुनता रहा।

सवा दो बजे उसने फिर दरवाजे के बीच मुश्किल से आधा इंच झिर्री पैदा की तथा बाहर का दृश्य देखा।

चारों जवान इत्मीनान से लोहे की बेंच पर बैठे हुए थे।

उस बेंच में लोहे की दो सीटें फिट थीं।

पहली सीट तो वही थी, जिस पर इस समय वह जवान बैठे थे।

इसके अलावा उस सीट के नीचे एक सीट और थी, जो फर्श से नौ इंच ऊपर थी।

मानिक शाह एकटक उन जवानों को देखता रहा।

अब उसे ऐसे किसी सुरक्षित मौके की तलाश थी, जब वह उन जवानों की निगाह में आए बिना दरवाजे के पीछे से निकलकर बेंच के नीचे पहुँच सके।

वह मौका भी उसे मिला तथा जल्दी मिला।

ढाई बजे बेंच के इधर कोने पर ही जो चीनी जवान बैठा था, वह पेशाब करने चला गया।

जबकि बाकी बचे तीन जवानों में से एक जवान थोड़ा मनोरंजन करने के लिए एक अश्लील चुटकुला सुनाने लगा।

वह मौका सबसे शानदार था।

क्योंकि उस समय जवानों का पूरा ध्यान उस अश्लील चुटकुले ने अपनी तरफ केंद्रित कर रखा था।

मानिक शाह दरवाजा खोलकर फौरन दबे पांव गलियारे में आया। अपने पीछे कमरे का दरवाजा उसने वापस बंद कर दिया था।

इससे पहले कि वह चीनी जवान वापस आता या वह चुटकुला खत्म होता, मानिक शाह चुपचाप फर्श पर लेटकर बेंच के नीचे घुस गया।

चुम्बक बेल्ट उसके कमर से बंधी हुई थी ही, वह फौरन बेंच के नीचे वाली सीट के साथ सांप की तरह चिपक चुका था।

★★★

बाकी का आधा घंटा मानिक शाह ने उसी सीट से चिपके-चिपके गुजारा।

वह बेंच काफी लंबी-चौड़ी थी, इसलिए मानिक शाह का पूरा शरीर उसमें भली-भांति ढक गया।

तीन बजने में उस समय पाँच मिनट बाकी थे, जब गलियारे में दूसरी तरफ खड़े

जवानों में से एक ने आवाज लगाई, "अब हमारी सिटिंग ड्यूटी शुरू हो गई है। लाओ, बेंच हमें दो।"

"लगता है, तुम्हारी घड़ी कुछ ज्यादा ही स्पीड से भाग रही है दोस्त!" बेंच पर बैठा एक जवान हँसा, "अभी पूरे पाँच मिनट बाकी हैं। आराम से खड़े रहो। तीन बजने से एक सेकंड पहले भी मैं यह बेंच छोड़ने वाला नहीं हूं।"

"शायद बुढ़ापा आ गया है, जो यूँ बेंच से चिपके रहना चाहते हो।"

"मुझे तो पता नहीं, बुढ़ापा आया है या नहीं दोस्त!" बेंच पर बैठा चीनी जवान पहले की तरह ही हँसकर बोला, "मगर लगता है, तुम्हें जरूर हंड्रेड परसेंट बुढ़ापा आ गया। जो घड़ी में यूँ उल्टा-सीधा टाइम चमक रहा है और जल्दी से बेंच पर बैठना चाहते हो। तुम्हारे फायदे के लिए एक बात कहूँ।"

"क्या?"

"अगले महीने तुम्हारी शादी होने वाली है दोस्त! अगर तुम्हारी जांघों की ताकत खत्म हो गई है, तो मेरा कहा मानो, अपनी शादी का प्रोग्राम कैंसिल कर दो। वरना तुम्हारी बीवी, दोस्तों की गोद में खेलेगी।"

"तेरी तो...।" उस चीनी जवान ने बड़ी मोटी-भद्दी गाली बकी। जबकि पूरा गलियारा हँसी के तेज ठहाकों से भर गया था।

★★★

सारी रात गलियारे में इसी तरह हँसी-मजाक होता रहता था। इससे चीनी जवान जहाँ बोरियत से बचते, वहीं अलर्ट भी रहते।

ठीक तीन बजे दूसरी तरफ से एक जवान आया और लोहे की उस पहियेदार बेंच को सरकाता हुआ ले जाने लगा।

"कमाल है।" वह चीनी जवान तत्काल आश्चर्य से बोला, "यह बेंच तो एकाएक बहुत भारी हो गई। पहले तो इतनी भारी नहीं थी।"

"बेटा जी, इस पर मर्द लोग बैठे हैं, मर्द लोग।" जो जवान अश्लील चुटकुला सुना रहा था, इस बार वह हँसकर बोला, "और जब मर्द लोग किसी चीज की सवारी करते हैं, तो वह चीज भी उन्हीं की तरह भारी हो जाती है।"

गलियारा पुनः पहले की तरह ही ठहाकों से भर गया तथा वह इतनी गम्भीर बात भी मजाक में आई-गई हो गई।

***

मानिक शाह ने योजना बहुत सॉलिड बनाई थी।

उसने कोठी के गलियारे इसी तरह बेंचों के नीचे छिप-छिपकर पार करने थे। उस गलियारे के पीछे पाँच गलियारे थे, जबकि उस गलियारे से आगे मुख्य द्वार तक पहुँचने के वास्ते तीन गलियारे थे।

यानी कोठी से भाग निकलने के लिए उसे सिर्फ तीन गलियारे पार करने थे।

बेंच के नीचे छिपा-छिपा मानिक शाह गलियारे के दूसरे कोने तक पहुँचा, फिर मौका मिलते ही वह उस बेंच के नीचे से निकलकर आगे वाली गलियारे की बेंच के नीचे जा छिपा।

फिर एक घंटे बाद वह गलियारा भी उसने इसी तरह पार किया।

***

दो गलियारे मानिक शाह बड़ी कुशलता से पार कर गया। मगर आखिरी गलियारे में गड़बड़ हुई।

एक चीनी जवान ने तीसरे गलियारे में जैसे ही बेंच सरकानी चाही, वह ठिठक गया।

"यह बेंच तो बहुत भारी हो गई है।" वह जवान हैरानी से बोला, "पहले तो बेंच इतनी भारी नहीं थी।"

"जरूर तुम्हारा वहम होगा।" दूसरा जवान बोला, "भला बेंच भारी कैसे हो सकती है?"

"नहीं, यह मेरा वहम नहीं है।" चीनी जवान की गर्दन सख्ती से इनकार में हिली, "लो, तुम भी बेंच सरकाकर देखो।"

दूसरे जवान ने भी बेंच सरकाकर देखी। वह भी स्तब्ध रह गया।

"बेंच तो वाकई बहुत भारी हो गई है।"

"हमें देखना चाहिये क्या गड़बड़ है!" सी. एस. एस. का वह जवान अब नीचे फर्श पर बैठ गया और उसने ऊपर वाली सीट के नीचे झांककर देखा।

कुछ नहीं था।

फिर उसने दूसरी सीट के नीचे देखने के लिए बेंच पलट दी, तुरंत सारी योजना का पर्दाफाश हो गया।

बेंच पलटते ही मानिक शाह एकदम उस पर यूँ चीते की तरह झपटा था कि उसके हलक तक से चीख खारिज हो गई। सी. एस. एस. का जवान दहशत से पीछे फर्श पर एकदम सरपट भागा था।

"पकड़ो-पकड़ो।" जवान बुरी तरह चिल्लाये। उनमें से एक ने दौड़कर वहीं गलियारे में लगा खतरे का अलार्म दबा दिया।

पलक झपकते ही उस कोठी में हडकंप मच चुका था।

कई जवान मानिक शाह के पीछे थे और तभी कई जवान सामने से भी दौड़ते हुए मानिक शाह की तरफ आए।

सबके हाथों में गनें थीं।

किसी भी पल गोली चलाने को तत्पर।

मानिक शाह का दम खुश्क हो गया।

ऊपर की साँस ऊपर, नीचे की नीचे।

जब उसे बचने का कोई और रास्ता दिखाई न दिया, तो वह दीवार के कालम वाले हिस्से की तरफ दौड़ा तथा उससे जाकर चिपक गया।

उसके बाद वह बड़ी तेजी से छत की तरफ रेंगा।

सी. एस. एस. के जवान उस दृश्य को देखकर हतप्रभ रह गए। किसी इंसान को उन्होंने यूँ दीवार पर छिपकली की तरह चलते जीवन में पहली बार देखा था।

तभी सी. एस. एस. का अधिकारी भी दौड़ता हुआ गलियारे में आया।

वह भी उस दृश्य को देखकर चौंका।

"गोली चलाओ।" तत्काल वह गला फाड़कर चिल्लाया, "फायर! वह जरूर कोई खतरनाक अपराधी है। बचना नहीं चाहिये।"

एकदम से कोई बारह ऑटोमैटिक गनें मानिक शाह की तरफ उठीं।

उससे भी कहीं ज्यादा तेजी से चीनी जवानों की उंगलियां उन गनों की ट्रिगर की तरफ लपकी थीं।

"न... नहीं।" अब मानिक शाह दहशत से चिल्ला उठा, "गोली मत चलाना। यह मैं हूँ, मैं। मानिक शाह।"

और फिर मानिक शाह ने पलक झपकते ही अपने चेहरे से रबड़ का मुखौटा उतारकर नीचे फेंक दिया।

"स... सर, आप!" तत्काल सी. एस. एस. के जवानों के मुँह से हैरत भरी सिसकारी छूटी थी, "य... यह आप हैं!"

मानिक शाह जल्दी से नीचे उतरकर आया तथा फिर उनके बीच खड़ा होकर हँसने लगा।

"मैं दरअसल यह चेक कर रहा था।" मानिक शाह हँसते हुए ही बोला, "कि तुम लोग मेरी सिक्योरिटी भी करते हो या बस ऐसे ही दिखावा करते रहते हो। लेकिन मुझे अहसास हुआ कि तुम लोग काफी अलर्ट हो तथा इस कोठी के अंदर किसी दुश्मन का मेरे तक पहुँचना आसान नहीं है।"

"लेकिन आपकी यह चेकिंग आज आपको ही बहुत भारी भी पड़ सकती थी सर!" सी. एस. एस. का अधिकारी अभी भी सनसनाया-सा खड़ा था, "अगर कहीं हमारा कोई जवान गोली चला देता, तब क्या होता?"

"मुझे इन हाथों पर बहुत यकीन है ऑफिसर!" मानिक शाह ने आगे बढ़कर बड़े गर्व के साथ अधिकारी के हाथ अपने हाथों में ले लिए तथा फिर जज्बाती लहजे में बोला, "मैं जानता हूँ कि यह तमाम हाथ मेरे हाथ हैं। मेरे अपने हाथ हैं। और जब हाथ अपने हों, तो वह अपने ऊपर गोली नहीं चलाया करते।"

"लेकिन आप अपने बेडरूम में बाहर किस तरह निकलें?" तभी एक जवान ने आश्चर्य से पूछा, "क्योंकि आपके बेडरूम के दरवाजे के बाहर तो अभी भी दो जवान पहरा दे रहे हैं। सिर्फ इतना ही नहीं, गुप्त कैमरों के द्वारा भी बेडरूम के अंदर का नजारा देखा जा रहा है। और यह दीवार तथा छत पर रेंगने के पीछे क्या रहस्य है?"

"मेरे बेडरूम में चलो।" मानिक शाह मुस्कुराकर बोला, "फिर मैं तुम लोगों को सब कुछ बताता हूँ।"

★★★

पलक झपकते ही मानिक शाह के बेडरूम में सारे चीनी जवान इकट्ठे हो गए।

यह मानिक शाह का ही दिमाग था, जो उसने उस हारी हुई बाजी को भी अपने फ़ेवर में कर लिया था।

"हाँ, तो अब बताइये।" वही चीनी जवान उत्सुकता पूर्वक बोला, "आप इस बेडरूम से बाहर कैसे निकले?"

मानिक शाह शुरू से अंत तक पूरी योजना उन लोगों को मुस्कुराते हुए अक्षरशः सुनाता चला गया।

"माई गॉड!" अधिकारी के नेत्र फटे के फटे रह गए।

"यानी वह नया बेड खरीदना भी आपकी योजना थी?"

"बिल्कुल।" मानिक शाह इस तरह मुस्कुराया, जैसे बच्चों की बात पर खुश हो रहा हो।

"और ड्रेसिंग टेबल सरकाना तथा चुम्बक बेल्ट बनाना, सब आपने योजना के तहत किया?"

"करेक्ट!"

"एक बात कहूँ सर?" सी. एस. एस. का एक जवान योजना सुनकर बेहद प्रभावित अंदाज में बोला।

"कहो।"

"यह आपका ही दिमाग था सर, जो आप इतनी जबरदस्त सिक्योरिटी को भेदकर बेडरूम से बाहर निकले और आखरी गलियारे तक जा पहुँचे। किसी अपराधी के बस का इस तरह वहाँ तक पहुँचना नामुमकिन है।"

"वाकई सर!" सी. एस. एस. का अधिकारी भी मानिक शाह की बुद्धि से प्रभावित हुआ, "ऐसी फुलप्रूफ योजना कोई अपराधी नहीं बना सकता था।"

और मानिक शाह, वह अभी भी उन लोगों को धोखा देने के लिए मुस्कुरा रहा था।

लेकिन उस मुस्कान में पीड़ा थी। दर्द था। पराजय की वह भावना थी, जो उसे अंदर ही अंदर कचोट रही थी। उसकी योजना फ्लॉप हो गई थी।

वह हार गया था।

अगले ही दिन डॉक्टर मानिक शाह को यह खबर मिली कि अरविंद पांडे सी. एस. एस. की क़ैद से निकल गया है तथा अब वह भारतीय हाथों में है।

खुशी से भर गया मानिक शाह।

तो क्या कोई दूसरा हिंदुस्तानी फरिश्ता उसे आज़ाद कराने चीन की धरती पर आ चुका है?

क्या अब वह उस खतरनाक क़ैद से आज़ाद हो जाना था?

क्या किसी फरिश्ते के द्वारा यह करिश्मा मुमकिन था कि वह एक बार फिर अपने देश वापस जा सके?

अपने लोगों के पास वापस जा सके?

★★★

डॉक्टर मानिक शाह, वह इंसान जो किसी पहेली से कम नहीं था।

आखिर वह क्या रहस्य था, जिसकी वजह से आज डॉक्टर मानिक शाह चीन छोड़ना चाहता है?

मानिक शाह को इतने सालों बाद आज ही क्यों अपने देश की याद आई। अपने लोगों की याद आई?

वह मानिक शाह, जिसे चीन में पूरा सम्मान मिल रहा था।

जिस देश का प्रधानमंत्री तक उसका दोस्त था।

जिस देश की सीक्रेट सर्विस के जवान उसकी हिफाजत अपनी जान से बढ़कर करते थे।

फिर उसी चीन से आज क्यों नफरत हो गई थी मानिक शाह को?

क्या मानिक शाह उस क़ैद से आज़ाद हो सका?

कमांडर ने अपनी जान पर खेलकर किस तरह उसे उस क़ैद से आज़ाद कराया?

सी. एस. एस. के अधिकारियों को अंत तक मानिक शाह के इरादों का पता चला या नहीं?

इस सनसनीखेज और तेज रफ्तार घटनाक्रम में वान ली जैसे खुर्राट ऑफिसर ने आगे चलकर क्या रोल निभाया?

होशांग की मोहब्बत का क्या हुआ? क्या वह पामेला का दिल जीत सका?

क्या नीलकंठ ने इस मिशन के अंत तक कमांडर का साथ दिया?

ऐसे तथा ऐसे ही और भी ढेरों सवालों के जवाब आपको मिलेंगे, हिन्दी उपन्यासों के बेताज बादशाह 'अमित खान' आगामी उपन्यास 'मेरा देश, मेरे लोग' में।

'मेरा देश, मेरे लोग' — जो उपन्यास नहीं, बल्कि एक प्रचंड अग्नि है।

जो ज्वालामुखी है। जिसका जन्म इंसानी दिलों के अंदर से होता है।

'मेरा देश, मेरे लोग' — यह एक चीख भी है। डॉक्टर मानिक शाह की चीख। जो कभी धन कमाने के लिए विदेश चला गया था, लेकिन आज वह अपने देश, अपने हिंदुस्तान वापस आने के लिए बुरी तरह छटपटा रहा था।

यह हरेक ऐसे हिंदुस्तानी की चीख है, जो धन कमाने के लिए विदेश में तो चले जाते हैं। लेकिन वहाँ जाकर उन्हें अपने देश की याद आती है। अपने लोगों की याद आती है।

यह सच है कि जिंदगी के लिए धन जरूरी है, मगर उससे भी पहले सुख आवश्यक है। आत्मसम्मान आवश्यक है।

टाटा, बिरला, अम्बानी, इनकी वार्षिक आय करोड़ों में है। लेकिन यह भी सोना नहीं निगलते। इन्हें भी पेट भरने के लिए अन्न चाहिये होता है। वही अन्न, जिससे एक गरीब का पेट भरता है। एक मिडिल मैन का पेट भरता है।

इंसान को जिंदा रहने के लिए रोटी चाहिये और रोटी की कमी आज भी हमारे देश में नहीं है।

फिर धन के लिए यह अफरा-तफरी क्यों?

आत्मसम्मान की यह बिक्री क्यों?

क्यों?

आखिर क्यों?

समाप्त